교과서로 시작하는
고등학교 소설 읽기

- 첫째 권 -

교과서로 시작하는
고등학교 소설 읽기 (첫째 권)

초판 1쇄 발행 2025년 1월 10일

엮은이   전국국어교사모임(김소진, 김슬이, 김영희, 김형훈, 박정현, 박현진)
펴낸이   송영석

개발 총괄   정덕균
기획 및 편집   조성진, 조준형, 안다미, 김지현
마케팅   이원영, 한종수, 이종오, 최해리
도서 관리   송우석, 박진숙
표지 디자인   임진성
본문 디자인   김윤현
일러스트   신진호
조판   보문씨앤씨(김성인)

펴낸곳   ㈜해냄에듀
신고 번호   제406-2005-000107
주소   서울시 마포구 잔다리로 30 해냄빌딩 3, 4층
전화   (02) 323-9953
팩스   (02) 323-9950
홈페이지   http://www.hnedu.co.kr

ISBN 978-89-6446-252-2   43810

※ 파본은 본사나 구입하신 서점에서 교환하여 드립니다.

교과서로 시작하는

고등학교 소설 읽기

고등 첫째 권

전국국어교사모임 엮음

해냄에듀

머리말

'조용하지만 시끌벅적한 연대'로의 초대

이 책을 손에 쥔 여러분은 소설을 읽어 보겠다, 그중에서도 교과서에 실린 소설을 읽어 보겠다고 다짐한 독자이겠지요. '교과서 소설'을 읽겠다고 마음먹은 이유는 무엇인가요? 수업에서 배우게 될 작품을 예습하고 싶었을 이도, 이참에 유명 소설을 독파하겠다는 도전 의식을 품은 이도 있을 것입니다. 이유가 무엇이 되었건 20세기의 한국 소설을 읽겠다는 의지를 가진 독자와의 만남이 흐뭇하고 반갑습니다.

이 책을 고르면서 '교과서 소설은 재미없을 것 같은데'라고 생각하지는 않았나요? '유튜브 콘텐츠보다는 이해하기 힘들 수 있겠다, 덜 자극적일 수 있겠다.'라는 예상을 하며 진지한 마음으로 독서를 선택한 여러분에게 "아니오. 교과서에 실린 소설은 사실 쉽고 재미있어요!"라는 달콤한 말을 하고 싶진 않습니다. 다만 교과서에 실린 작품들은 재미가 없고 고루하다는 '상투적 인식' 앞에서 독서를 포기하지 않은 독자만이 얻을 수 있는 것들을 이야기하려 합니다.

교과서에 실린 소설의 등장인물은 삶에 대해 고뇌하는 이들이 많습니다. "뭔가 이상한데 그게 뭔지는 모르겠다. 하지만 분명 불편하다."라는 의문을 품은 존재는 사회에 쉽게 녹아날 수 없지요. 그래서 명작, 고전이라 불리는 작품에 등장하는 이들은 시대에 자연스럽게 스미지 않습니다. 까칠까칠하고 예민합니다. 이런 사람이 현실에 존재한다면 "넌 왜 매사에 불편해?"라는 핀잔을 듣게 되겠죠. 명작의 조건, 인물의 특성을 보며, 내심 "사실 내가 그래."라고 생각하지는 않았나요?

여러분에게 교과서에 실린 소설, 그러니까 '한국 문학을 대표하는 소설'을 권하는 이유는 바로 이것입니다. 세계와 불화하는, 쉽게 타협하지 않는 인물의 모습에서 다름 아닌 '나'를 발견하게 되거든요. 남들은 아무렇지 않게 살아가는 세상에서 이물감을 발견하는, 감도 높은 안테나를 지닌 이들은 소설의 등장인물과 공명할 수밖에 없습니다. 소설에서 '나와 닮은 이'를 발견하는 경험은 시공간을 초월하는, 너무나도 멋진 일입니다.

    소설 읽기가 아무리 의미 있다고 해도 작품에서 의미를 길어 내기가 쉽지 않을 수 있습니다. 소설을 읽을 때 줄거리 파악은 되는데 도통 주제가 뭔지 몰라 알쏭달쏭했던 경험이 있을 거예요. 그것은 아직 '소설 읽기'의 훈련이 되어 있지 않기 때문이에요. "교과서 소설 읽어 볼래!"라는 귀한 다짐을 한 여러분이 예상치 못한 문턱 앞에서 의지가 꺾이지 않길 바라며 해설을 직조했습니다. 해설은 작가가 독자에게 전하는 전언을 독자가 스스로 파악하는 일을 도울 수 있는 문답의 형태로 작성했어요. 부디 다정한 길잡이로 여겨지길 바랍니다.

    이 책이 '작가-교사-독자'로 연결되는, 이어달리기의 계보를 좀 더 선명히 드러내는 역할을 하길 바랍니다. 세상을 바라보며 고개를 갸우뚱하게 되는 순간, 나 혼자 삐딱한 것 같고 사회에 부적응하는 것 같아 스스로를 의심하게 되는 순간, 이 계보를 바라보며 '예민함'을 귀히 여기는 마음을 품어 본다면 더할 나위 없이 기쁠 거예요. 그런 점에서 이 글은 세계의 이면을 민감하게 감지하는 이들이 구성하는 '조용하지만 시끌벅적한 연대'에 여러분을 초대하기 위해 쓰인 초청장입니다. 어때요, 얼른 책장을 넘기고 싶으시죠.

2025년 1월
동료 독자를 환대하며, 엮은이들이

차례

머리말	4
봄·봄	김유정	10
돌다리	이태준	34
미스터 방	채만식	52
카메라와 워커	박완서	76
겨울 나들이	박완서	108
배반의 여름	박완서	132
아홉 켤레의 구두로 남은 사내	윤흥길	156
수록 작품 출처	212

둘째 권 수록 작품

뉴욕제과점 | 김연수
명랑한 밤길 | 공선옥
도도한 생활 | 김애란
엇박자 D | 김중혁
소년을 위로해 줘 | 은희경
저건 사람도 아니다 | 서유미
노찬성과 에반 | 김애란

| 일러두기 |

- 이 책에 실린 소설은 2022 개정 교육과정에 따른 고등학교 공통국어1·2 교과서(9종)에 실린 작품들입니다.

- 교과서에 실린 작품들 가운데 저작권 사용이 허락되지 않아 실리지 못한 작품도 있습니다.

- 가능한 작품의 전문을 싣고자 하였으나 장편 소설이거나 저작권자의 요구가 있는 경우 발췌하여 싣기도 하였습니다.

봄·봄 _김유정

돌다리 _이태준

미스터 방 _채만식

카메라와 워커 _박완서

겨울 나들이 _박완서

배반의 여름 _박완서

아홉 켤레의 구두로 남은 사내 _윤흥길

봄·봄

김유정(1908~1937)　1935년 단편 소설 〈소낙비〉가 《조선일보》에, 〈노다지〉가 《중앙일보》의 신춘문예에 각각 당선되어 등단하였다. 일제 강점기의 농민들의 삶을 해학적으로 그려 내며 좌절하지 않고 끈질기게 살아가는 농민들의 삶을 드러내는 농촌 소설을 많이 발표하였다. 대표작으로 〈동백꽃〉, 〈떡〉, 〈만무방〉, 〈봄·봄〉 등이 있다.

감상의 초점

    이 작품은 1930년대 농촌의 모습을 그리고 있습니다. 소설에서 그리고 있는 1930년대의 농촌은 지주와 마름이 횡포를 부리고 노동력을 무상으로 착취하는 모습을 드러냅니다. 가혹한 농촌 생활에서 등장인물들은 여러 어려움을 겪지만, 작가 김유정은 그러한 상황에서도 웃음을 유발하여 인물들의 삶 속 고통을 웃음으로 닦아 주고 위로해 줍니다.
    '나'는 점순이와 혼례를 시켜 주겠다는 장인의 약속을 믿고 고된 일을 지속합니다. 각 인물의 성격과 갈등 구조에 주목하여 '나'가 자신이 처한 상황을 어떻게 해결해 가는지 살펴보세요. 또한 작가가 이를 어떤 방식으로 표현하는지 눈여겨보다 보면 어느새 작품이 주는 웃음과 위로를 발견할 수 있을 것입니다.

봄·봄

김유정

"장인님! 인젠 저……."

내가 이렇게 뒤통수를 긁고, 나이가 찼으니 *성례를 시켜 줘야 하지 않겠느냐고 하면, 그 대답이 늘

"이 자식아! 성례구 뭐구 미처 자라야지!"

하고 만다.

이 자라야 한다는 것은 내가 아니라 장차 내 아내가 될 점순이의 키 말이다.

내가 여기에 와서 돈 한 푼 안 받고 일하기를 삼 년 하고 꼬박이 일곱 달 동안을 했다. 그런데도 미처 못 자랐다니까 이 키는 언제야 자라는 겐지 *짜증 영문 모른다. 일을 좀 더 잘해야 한다든지, 혹은 밥을 (많이 먹는다고 노상 걱정이니까) 좀 덜 먹어야 한다든지 하면 나도 얼마든지 할 말이 많다. 허지만 점순이가 안죽 어리니까 더 자라야 한다는 여기에는 어째 볼 수 없

성례 혼인의 예식을 지냄.   **짜증** '짜장'의 방언. 과연 정말로.

이 고만 벙벙하고 만다.

　　　이래서 나는 애초에 계약이 잘못된 걸 알았다. 이태면 이태, 삼 년이면 삼 년, 기한을 딱 작정하고 일을 해야 원, 할 것이다. 덮어놓고 딸이 자라는 대로 성례를 시켜 주마 했으니, 누가 늘 지키고 섰는 것도 아니고, 그 키가 언제 자라는지 알 수 있는가. 그리고 난 사람의 키가 무럭무럭 자라는 줄만 알았지 붙배기 키에 *모로만 벌어지는 몸도 있는 것을 누가 알았으랴. 때가 되면 장인님이 어련하랴 싶어서 군소리 없이 꾸벅꾸벅 일만 해 왔다. 그럼 말이다, 장인님이 제가 다 알아채려서, "어 참, 너 일 많이 했다. 고만 장가들 어라." 하고 살림도 내주고 해야 나도 좋을 것이 아니냐. 시치미를 딱 떼고 도리어 그런 소리가 나올까 봐서 지레 펄펄 뛰고 이 야단이다. 명색이 좋아 데릴사위지 일하기에 승겁기도 할뿐더러 이건 참 아무것도 아니다.

　　　숙맥이 그걸 모르고 점순이의 키 자라기만 까맣게 기달리지 않았나.

　　　언젠가는 하도 갑갑해서 자를 가지고 덤벼들어서 그 키를 한번 재 볼까 했다마는, 우리는 장인님이 내외를 해야 한다고 해서 마주 서 이야기도 한마디 하는 법 없다. *움물길에서 어쩌다 마주칠 적이면 겨우 눈어림으로 재 보고 하는 것인데, 그럴 적마다 나는 저만침 가서

　　　"제—미, 키두!"

하고 논둑에다 침을 퉤 뱉는다. 아무리 잘 봐야 내 겨드랑(다른 사람보다 좀 크긴 하지만) 밑에서 넘을락 말락 밤낮 요 모양이다. 개, 돼지는 푹푹 크는데 왜 이리도 사람은 안 크는지, 한동안 머리가 아프도록 궁리도 해 보았다. 아하, 물동이를 자꾸 이니까 뼈다귀가 옴츠라드나 부다 하고, 내가 넌짓넌지시 그 물을 대신 길어도 주었다. 그뿐만 아니라, 나무를 하러 가면 소낭당에 돌을 올려놓고 "점순이의 키 좀 크게 해 줍소사. 그러면 담엔 떡 갖다 놓고 고사 드립죠니까." 하고 치성도 한두 번 드린 것이 아니다. 어떻게 돼먹은 킨지 이래도 막무가내니…….

그래 내 어쩨께 싸운 것이지 결코 장인님이 밉다든가 해서가 아니다.

모를 붓다가 가만히 생각을 해 보니까 또 승겁다. 이 벼가 자라서 점순이가 먹고 좀 큰다면 모르지만, 그렇지도 못할 걸 내 심어서 뭘 하는 거냐. 해마다 앞으로 축 *거불지는 장인님의 아랫배(가 너머 먹은 걸 모르고 내병이라나, 그 배)를 불리기 위하야 심으곤 조곰도 싶지 않다.

"아이구, 배야!"

난 모를 붓다 말고 배를 씨다듬으면서 그대루 논둑으로 기어올랐다. 그리고 겨드랑에 꼈든 벼 담긴 키를 그냥 땅바닥에 털썩 떨어치며 나도 털썩 주저앉었다. 일이 암만 바빠도 나 배 아프면 고만이니까. 아픈 사람이 누가 일을 하느냐. 파릇파릇 돋아 오른 풀 한 숲을 뜯어 들고 다리의 거머리를 쓱쓱 *문태며 장인님의 얼굴을 쳐다보았다.

논 가운데서 장인님이 이상한 눈을 해 가지고 한참 날 노려보더니

"너, 이 자식, 왜 또 이래, 응?"

"배가 좀 아파서유!"

하고 풀 우에 슬며시 쓰러지니까 장인님은 약이 올랐다. 저도 논에서 철벙철벙 둑으로 올라오더니 잡은 참 내 멱살을 웅켜잡고 뺨을 치는 것이 아닌가…….

"이 자식아, 일허다 말면 누굴 망해 놀 셈속이냐? 이 대가릴 까놀 자식."

우리 장인님은 약이 오르면 이렇게 손버릇이 아주 못됐다. 또, 사위에게 이 자식 저 자식 하는 이놈의 장인님은 어디 있느냐. 오작해야 우리 동리에서 누굴 물론하고 그에게 욕을 안 먹는 사람은 명이 짜르다 한다. 조고만 아이들까지도 그를 돌라 세 놓고 '욕필이(*번 이름이 봉필이니까), 욕필이'

모로 옆으로.
거불지다 둥글고 두두룩하게 툭 비어져 나오다.
문태다 '문대다'의 방언. 여기저기 마구 문지르다.

움물길 '우물길'의 방언.
번 본. 본래.

하고 손가락질을 할 만치 두루 인심을 잃었다. 허나 인심을 정말 잃었다면 욕보다 읍의 배 참봉 댁 마름으로 더 잃었다. 번이 마름이란 욕 잘하고, 사람 잘 치고, 그리고 생김 생기길 호박개 같애야 쓰는 거지만, 장인님은 외양이 똑 됐다. *작인이 닭 마리나 좀 보내지 않는다든가 애벌논 때 품을 좀 안 준다든가 하면 그해 가을에는 영락없이 땅이 뚝뚝 떨어진다. 그러면 미리부터 돈도 먹이고 술도 먹이고 *안달재신으로 돌아치든 놈이 그 땅을 슬쩍 *돌라 안는다. 이 바람에 장인님 집 빈 외양간에는 눈깔 커다란 황소 한 놈이 절로 엉금엉금 기어들고, 동리 사람은 그 욕을 다 먹어 가면서도 그래도 굽실굽실하는 게 아닌가…….

그러나 내겐 장인님이 감히 큰소리할 *계제가 못 된다.

뒷생각은 못 하고 뺨 한 개를 딱 때려 놓고는 장인님은 무색해서 덤덤이 쓴 침만 삼킨다. 난 그 속을 퍽 잘 안다. 조금 있으면 *갈도 꺾어야 하고, 모도 내야 하고, 한창 바쁜 때인데 나 일 안 하고 우리 집으로 그냥 가면 고만이니까. 작년 이맘때도 트집을 좀 하니까 늦잠 잔다구 돌맹이를 집어 던져서 자는 놈의 발목을 삐게 해 놨다. 사날씩이나 건숭 '끙, 끙.' 앓았드니 *종당에는 거반 울상이 되지 않었는가…….

"얘, 그만 일어나 일 좀 해라. 그래야 올 갈에 벼 잘 되면 너 장가들지 않니?"

그래 귀가 번쩍 뜨여서 그날로 일어나서 남이 이틀 품 들일 논을 혼자 삶아 놓으니까 장인님도 눈깔이 커다랗게 놀랐다. 그럼 정말로 가을에 와서 혼인을 시켜 줘야 원 경우가 옳지 않겠나. 볏섬을 척척 들여쌓아도 다른 소리는 없고 물동이를 이고 들어오는 점순이를 담배통으로 가리키며,

"이 자식아, 미처 커야지. 조걸 데리구 무슨 혼인을 한다구 그러니, 온!"

하고 남 낯짝만 붉게 해 주고 고만이다. *골김에 그저 이놈의 장인님 하고 *댓돌에다 메꽂고 우리 고향으로 내뺄까 하다가 꾹꾹 참고 말았다.

봄봄

　　참말이지 난 이 꼴 하고는 집으로 차마 못 간다. 장가를 들러 갔다가 오작 못났어야 그대로 쫓겨 왔느냐고 손가락질을 받을 테니까…….
　　논둑에서 벌떡 일어나 한풀 죽은 장인님 앞으로 다가스며,
　　"난 갈 테야유. 그동안 *사경 쳐 내슈, 뭐."
　　"너, 사위로 왔지 어디 머슴 살러 왔니?"
　　"그러면 *얼찐 성롈 해 줘야 안 하지유. 밤낮 부려만 먹구 해 준다, 해 준다…….''
　　"글쎄, 내가 안 하는 거냐, 그년이 안 크니까……."
하고 어름어름 담배만 담으면서 늘 하는 소리를 또 늘어놓는다.
　　이렇게 따져 나가면 언제든지 늘 나만 밑지고 만다. 이번엔 안 된다 하고 대뜸 구장님한테로 *단판 가자고 소맷자락을 내끌었다.
　　"아, 이 자식이 왜 이래, 어른을."
　　안 간다구 뻗디디고 이렇게 호령은 제 맘대로 하지만 장인님 제가 내 기운은 못 당한다. 막 부려 먹고 딸은 안 주고, 게다 땅땅 치는 건 다 뭐야…….
　　그러나 내 사실 참, 장인님이 미워서 그런 것은 아니다.
　　그 전날, 왜 내가 새고개 맞은 봉우리 화전밭을 혼자 갈고 있지 않었느냐. 밭 가생이로 돌 적마다 야릇한 꽃 내가 물컥물컥 코를 찌르고 머리 위에서 벌들은 가끔 '붕, 붕.' 소리를 친다. 바위틈에서 샘물 소리밖에 안 들리는

작인 지주를 대리하여 소작권을 관리하는 사람.
안달재신 몹시 속을 태우며 여기저기로 다니는 사람.
돌라안다 '가로챈다'는 뜻.　　　　　　**계제** 어떤 일을 할 수 있게 된 형편이나 기회.
갈 떡갈나무.　　　　　　　　　　　　**종당** 일의 마지막.
골김 비위에 거슬리거나 마음이 언짢아서 성이 나는 김.
댓돌 집채의 앞뒤에 오르내릴 수 있게 놓은 돌층계.
사경 새경. 머슴이 주인에게서 한 해 동안 일한 대가로 받는 돈이나 물건.
얼찐 조금 큰 것이 눈앞에 빠르게 잠깐 보이는 모양. 여기서는 '얼른'의 뜻으로 쓰임.
단판 가다 판단을 받으러 가다.

산골짜기니까 맑은 하늘의 봄볕은 이불 속같이 따스하고 꼭 꿈꾸는 것 같다. 나는 몸이 나른하고 몸살(을 아직 모르지만 병)이 나랴구 그러는지 가슴이 울렁울렁하고 이랬다.

"이러이! 말이! 맘 마 마……."

이렇게 노래를 하며 소를 부리면 여느 때 같으면 어깨가 으쓱으쓱한다. 웬일인지 밭 반도 갈지 않아서, 온몸의 맥이 풀리고 *대구 짜증만 난다. 공연히 소만 들입다 두들기며

"안야! 안야! 이 망할 자식의 소(장인님의 소니까) 대리를 꺾어 들라."

그러나 내 속은 정말 안야 때문이 아니라 점심을 이고 온 점순이의 키를 보고 울화가 났던 것이다.

점순이는 뭐 그리 썩 이쁜 계집애는 못 된다. 그렇다구 또 개떡이냐 하면 그런 것두 아니고, 꼭 내 *안해가 돼야 할 만치 그저 툽툽하게 생긴 얼굴이다. 나보다 십 년이 아래니까 올에 열여섯인데, 몸은 남보다 두 살이나 덜 자랐다. 남은 잘도 *헌칠이들 크건만 이건 우아래가 몽툭한 것이 내 눈에는 헐없이 감참외 같다. 참외 중에는 감참외가 젤 맛좋고 이쁘니까 말이다. 둥글고 커단 눈은 서글서글하니 좋고, 좀 지쳐 찢어졌지만 입은 밥술이나 혹혹히 먹음직하니 좋다. 아따, 밥만 많이 먹게 되면 팔자는 고만 아냐. 헌데 한 가지 *파가 있다면 가끔가다 몸이 (장인님은 이걸 *채시니없이 들까분다고 하지만) 너무 빨리빨리 논다. 그래서 밥을 나르다가 때 없이 풀밭에다 *깨빡을 쳐서 흙투성이 밥을 곧잘 먹인다. 안 먹으면 무안해할까 봐서 이걸 씹고 앉았노라면 으적으적 소리만 나고 돌을 먹는 겐지 밥을 먹는 겐지…….

그러나 이날은 웬일인지 성한 밥째로 밭머리에 곱게 나려놓았다. 그리고 또 내외를 해야 하니까 저만큼 떨어져 이쪽으로 등을 향하고 옹크리고 앉아서 그릇 나기를 기다린다.

내가 다 먹고 물러섰을 때, 그릇을 와서 챙기는데 난 깜짝 놀라지 않

매매

느냐. 고개를 푹 숙이고 밥함지에 그릇을 포개면서 날더러 들으래는지 혹은 제 소린지

"밤낮 일만 하다 말 텐가!"

하고 혼자서 쫑알거린다. 고대 잘 내외하다가 이게 무슨 소린가 하고 난 정신이 얼떨떨했다. 그러면서도 한편 무슨 좋은 수나 있는가 싶어서 나도 공중을 대고 혼잣말로

"그럼 어떡해?"

하니까,

"성례시켜 달라지 뭘 어떡해."

하고 되알지게 쏘아붙이고 얼굴이 발개져서 산으로 그저 도망질을 친다.

나는 잠시 동안 어떻게 되는 심판인지 맥을 몰라서 그 뒷모양만 덤덤히 바라보았다.

봄이 되면 온갖 초목이 물이 오르고 싹이 트고 한다. 사람도 아마 그런가 부다 하고 며칠 내에 부쩍(속으로) 자란 듯싶은 점순이가 여간 반가운 것이 아니다.

이런 걸 멀쩡하게 안즉 어리다구 하니까…….

우리가 구장님을 찾아갔을 때 그는 싸리문 밖에 있는 돼지우리에서 죽을 퍼 주고 있었다. 서울엘 좀 갔다 오드니 사람은 점잔해야 한다구 *웃쉼이(얼른 보면 집웅 우에 앉은 제비 꼬랑지 같다.) 양쪽으로 뾰죽이 삐치고 그걸 에헴 하고 늘 쓰담는 손버릇이 있다. 우리를 멀뚱히 쳐다보고 미리 알아챘는지

대구 대고. 무리하게 자꾸. 또는 계속하여 자꾸.　　**안해** 아내.
헌칠이들 훤칠히들.　　　　　　　　　　　　　**파** 사람의 결점.
채시니없이 들까븐다고 채신없이 들까분다고. 몸가짐이나 행동을 몹시 경망스럽게 한다고.
깨빡을 치다 되게 매어치다. 세게 집어던지다.
웃쉼 입술 위쪽에 난 수염.

"왜 일들 허다 말구 그래?"

하드니 손을 올려서 그 에헴을 한 번 훅딱 했다.

"구장님, 우리 장인님과 츰에 계약하기를……."

먼저 덤비는 장인님을 뒤로 떼다밀고 내가 허둥지둥 달겨들다가 가만히 생각하고,

"아니, 우리 빙장님과 츰에……."

하고 첫 번부터 다시 말을 고쳤다. 장인님은 빙장님 해야 좋아하고 밖에 나와서 장인님 하면 괜스리 골을 낼라구 든다. 뱀두 뱀이래야 좋냐구, 창피스러우니 남 듣는 데는 제발 빙장님, 빙모님 하라구 일상 말조짐을 받아 오면서 난 그것두 자꾸 잊는다. 당장두 장인님 하다 옆에서 내 발등을 꾹 밟고 곁눈질을 흘기는 바람에야 겨우 알았지만…….

구장님도 내 이야기를 자세히 듣더니 퍽 딱한 모양이었다. 하기야 구장님뿐만 아니라 누구든지 다 그럴 게다. 길게 길러 둔 새끼손톱으로 코를 후벼서 저리 탁 튀기며

"그럼 봉필 씨! 얼른 성렐 시켜 주구려, 그렇게까지 제가 하구 싶다는 걸……."

하고 내 짐작대루 말했다. 그러나 이 말에 장인님이 삿대질로 눈을 부라리고

"아, 성례구 뭐구 기집애년이 미처 자라야 할 게 아닌가?"

하니까 고만 *멀쑤룩해서 입맛만 쩍쩍 다실 뿐이 아닌가…….

"그것두 그래!"

"그래, 거진 사 년 동안에도 안 자랐다니 그 킨 은제 자라지유? 다 그만두구 사경 내슈……."

"글쎄, 이 자식아! 내가 크질 말라구 그랬니, 왜 날 보구 떼냐?"

"빙모님은 참새만 한 것이 그럼 어떻게 앨 낳지유?(사실 장모님은 점순이보다도 귓배기 하나가 적다.)"

장인님은 이 말을 듣고 껄껄 웃드니(그러나 암만해두 돌 씹은 상이다.) 코를 푸는 척하고 날 은근히 골릴랴고 팔꿈치로 옆 갈비께를 퍽 치는 것이다. 더럽다. 나두 종아리의 파리를 쫓는 척하고 허리를 구부리며 어깨로 그 궁둥이를 콱 떼밀었다. 장인님은 앞으로 우찔근하고 싸리문께로 씨러질 듯하다 몸을 바로 고치드니 눈총을 몹시 쏘았다. 이런 쌍년의 자식 하곤 싶으나, 남의 앞이라서 참아 못 하고 섰는 그 꼴이 보기에 퍽 쟁그러웠다.

　　그러나 이 말에는 별반 신통한 *귀정을 얻지 못하고 도루 논으로 돌아와서 모를 부었다. 왜냐면, 장인님이 뭐라구 귓속말로 수군수군하고 간 뒤다. 구장님이 날 위해서 조용히 데리구 아래와 같이 일러 주었기 때문이다.(뭉태의 말은 구장님이 장인님에게 땅 두 마지기 얻어 부치니까 그래 꾀였다구지만, 난 그렇게 생각 않는다.)

　　"자네 말두 하기야 옳지. 암, 나이 찼으니까 아들이 급하다는 게 잘못된 말은 아니야. 하지만, 농사가 한창 바쁠 때 일을 안 한다든가 집으로 달아난다든가 하면 손해죄루 그것두 징역을 가거든!(여기에 그만 정신이 번쩍 났다.) 왜 요전에 삼포 말서 산에 불 좀 놓았다구 징역 간 거 못 봤나. 제 산에 불을 놓아두 징역을 가는 이땐데 남의 농사를 버려 주니 죄가 얼마나 더 중한가. 그리고 자넨 *정장을(사경 받으러 정장 가겠다 했다.) 간대지만, 그러면 괜시리 죌 쓰고 들어가는 걸세. 또, 결혼두 그렇지. 법률에 성년이란 게 있는데 스물하나가 돼야지 비로소 결혼을 할 수가 있는 걸세. 자넨 물론 아들이 늦을 걸 염려지만, 점순이루 말하면 인제 겨우 열여섯이 아닌가. 그렇지만 아까 빙장님의 말씀이 올 갈에는 열 일을 제치고라두 성례를 시켜 주겠다 하시니 좀 고마울 겐가. 빨리 가서 모 붓든 거나 마저 붓게. 군소리 말구 어서 가……."

멀쑤룩해서 머쓱해져서.
정장 소장(訴狀)을 관청에 냄.
귀정 그릇되었던 일이 바른길로 돌아옴.

그래서 오늘 아츰까지 끽소리 없이 왔다.
장인님과 내가 싸운 것은 지금 생각하면 전혀 뜻밖의 일이라 안 할 수 없다. 장인님으로 말하면 요즈막 작인들에게 행세를 좀 하고 싶다구 해서,
"돈 있으면 양반이지 별 게 있느냐!"
하고 일부러 아랫배를 툭 내밀고 걸음도 뒤틀리게 걷고 하는 이 판이다. 이까진 나쯤 뚜들기다 남의 땅을 가지고 머처럼 닦아 놓았든 가문을 망친다든지 할 어른이 아니다. 또, 나로 *논지면 아무쪼록 잘 봬서 점순이에게 얼른 장가를 들어야 하지 않느냐…….
이렇게 말하자면 결국 어젯밤 뭉태네 집에 *마슬 간 것이 썩 나뻤다. 낮에 구장님 앞에서 장인님과 내가 싸운 것을 어떻게 알았는지 대구 빈정거리는 것이 아닌가.
"그래 맞구두 그걸 가만둬?"
"그럼 어떡허니?"
"임마, 봉필일 모판에다 거꾸루 박아 놓지 뭘 어떡해?"
하고 괜히 내 대신 화를 내 가지고 주먹질을 하다 등잔까지 첬다. 놈이 본시 괄괄은 하지만 그래 놓고 날더러 석윳값을 물라구 막 *찌다우를 붙는다. 난 어안이 벙벙해서 잠자코 앉았으니까 저만 연신 지껄이는 소리가
"밤낮 일만 해 주구 있을 테냐?"
"영득이는 일 년을 살구두 장갈 들었는데 넌 사 년이나 살구두 더 살아야 해?"
"네가 세 번째 사윈 줄이나 아니, 세 번째 사위."
"남의 일이라두 분하다, 이 자식아. 우물에 가 빠져 죽어."
나종에는 겨우 손톱으로 목을 따라구까지 하고, 제 아들같이 함부루 *혹닥어었다. 별의별 소리를 다 해서 그대로 옮길 수는 없으나 그 줄거리는 이렇다…….

봄봄

　우리 장인님이 딸이 셋이 있는데 맏딸은 재작년 가을에 시집을 갔다. 정말은 시집을 간 것이 아니라 그 딸도 데릴사위를 해 가지고 있다가 내보냈다.

　그런데 딸이 열 살 때부터 열아홉, 즉 십 년 동안에 데릴사위를 갈아들이기를, 동리에선 사위 부자라고 이름이 났지마는 열네 놈이란 참 너무 많다. 장인님이 아들은 없고 딸만 있는 고로 그담 딸을 데릴사위를 해 올 때까지는 부려 먹지 않으면 안 된다. 물론 머슴을 두면 좋지만 그건 돈이 드니까, 일 잘하는 놈을 고르느라고 연팡 바꿔 들였다. 또 한편, 놈들이 욕만 줄창 퍼붓고 심히도 부려 먹으니까 밸이 상해서 달아나기도 했겠지. 점순이는 둘째 딸인데, 내가 일테면 그 세 번째 데릴사위로 들어온 셈이다. 내 담으로 네 번째 놈이 들어올 것을 내가 일두 참 잘하구, 그리고 사람이 좀 어수룩하니까 장인님이 잔뜩 붙들고 놓질 않는다. 셋째 딸이 인제 여섯 살, 적어두 열 살은 돼야 데릴사위를 할 테므로 그동안은 죽도록 부려 먹어야 된다. 그러니 인제는 속 좀 채리고 장가를 들여 달라구 떼를 쓰고 나자빠져라 이것이다.

　나는 건으로 '엉, 엉.' 하며 귓등으로 들었다. 뭉태는 땅을 얻어 부치다가 떨어진 뒤로는 장인님만 보면 공연히 못 먹어서 으릉거린다. 그것두 장인님이 저 달라구 할 적에 제 집에서 위한다는 그 감투(예전에 원님이 쓰든 것이라나, 옆구리에 뽕뽕 좀먹은 걸레)를 선뜻 주었드면 그럴 리도 없었든 걸…….

　그러나 나는 뭉태란 놈의 말을 *전수히 곧이듣지 않았다. 꼭 곧이들었다면 간밤에 와서 장인님과 싸웠지 무사히 있었을 리가 없지 않은가. 그러면 딸에게까지 인심을 잃은 장인님이 혼자 나빴다.

논지면　말하자면.　　　　　　　**마슬 가다**　'마슬'은 '마을'의 방언. 이웃에 놀러가다.
찌다우　지다위. 남에게 등을 대고 의지하거나 떼를 씀. 자기의 허물을 남에게 덮어씌움.
훅닥이다　공연한 말로 꼴사납게 지껄이다. 또는 세차게 다그치며 들볶다.
전수히　전수이. 모두 다.

실토이지 나는 점순이가 아츰상을 가지고 나올 때까지는 오늘은 또 얼마나 밥을 담았나 하고 이것만 생각했다. 상에는 된장찌개하고 간장 한 종지, 조밥 한 그릇, 그리고 밥보다 더 수부룩하게 담은 산나물이 한 대접, 이렇다. 나물은 점순이가 틈틈이 해 오니까 두 대접이고 네 대접이고 멋대루 먹어도 좋나, 밥은 장인님이 한 사발 외엔 더 주지 말라고 해서 안 된다. 그런데 점순이가 그 상을 내 앞에 내려놓으며 제 말로 지껄이는 소리가

　　"구장님한테 갔다 그냥 온담그래!"

하고 엊그제 산에서와 같이 되우 쫑알거린다. 딴은 내가 더 단단히 덤비지 않고 만 것이 좀 어리석었다, 속으로 그랬다. 나도 저쪽 벽을 향하여 외면하면서 내 말로

　　"안 된다는 걸 그럼 어떡한담!"

하니까,

　　"쉼을 잡아채지 그냥 뒈, 이 바보야!"

하고 또 얼굴이 빨개지면서 성을 내며 안으로 *샐죽하니 튀들어가지 않느냐. 이때 아무도 본 사람이 없었게 망정이지, 보았다면 내 얼굴이 에미 잃은 황새 새끼처럼 가엾다 했을 것이다.

　　사실, 이때만치 슬펐던 일이 또 있었는지 모른다. 다른 사람은 암만 못생겼다 해두 괜찮지만 내 안해 될 점순이가 병신으로 본다면 참 신세는 따분하다. 밥을 먹은 뒤 지게를 지고 일터로 갈랴 하다 도루 벗어 던지고 바깥마당 *공석 우에 들어누어서, 나는 차라리 죽느니만 같지 못하다 생각했다. 내가 일 안 하면 장인님 저는 나이가 먹어 못 하고 결국 농사 못 짓고 만다. 뒷짐으로 트림을 꿀꺽 하고 대문 밖으로 나오다 날 보고서

　　"이 자식아, 너, 왜 또 이러니?"

　　"*관객이 낮어유, 아이구 배야!"

　　"기껀 밥 처먹구 나서 무슨 관객이야, 남의 농사 버려 주면 이 자식아,

징역 간다, 봐라!"

"가두 좋아유. 아이구 배야!"

참말 난 일 안 해서 징역 가도 좋다 생각했다. 일후 아들을 낳아도 그 앞에서 '바보, 바보.' 이렇게 별명을 들을 테니까 오늘은 열 쪽에 난대도 결정을 내고 싶었다.

장인님이 일어나라고 해도 내가 안 일어나니까 눈에 독이 올라서 저편으로 힁하게 가더니 지게막대기를 들고 왔다. 그리고 그걸로 내 허리를 마치 돌 떠넘기듯이 쿡 찍어서 넘기고 넘기고 했다. 밥을 잔뜩 먹고 딱딱한 배가 그럴 적마다 통겨지면서 *밸창이 꼿꼿한 것이 여간 켕기지 않았다. 그래도 안 일어나니까 이번에는 배를 지게막대기로 우에서 쿡쿡 찌르고 발길로 옆구리를 차고 했다. 장인님은 원체 심정이 궂어서 그러지만, 나도 저만 못하지 않게 배를 채었다. 아픈 것을 눈을 꽉 감고 넌 해라 난 재미난 듯이 있었으나, 볼기짝을 후려갈길 적에는 나도 모르는 결에 벌떡 일어나서 그 수염을 잡아챘다마는, 내 골이 난 것이 아니라 정말은 아까부터 *벜 뒤 울타리 구멍으로 점순이가 우리들의 꼴을 몰래 엿보고 있었기 때문이다. 가뜩이나 말 한마디 톡톡히 못 한다고 바보라는데 매까지 잠자코 맞는 걸 보면 짜정 바보로 알 게 아닌가. 또 점순이도 미워하는 이까진 놈의 장인님 나곤 아무것도 안 되니까 막 때려도 좋지만 사정 보아서 수염만 채고(제 원대로 했으니까 이때 점순이는 퍽 기뻤겠지.) 저기까지 잘 들리도록

"이걸 *까셀라 부다!"

샐죽하다 쌜쭉하다. 마음에 차지 아니하여서 약간 고까워하는 태도가 드러나다.
공석 아무것도 담지 않은 빈 섬. '섬'은 곡식 따위를 담기 위하여 짚으로 돗자리 치듯이 엮어 만든 것.
관객 먹은 음식이 갑자기 체하여 가슴 속이 막히고 위로는 계속 토하며 아래로는 대소변이 통하지 않는 위급한 증상.
밸창 배알. 창자를 비속하게 이르는 말.　　　**벜** 부엌.
까셀라 부다 세차게 칠까 부다.

하고 소리를 쳤다.

　　장인님은 더 약이 바짝 올라서 잡은 참 지게막대기로 내 어깨를 그냥 나려갈겼다. 정신이 다 아찔하다. 다시 고개를 들었을 때 그때엔 나도 온몸에 약이 올랐다. 이 녀석의 장인님을 하고 눈에서 불이 퍽 나서 그 아래 밭 있는 *넝 알로 그대로 떼밀어 굴려 버렸다.

　　기어오르면 굴리고 굴리면 기어오르고, 이러길 한 너덧 번을 하며, 그럴 적마다

　　"부려만 먹구 왜 성례 안 하지유!"

　　나는 이렇게 호령했다. 하지만, 장인님이 선뜻 오냐 낼이라두 성례시켜 주마 했으면 나도 성가신 걸 그만두었을지 모른다. 나야 이러면 때린 건 아니니까 나중에 장인 쳤다는 누명도 안 들을 터이고 얼마든지 해도 좋다.

　　한번은 장인님이 헐떡헐떡 기어서 올라오더니 내 바지가랭이를 요렇게 노리고서 담박 웅켜잡고 매달렸다. 악, 소리를 치고 나는 그만 세상이 다 팽그르 도는 것이

　　"빙장님! 빙장님! 빙장님!"

　　"이 자식! 잡아먹어라, 잡아먹어!"

　　"아! 아! 할아버지! 살려 줍쇼, 할아버지!"

하고 두 팔을 허둥지둥 내절 적에는 이마에 진땀이 쭉 내솟고 인젠 참으로 죽나 부다 했다. 그래두 장인님은 놓질 않드니 내가 기어이 땅바닥에 쓰러져서 거진 까무러치게 되니까 놓는다. 더럽다, 더럽다. 이게 장인님인가? 나는 한참을 못 일어나고 쩔쩔맸다. 그러다 얼굴을 드니(눈에 참 아무것도 보이지 않았다.) 사지가 부르르 떨리면서 나도 엉금엉금 기어가 장인님의 바지가랭이를 꽉 움키고 잡아나꿨다.

　　내가 머리가 터지도록 매를 얻어맞은 것이 이 때문이다. 그러나 여기가 또한 우리 장인님이 유달리 착한 곳이다. 여느 사람이면 사경을 주어서

라도 당장 내쫓았지, 터진 머리를 불솜으로 손수 지져 주고, 호주머니에 *히연 한 봉을 넣어 주고, 그리고

"올 갈엔 꼭 성례를 시켜 주마. 암말 말구 가서 뒷골의 콩밭이나 얼른 갈아라."

하고 등을 뚜덕여 줄 사람이 누구냐.

나는 장인님이 너무나 고마워서 어느덧 눈물까지 났다. 점순이를 남기고 인젠 내쫓기려니 하다 뜻밖의 말을 듣고,

"빙장님! 인제 다시는 안 그러겠어유……."

이렇게 맹서를 하며 *불랴살야 지게를 지고 일터로 갔다.

그러나 이때는 그걸 모르고 장인님을 원수로만 여겨서 잔뜩 잡아다렸다.

"아! 아! 이놈아! 놔라, 놔, 놔……."

장인님은 헷손질을 하며 *솔개미에 챈 닭의 소리를 연해 질렀다. 놓긴 왜, 이왕이면 호되게 혼을 내 주리라 생각하고 짓궂이 더 당겼다마는, 장인님이 땅에 쓰러져서 눈에 눈물이 피잉 도는 것을 알고 좀 겁도 났다.

"할아버지! 놔라, 놔, 놔, 놔놔."

그래도 안 되니까,

"얘, 점순아! 점순아!"

이 악장에 안에 있었든 장모님과 점순이가 헐레벌떡하고 단숨에 뛰어나왔다.

나의 생각에 장모님은 제 남편이니까 *역성을 할는지도 모른다. 그러

넝 알로 넝 아래로. 논밭들이 두둑하게 언덕진 곳 아래로.
히연 희연. 일제 강점기 때의 담배 이름.
불랴살야 부랴사랴. 매우 부산하고 급하게 서두르는 모양.
솔개미 '솔개'의 방언.
역성 옳고 그름에는 관계없이 무조건 한쪽 편을 들어 주는 일.

나 점순이는 내 편을 들어서 속으로 *고수해서 하겠지……. 대체 이게 웬 속인지(지금까지도 난 영문을 모른다.) 아버질 혼내 주기는 제가 내래 놓고 이제 와서는 달겨들며

"에그머니! 이 망할 게 아버지 죽이네!"

하고 내 귀를 뒤로 잡어댕기며 마냥 우는 것이 아니냐. 그만 여기에 기운이 탁 꺾이어 나는 얼빠진 등신이 되고 말았다. 장모님도 덤벼들어 한쪽 귀마저 뒤로 잡아채면서 또 우는 것이다.

이렇게 꼼짝도 못 하게 해 놓고 장인님은 지게막대기를 들어서 사뭇 *나려조겼다. 그러나 나는 구태여 피할랴지도 않고 암만 해도 그 속 알 수 없는 점순이의 얼굴만 멀거니 들여다보았다.

"이 자식! 장인 입에서 할아버지 소리가 나오도록 해?"

고수하다 고소하다.
나려조기다 내려치며 마구 두들기거나 패다.

내용 한눈에 보기

나
- 순진하고 어리숙한 청년
- 점순이와 결혼하기 위해 무임금으로 머슴살이함.
- 장인에게 이용당하면서도 이를 깨닫지 못함.

성례를 부추김. ↗　　　↔ 장인으로 모심. / 머슴으로 생각함.

점순
- 야무지고 적극적인 성격
- '나'와의 혼인을 원하지만, 막상 싸움이 벌어지자 아버지 편을 듦.

장인
- 혼인을 미끼로 '나'를 부려 먹는 인물
- 체면치레를 좋아하는 위선적인 인물로, 교활한 모습을 보임.

작년 봄
혼례를 요구하는 '나'를 장인이 회유함.

▶

올해 봄
'나'가 장인에게 강력하게 혼인을 요구하며 몸싸움을 벌임.

▶

내년 봄
비슷한 상황이 반복될 것임.

작품 해설

　　해학을 정의할 때 '웃음으로 눈물 닦기'라는 말을 사용한다. 이는 삶이 힘들고 어려울 때 웃음으로 이겨 내 보자는 민중 정신을 나타낸다. 해학성은 김유정 소설의 특징 중 하나로, 〈봄·봄〉에는 익살스러우면서도 날카로운 현실 비판이 담겨 있다.
　　이 작품은 1930년대 일제 강점기 농촌을 배경으로 한 소설로, '지주-마름-소작인'의 지배 구조를 드러낸다. 마름인 장인은 자신의 권력을 남용하여 딸 점순이와의 결혼을 명분으로 '나'에게 임금을 주지 않고 고된 일을 시킨다. 어수룩하면서도 우직한 주인공 '나'와 장인 간의 갈등은 작가 특유의 익살스러운 표현과 해학적인 문체를 통해 그려져 웃음을 짓게 한다. 순진한 '나'의 시선을 통해 사건이 서술됨으로써 독자는 '나'의 억울한 상황을 생생하게 느끼며 강자가 약자를 수탈하는 사회의 부조리함과 불합리한 착취 구조를 관찰할 수 있다.

질문으로 시작하는
소설 감상

제목이 왜 '봄·봄'일까?

　〈봄·봄〉의 계절적 배경은 '봄'입니다. '바위 틈에서 샘물 소리밖에 안 들리는 산골짜기니까 맑은 하늘의 봄볕은 이불 속같이 따스하고 꼭 꿈꾸는 것 같다. 나는 몸이 나른하고 몸살(을 아직 모르지만 병)이 나려고 그러는지 가슴이 울렁울렁하고 이랬다.'라고 묘사된 부분을 보면 계절적 배경인 '봄'을 바탕으로 '나'가 설렘을 느끼고 있음을 알 수 있습니다. 여름은 너무 뜨겁고 가을과 겨울은 쓸쓸하기에 생명이 움트기 시작하는 봄에 우리의 마음은 가벼워지고 간질거립니다. 이러한 특성 때문에 봄은 풋사랑을 표현하기에 가장 알맞은 배경입니다. 봄을 떠올리며 이러한 묘사를 읽으면 누구라도 사랑에 대한 설렘을 느낄 수 있을 것입니다.

　그렇다면 제목을 왜 '봄'이라고 하지 않고, '봄·봄'이라고 했을까요? 우선 '봄'이 두 번 겹쳐서 '두 개의 봄'을 이야기한다면 서로 사랑을 느끼는 '나'와 '점순이'의 '봄'을 의미한다고 생각해 볼 수 있습니다. '나'와 성례를 치르고 싶어 하는 모습에서 점순이의 마음속에도 '봄'이 들어왔다고 짐작할 수 있기 때문입니다. 두 번째로는, '나'와 '점순이'의 성례가 이루어지지 못한 봄이 다음 해에도 반복될 것이라는 부정적인 현실의 순환을 의미한다고 볼 수 있습니다. 소설 속에서 작년 봄과 올해 봄, '나'는 장인에게 성례를 요구하지만 장인의 회유에 넘어가 다시 일하러 갑니다. 이처럼 동일한 갈등이 다음 해에도 똑같이 나타날 것이라는 추측이 제목을 통해 표현된 것이라고 생각할 수 있습니다.

　여러분은 제목을 보고 어떤 생각이 들었나요? 다양한 생각을 떠올리며 추측하고 상상하는 기쁨을 느껴 보세요.

질문으로 시작하는 소설 감상

'나'는 왜 도망치지 않았을까?

무려 삼 년하고도 일곱 달. '나'가 돈 한 푼 안 받고 점순이와 결혼하기 위해 일한 시간입니다. 가정을 이루는 것은 중요한 일이고, '나'의 눈에 점순이가 마음에 안 드는 것도 아니지만 결혼을 위해 희생할 수 있다고 하기에는 너무 긴 시간입니다. 게다가 손버릇도 안 좋고, 걸핏하면 이 자식 저 자식 해 대는 장인어른 밑에서 '나'는 왜 고향으로 돌아가지 못하는 것일까요?

당시의 착취나 수탈의 현실을 해학적으로 표현하려는 작가의 의도가 담긴 설정이겠지만 사실 '나'는 너무 어리숙합니다. 키가 크면 결혼시켜 주겠다는 말만 믿고 데릴사위 노릇을 하는 모습이나, 장인어른과 구장님이 수군거린 후에 남의 농사를 망치면 징역 갈 수 있다는 말을 덜컥 믿는 모습에서 어리석다는 생각이 먼저 듭니다. 심지어 점순이의 말에 자극받아 장인과 몸싸움을 하고 머리가 터지도록 매를 얻어맞고도 올가을에 결혼시켜 주겠다는 말에 눈물을 글썽이며 일하러 가는 모습을 보면 앞으로도 '나'가 도망칠 일은 없을 것 같다는 생각마저 듭니다.

'나'의 마음을 제대로 이해하기 위해서 작가 김유정이 그의 작품을 통해 어떤 세계를 구축하려고 했는지 살펴보는 것이 필요할 것 같습니다. 김유정은 '자신의 뿌리 깊은 고질인 사람을 피하려는 염인증을 치료하는 과정'이 곧 문학하는 '나의 생활'이라 말했다고 합니다. 즉, 사람에게 가까이 가고 사람과 함께 하는 삶의 방편이 곧 문학이라고 생각한 것 같습니다. 이와 같은 작가의 문학관에 따라, '나'와 같이 어리숙하면서도 순수한 마음으로 다른 사람을 믿는, 자신이 손해인 줄 알면서도 끝내 도망가지 않는 인물을 등장시키지 않았을까 추리해 볼 수도 있겠습니다.

소설 속 '농촌'이라는 공간은 어떤 곳인가?

여러분은 작품의 공간적 배경인 '농촌'에 대해 어떻게 생각하나요? '구장님도 내 이야기를 자세히 듣더니 퍽 딱한 모양이었다.', '이렇게 말하자면 결국 어젯밤 뭉태네 집에 마실 간 것이 썩 나빴다. …… 내 대신 화를 내 가지고 주먹질을 하다 등잔까지 쳤다.' 작품을 읽다 보면 주인공의 억울한 상황이 답답하다가도, 타인의 일을 내 일처럼 여기고 고민하는 인물들에게 정감이 갑니다. 이는 '농촌'이라는 공간이 주는 따뜻함과 애정에서 비롯된 것이라고 할 수 있습니다.

이 소설이 창작된 1930년대는 암울한 일제 강점기이자 자본주의의 영향으로 사회·경제 분야의 구조적 변동이 일어나던 시대였습니다. 도시에는 떠도는 실업자들이 늘어가는 한편, 농촌에서는 '지주-마름-소작인'의 지배 구조가 형성되면서 당시 농민들을 비롯한 민중들의 생활 방식에도 큰 변화가 일어났습니다.

혼란스러운 시대 상황 가운데 인간성을 상실하고 인간을 수단으로 여기며 자신의 이익만을 취하는 사람들이 존재했지만, 한편으로는 서로를 진심으로 대하며 온정을 유지하는 사람들도 있었습니다. 이 작품에서 작가 김유정은 농촌을 공간적 배경으로 설정하고, 소박하고 다정한 인물을 등장시킵니다. 특히 토속적이고 향토적인 언어를 사용함으로써 소박한 농민들의 진솔한 감정을 보여 주기도 합니다. 이처럼 농촌 공간에서 벌어지는 갈등과 인물들의 관계를 통해 그 안에서 인간적인 순수함을 느낄 수 있습니다.

돌다리

이태준(1904~?)　　1925년 〈오몽녀〉가 《조선문단》에 당선되며 작품 활동을 시작하였다. 섬세한 장면과 인물 묘사로 한국 단편 소설의 완성도를 높였다고 평가받는다. 식민지 지식인, 몰락한 노인, 순수하지만 모자란 사람과 같이 다양한 계층의 인물을 개성 있게 나타냈다. 대표작으로는 〈달밤〉, 〈복덕방〉, 〈패강랭〉, 〈해방 전후〉 등이 있다.

감상의 초점

    이 작품은 도시에서 병원을 운영하는 아들이 고향에서 농사를 짓는 아버지를 찾아오며 시작합니다. 아들은 아버지에게 한 가지 제안을 하고 아버지는 자신의 신념을 밝히며 아들의 제안에 답합니다. 이 과정에서 아들과 아버지의 대비되는 관점이 명백히 드러납니다. 작품이 근대 자본주의 사회로 변화하던 일제 강점기에 발표되었음을 고려하면 각각의 인물은 특정 가치관 혹은 세대를 대표한다고 해석할 수 있습니다.
    두 인물의 입장 차를 중심으로 작품을 읽으며 인물이 대표하는 가치관은 무엇인지 생각해 봅시다. 그리고 작가가 어떤 인물을 더 긍정하고 있는지 작품의 결말을 중심으로 파악해 봅시다. 그 과정에서 작품의 제목이기도 한 '돌다리'의 의미도 찾을 수 있을 것입니다. 나아가 두 인물이 갈등을 대하는 방식, 지금의 현대인이 '땅'을 대하는 태도도 함께 고민하며 작품의 의미를 더 확장해 봅시다.

돌다리

이태준

      정거장에서 샘말 십 리 길을 내려오노라면 반이 될락말락한 데서부터 샘말 동네보다는 그 건너편 산기슭에 놓인 공동묘지가 먼저 눈에 뜨인다.

      창섭은 잠깐 걸음을 멈추고까지 바라보았다.

      봄에 올 때 보면, 진달래가 불붙듯 피어 올라가는 야산이다. 지금은 단풍철도 지나고 누르테테한 가닥나무들만 묘지를 둘러, 듣지 않아도 적막한 버스럭 소리만 울릴 것 같았다. 어느 것이라고 집어낼 수는 없어도, 창옥의 무덤이 어디쯤이라고는 짐작이 된다. 창섭은 마음으로 '창옥아' 불러 보며 *묵례(默禮)를 보냈다.

      다만 오뉘뿐으로 나이가 훨씬 떨어진 누이였었다. 지금도 눈에 선하다. 자기가 마침 방학으로 와 있던 여름이었다. 창옥은 저녁 먹다 말고 갑자기 복통으로 뒹굴었다. 읍으로 뛰어 들어가 의사를 청해 왔다. 의사는 주사를 놓고 들어갔다. 그러나 밤새도록 열은 내리지 않았고 새벽녘엔 아파하는

묵례   말없이 고개만 숙이는 인사.

것도 더해 갔다. 다시 의사를 데리러 갔으나 의사는 바쁘다고 환자를 데려오라 하였다. 하라는 대로 환자를 데리고 들어갔으나 역시 오진을 했었다. 다시 하루를 지나 고름이 터지고 복막이 절망적으로 상해 버린 뒤에야 겨우 맹장염인 것을 알아낸 눈치였다.

그때 창섭은, 자기도 어른이기만 했으면 필시 의사의 멱살을 들었을 것이었다. 이런 누이의 허무한 죽음에서 창섭은 뜻을 세워, 아버지가 권하는 *고농(高農)을 마다하고 의전(醫專)으로 들어갔고, 오늘에 이르러는, 맹장 수술로는 서울서도 정평이 있는 한 권위가 된 것이다.

'창옥아, 기뻐해 다오. 이번에 내 병원이 좋은 건물을 만나 커지는 거다. 개인 병원으로 제일 완비한 수술실이 실현될 거다! 입원실 부족도 해결될 거다. 네 사진을 크게 확대해 내 새 진찰실에 걸어 노마…….'

창섭은 바람도 쌀쌀할 뿐 아니라, 오후 차로 돌아가야 할 길이라 걸음을 *재우쳤다.

길은 그전보다 넓어도 졌고 바닥도 평탄하였다. 비나 오면 진흙에 헤어날 수 없었는데 *복판으로는 자갈이 깔리고 어떤 목은 좁아서 *소바리가 논으로 미끄러져 들어가기 십상이었는데 바위를 갈라내어서까지 *일매지게 넓은 길로 닦아졌다. 창섭은, '이럴 줄 알았다면 정거장에서 자전거라도 빌려 타고 올걸.' 하였다.

눈에 익은 정자나무 선 논이며 돌 *각담을 두른 밭들도 나타났다. 자기 집 논과 밭들이었다. 논둑에 선 정자나무는 그전부터 있은 것이나 밭에 돌각담들은 아버지께서 손수 쌓으신 것이다.

창섭의 아버지는 근검(勤儉)으로 근방에 소문난 영감이다.

그러나 자기 대에 와서는 밭 하루갈이도 늘쿠지는 못한 것으로도 소문난 영감이다. 곡식값보다는 다른 물가들이 높아졌을 뿐 아니라 전대(前代)에는 모르던 아들의 유학이란 것이 큰 부담인 데다가,

"할아버니와 아버니께서 나를 부자 소린 못 들어도 굶는단 소린 안 듣고 살도록 물려주시구 가셨다. 드럭드럭 탐내 모아선 뭘 허니, 할아버니께서 쇠똥을 맨손으로 움켜다 너시던 논, 아버니께서 *멍덜을 손수 이룩허신 밭을 더 건 논으로 더 기름진 밭이 되도록, 닦달만 해 가기에도 내겐 벅찬 일일 게다."

하고 *절용(節用)해 쓰고 남는 돈이 있으면 그 돈으로는 품을 몇씩 들여서까지 비뚠 *논배미를 바로잡기, 밭에 돌을 추려 바람맞이로 담을 두르기, 개울엔 둑막이하기, 그러다가 아들이, 의사가 된 후로는, 아들 학비로 쓰던 몫까지 들여서 동네 길들은 물론, 읍 길과 정거장 길까지 닦아 놓았다. 남을 주면 땅을 버린다고 여간 근실한 자국이 아니면 소작을 주지 않았고, 소를 두 필이나 매고 일꾼을 세 명씩이나 두고 적지 않은 전답을 전부 자농(自農)으로 버티어 왔다. 실속이 *타작(打作)만 못하다는 둥, 일꾼 셋이 저희 농사해 가지고 나간다는 둥 이해만을 따져 비평하는 소리가 많았으나 창섭의 아버지는 땅을 위해서는 자기의 이해만으로 타산하려 하지 않았다. 이와 같은 임자를 가진 땅들이라 곡식은 거둔 뒤, 그루만 남은 논과 밭이되, 그 바닥들의 고름, 그 언저리들의 바름, 흙의 부드러움이 마치 시루떡 모판이나 대하는 것처럼 누구의 눈에나 탐스럽게 흐뭇해 보였다.

이런 땅을 팔기에는, 아무리 수입은 몇 배 더 나은 병원을 늘쿠기 위해서나 아버지께 미안하지 않을 수 없었다. 그러나 잡히기나 해 가지고는 삼

고농 '고등 농림 학교'를 줄여 이르는 말.
복판 일정한 공간이나 사물의 한가운데.
일매지게 모두 다 고르고 가지런하게.
각담 논밭의 돌이나 풀 따위를 추려 한쪽에 나지막이 쌓아 놓은 무더기.
멍덜 험한 바위나 돌이 삐죽삐죽 나온 곳.
절용하다 아껴 쓰다.
논배미 논두렁으로 둘러싸인 논의 하나하나의 구역.
타작 거둔 곡식을 지주와 소작인이 어떤 비율에 따라 갈라 가지는 제도.
재우치다 빨리 몰아치거나 재촉하다.
소바리 등에 짐을 실은 소. 또는 그 짐.

만 원 돈을 만들 수가 없었고, 서울서 큰 *양관(洋館)을 손에 넣기란 돈만 있다고도 아무 때나 될 일이 아니었다.

'아버지께선 내년이 환갑이시다! 어머니께선 겨울이면 해마다 기침이 도지신다. 진작부터 내가 모셔야 했을 거다. 그런데 내가 시골로 올 순 없고, 천생 부모님이 서울로 가시어야 한다. 한 동네서도 땅을 당신만치 못 거둘 사람에겐 소작을 주지 않으셨다. 땅 전부를 소작을 내어 맡기고는 서울 가 편안히 계실 날이 하루도 없으실 게다. 아버님의 말년을 편안히 해 드리기 위해서도 땅은 전부 없애 버릴 필요가 있는 거다!'

창섭은 샘말에 들어서자 동구에서 이내 아버지를 뵐 수가 있었다. 아버지는, 가에는 살얼음이 잡힌 찬물에 무릎까지 걷고 들어서서 동네 사람들을 *축추겨 돌다리를 고치고 계시었다.

"어떻게 갑재기 오느냐?"

"네. 좀 급히 여쭤봐야 할 일이 생겼습니다."

"그래? 먼저 들어가 있거라."

동네 사람 수십 명이 *쇠고삐 두 *기장은 흘러내려 간 다릿돌을 동아줄에 얽어 끌어 올리고 있었다. 개울은 동네 복판을 흐르고 있어 아래위로 징검다리는 서너 군데나 놓였으나 하룻밤 비에도 일쑤 넘치어 모두 이 큰 돌다리로 통행하던 것이었다. 창섭은 어려서 아버지께 이 큰 돌다리의 내력을 들은 것이 아직도 기억에 남아 있다.

"너이 증조부님 돌아가시어서다. 산소에 *상돌을 해 오시는데 징검다리로야 건네올 수가 있니? 그래 너이 조부님께서 다리부터 이렇게 넓구 튼튼한 돌로 노신 거란다."

그 후 오륙십 년 동안 한 번도 무너진 적이 없었는데 몇 해 전 어느 장마엔 어찌 된 셈인지 가운데 제일 큰 장이 내려앉아 떠내려갔던 것이다. 두께가 한 *자는 실하고 폭이 여섯 자, 길이는 열 자가 넘는 자연석 그대로라

여간 몇 사람의 힘으로는 손을 댈 염두부터 나지 못하였다. 더구나 불과 수십 보 이내에 면(面)의 보조를 얻어 난간까지 달린 *한다한 나무다리가 놓인 뒤의 일이라 이 돌다리는 동네 사람들에게 완전히 잊혀 버린 채 던져져 있던 것이었다.

집에 들어가니, 어머니는 다리 고치는 사람들 점심을 짓노라고, 역시 여러 명의 동네 여편네들과 허둥거리고 계시었다.

"웬일인데 어째 혼자만 오느냐?"

어머니는 손자 아이들부터 보이지 않음을 물으신다.

"오늘루 가야겠어서 아무두 안 데리구 왔습니다."

"오늘루 갈 걸 뭘허 오누?"

"인전 어머니서껀 서울로 모셔 갈 채빌 허러 왔다우."

"서울루! 제발 아이들허구 한데서 살아 봤음 원이 없겠다."

하고 어머니는 땅보다, 조상님들 산소나 사당보다 손자 아이들에게 더 마음이 끌리시는 눈치였다. 그러나 아버지만은 그처럼 단순히 들떠질 마음이 아니었다.

아버지는 아들의 뒤를 쫓아 이내 개울에서 들어왔다. 아들은, 의사인 아들은, 마치 환자에게 치료 방법을 이르듯이, 냉정히 차근차근히 이야기를 시작하였다. 외아들인 자기가 부모님을 진작 모시지 못한 것이 잘못인 것, 한집에 모이려면 자기가 병원을 버리기보다는 부모님이 농토를 버리시고 서울로 오시는 것이 순리인 것, 병원은 나날이 환자가 늘어 가나 입원실이 부족되어 오는 환자의 삼분지 일밖에 수용 못 하는 것, 지금 시국에 큰 건물

양관 양옥. 서양식으로 지은 집.
쇠고삐 소의 굴레에 매어 끄는 줄.
상돌 무덤 앞에 제물을 차려 놓기 위하여 넓적한 돌로 만들어 놓은 상.
자 길이의 단위. 한 자는 한 치의 열 배로 약 30.3cm에 해당한다.
한다하는 수준이나 실력 따위가 상당하다고 자처하거나 그렇게 인정받는.
축추겨 '부추겨'의 방언.
기장 '길이'의 방언.

을 새로 짓기란 거의 불가능의 일인 것, 마침 교통 편한 자리에 삼층 양옥이 하나 난 것, 인쇄소였던 집인데 전체가 콘크리트여서 방화 방공으로 가치가 충분한 것, 삼층은 살림집과 직공들의 합숙실로 꾸미었던 것이라 입원실로 변장하기에 용이한 것, 각 층에 수도, 가스가 다 들어온 것, 그러면서도 가격은 *염한 것, 염하기는 하나 삼만 이천 원이라, 지금의 병원을 팔면 일만 오천 원쯤은 받겠지만 그것은 새 집을 고치는 데와, 수술실의 기계를 완비하는 데 다 들어갈 것이니 집값 삼만 이천 원은 따로 있어야 할 것, 시골에 땅을 둔대야 일 년에 고작 삼천 원의 실리가 떨어질지 말지 하지만 땅을 팔아다 병원만 확장해 놓으면, 적어도 일 년에 만 원 하나씩은 이익을 뽑을 자신이 있는 것, 돈만 있으면 땅은 이담에라도, 서울 가까이라도 얼마든지 좋은 것으로 살 수 있는 것……. 아버지는 아들의 의견을 끝까지 잠잠히 들었다. 그리고,

"점심이나 먹어라. 나두 좀 생각해 봐야 대답허겠다."

하고는 다시 개울로 나갔고, 떨어졌던 다릿돌을 올려놓고야 들어와 그도 점심상을 받았다.

점심을 자시면서였다.

"원, 요즘 사람들은 힘두 줄었나 봐! 그 다리 첨 놀 제 내가 어려서 봤는데 불과 *여남은이서 거들던 돌인데 장정 수십 명이 한나절을 씨름을 허다니!"

"나무다리가 있는데 건 왜 고치시나요?"

"너두 그런 소릴 허는구나. 나무가 돌만 허다든? 넌 그 다리서 고기 잡던 생각두 안 나니? 서울루 공부 갈 때 그 다리 건너서 떠나던 생각 안 나니? 시쳇 사람들은 모두 인정이란 게 사람헌테만 쓰는 건 줄 알드라! 내 할아버니 산소에 상돌을 그 다리로 건너다 모셨구, 내가 천잘 끼구 그 다리루 글 읽으러 댕겼다. 네 어미두 그 다리루 가말 타구 내 집에 왔어. 나 죽건 그 다리

루 건네다 묻어라……. 난 서울 갈 생각 없다."

"네?"

"천금이 쏟아진대두 난 땅은 못 팔겠다. 내 아버님께서 손수 이룩허시는 걸 내 눈으로 본 밭이구, 내 할아버지께서 손수 피땀을 흘려 모신 돈으로 장만허신 논들이야. 돈 있다고 어디 가 *느르지논 같은 게 있구, *독시장밭 같은 걸 사? 느르지논둑에 선 느티나문 할아버지께서 심으신 거구, 저 사랑마당엣 은행나무는 아버님께서 심으신 거다. 그 나무 밑에를 설 때마다 난 그 어른들 동상(銅像)이나 다름없이 경건한 마음이 솟아 우러러보군 헌다. 땅이란 걸 어떻게 일시 이해를 따져 사구팔구 허느냐? 땅 없어 봐라, 집이 어딨으며 나라가 어딨는 줄 아니? 땅이란 천지만물의 근거야. 돈 있다구 땅이 뭔지두 모르구 욕심만 내 문서 쪽으로 사 모기만 하는 사람들, 돈놀이처럼 *변리만 생각허구 제 조상들과 그 땅과 어떤 인연이란 건 도시 생각지 않구 헌신짝 버리듯 하는 사람들, 다 내 눈엔 괴이한 사람들루밖엔 뵈지 않드라."

"……."

"네가 뉘 덕으루 오늘 의사가 됐니? 내 덕인 줄만 아느냐? 내가 땅 없이 뭘루? 밭에 가 절하구 논에 가 절해야 쓴다. 자고로 하눌 하눌 허나 하눌의 덕이 땅을 통허지 않군 사람헌테 미치는 줄 아니? 땅을 파는 건 그게 하눌을 파나 다름없는 거다."

"……."

"땅을 밟구 다니니까 땅을 우섭게들 여기지? 땅처럼 응과(應果)가 분명헌 게 무어냐? 하눌은 차라리 못 믿을 때두 많다. 그러나 힘들이는 사람에

염한 값이 싼.   **여남은** 열이 조금 넘는 수.
느르지논 철원군 철원읍 사요리 일대의 기름진 논을 이르는 말.
독시장밭 철원에 소재한 선비소(늪) 위에 있는 밭 이름.
변리 남에게 돈을 빌려 쓴 대가로 치르는 일정한 비율의 돈.

겐 힘들이는 만큼 땅은 반드시 후헌 보답을 주시는 거다. 세상에 흔해 빠진 지주들, 땅은 작인들헌테나 맡겨 버리구, 떡 도회지에 가 앉어 *소출(所出)은 팔어다 모다 도회지에 낭비해 버리구, 땅 가꾸는 덴 단돈 일 원을 벌벌 떨구, 땅으루 살며 땅에 야박한 놈은 자식으로 치면 *후레자식 셈이야. 땅이 말을 할 줄 알어 봐라? 배가 고프단 땅이 얼마나 많을 테냐? 해마다 걷어만 가구, 땅은 자갈밭이 되니 아나? 둑이 떠나가니 아나? 거름 한번을 제대로 넣나? 정 급허게 돼 작인이 우는소리나 해야 요즘 너희 신의(新醫)들 주사침 놓듯, 애꿎인 *금비(金肥)만 갖다 털어 넣지. 그렇게 땅을 홀댈 허군 인제 죽어서 땅이 무서서 어디루들 갈 텐구!"

창섭은 입이 얼어 버리었다. 손만 부비었다. 자기의 생각은 너무나 자기 본위였던 것을 대뜸 깨달았다. 땅에는 이해를 초월한 일종 종교적 신념을 가진 아버지에게 아들의 이단적인 계획이 용납될 리 만무였다. 아버지는 상을 물리고도 말을 계속하였다.

"너루선 어떤 수단을 쓰든지 병원부터 확장허려는 게 과히 엉뚱헌 욕심은 아닐 줄두 안다. 그러나 욕심을 부련 못쓰는 거다. 의술은 예로부터 인술(仁術)이라지 않니? 매살 순탄허게 진실허게 해라."

"……."

"네가 가업을 이어 나가지 않는다군 탄허지 않겠다. 넌 너루서 발전헐 길을 열었구, 그게 또 *모리지배의 악업이 아니라 활인(活人)허는 인술이구나! 내가 어떻게 불평을 말헌? 다만 삼사 대 집안에서 공들여 이룩해 논 *전장(田莊)을 남의 손에 내맡기게 되는 게 저윽 애석헌 심사가 없달 순 없구……."

"팔지 않으면 그만 아닙니까?"

"나 죽은 뒤에 누가 거두니? 너두 이제두 말했지만 너두 문서 쪽만 쥐구 서울 앉어 지주 노릇만 허게? 그따위 지주허구 작인 틈에서 땅들만 얼마

곯는지 아니? 안 된다. 팔 테다. 나 죽을 *임시엔 다 팔 테다. 돈에 팔 줄 아니? 사람헌테 팔 테다. 건너 용문이는 우리 느르지논 같은 건 한 해만 부쳐 보구 죽어두 농군으로 태났던 걸 한허지 않겠다구 했다. 독시장밭을 내논다구 해 봐라, 문보나 덕길이 같은 사람은 길바닥에 나앉드라두 집을 팔아 살려구 덤빌 게다. 그런 사람들이 땅 님자 안 되구 누가 돼야 옳으냐? 그러니 아주 말이 난 김에 내 유언이다. 그런 사람들 무슨 돈으로 땅값을 한목 내겠니? 몇몇 해구 그 땅 소출을 팔아 연년이 갚어 나가게 헐 테니 너두 땅값을랑 그렇게 받어 갈 줄 미리 알구 있거라. 그리구 네 모가 먼저 가면 내가 묻을 거구, 내가 먼저 가게 되면 네 모만은 네가 서울로 그때 다려가렴. 난 샘말서 이렇게 야인(野人)으로나 죄 없는 밥을 먹다 야인인 채 묻힐 걸 흡족히 여긴다."

"……."

"자식의 젊은 욕망을 들어 못 주는 게 애비 된 맘으루두 섭섭허다. 그러나 이 늙은이헌테두 그만 신념쯤 지켜 오는 게 있다는 걸 무시하지 말어 다구."

아버지는 다시 일어나 담배를 피우며 다리 고치는 데로 나갔다. 옆에 앉았던 어머니는 두 눈에 눈물을 쭈루루 흘리었다.

"너이 아버지가 여간 고집이시냐?"

"아뇨, 아버지가 어떤 어른이신 건 오늘 제가 더 잘 알었습니다. 우리 아버진 훌륭헌 인물이십니다."

소출 논밭에서 나는 곡식. 또는 그 곡식의 양.
후레자식 배운 데 없이 제풀로 막되게 자라 교양이나 버릇이 없는 사람을 낮잡아 이르는 말.
금비 돈을 주고 사서 쓰는 거름. '화학 비료'로 순화.
모리지배 모리배. 온갖 수단과 방법으로 자신의 이익만을 꾀하는 사람. 또는 그런 무리.
전장 개인이 소유하는 논밭.
임시 정해진 시간에 이름. 또는 그 무렵.

그러나 창섭도 코허리가 찌르르하였다. 자기가 계획하고 온 일이 실패한 것쯤은 차라리 당연하게 생각되었고, 아버지와 자기와의 세계가 격리되는 일종의 결별의 심사를 체험하는 때문이었다.

아들은 아버지가 고쳐 놓은 돌다리를 건너 저녁차를 타러 가 버리었다. 동구 밖으로 사라지는 아들의 뒷모양을 지키고 섰을 때 아버지의 마음도, 정말 임종에서 유언이나 하고 난 것처럼 외롭고 한편 불안스러운 심사조차 설레었다.

아버지는 종일 개울에서 허덕였으나 저녁에 잠도 달게 오지 않았다. 젊어서 서당에서 읽던 *백낙천(白樂天)의 시가 다 생각이 났다. 늙은 제비 한 쌍을 두고 지은 노래였다. 제 뱃속이 고픈 것은 참아 가며 입에 얻어 물은 것은 새끼들부터 먹여 길렀으나, 새끼들은 자라서 나래에 힘을 얻자 어디로인지 저희 좋을 대로 다 날아가 버리어, 야위고 늙은 어버이 제비 한 쌍만 가을바람 *소슬한 추녀 끝에 쭈그리고 앉았는 광경을 묘사하였고, 나중에는 그 늙은 어버이 제비들을 가리켜, 새끼들만 원망하지 말고, 너희들이 새끼 적에 역시 그러했음도 깨달으라는 풍자의 시였다.

'흥!……'

노인은 어두운 천장을 향해 쓴웃음을 짓고 날이 밝기를 기다려 누구보다도 먼저 어제 고쳐 놓은 돌다리를 보러 나왔다.

흙탕이라고는 어느 돌 틈에도 남아 있지 않았다. 첫 *곬으로도, 가운데 곬으로도, 끝에 곬으로도 맑기만 한 소담한 물살이 우쭐우쭐 춤추며 빠져 내려갔다. 가운뎃장으로 가 쾅 굴러 보았다. 발바닥만 아플 뿐 끄떡이 있을 리 없다. 노인은 쭈루루 집으로 들어와 소금 접시와 낯 수건을 가지고 나왔다. 제일 낮은 받침돌에 내려앉아 양치를 하고 세수를 하였다. 나중에는 다시 이가 저린 물을 한입 물어 마시며 일어섰다. 속의 모든 게 씻기는 듯 시원

하였다. 그리고 수염의 물을 닦으며 이렇게 생각하였다.

    '비가 아무리 쏟아져도 어떤 한정을 넘는 법은 없다. 물이 분수없이 늘어 떠내려갔던 게 아니라 자갈이 밀려 내려와 물구멍이 좁아졌든지, 그렇지 않으면, 어느 받침돌의 밑이 물살에 궁글어 쓰러졌던 그런 까닭일 게다. 미리 바닥을 치고 미리 받침돌만 제대로 보살펴 준다면 만년을 간들 무너질 리 없을 게다. 그저 늘 보살펴야 허는 거다. 사람이란 하눌 밑에 사는 날까진 하루라도 *천리(天理)에 방심을 해선 안 되는 거다……'

백낙천 백거이의 성(姓)과 자(字)를 함께 이르는 이름. 중국 당나라의 시인(772~846)으로, 일상적인 언어 구사와 풍자에 뛰어남.
소슬한 으스스하고 쓸쓸한.   **곬** 한쪽으로 트여 나가는 방향이나 길.
천리 천지자연의 이치. 또는 하늘의 바른 도리.

내용 한눈에 보기

아버지
- 평생 부지런히 살아온 시골 농부
- 이익을 위해 땅을 사고파는 세태를 비판하며 땅을 팔자는 아들의 제안을 단호히 거절함.
- 땅의 본래적 가치를 중시함.
- 전통적 가치관과 사고방식을 지님.

↔ 갈등 가치관의 차이 ↔

아들(창섭)
- 병원을 확장하려는 욕심을 지닌 도시의 의사
- 병원 확장을 위해 아버지에게 땅을 팔자고 제안하지만 아버지의 거절에 자신이 이기적이었음을 깨달음.
- 땅의 금전적 가치를 중시함.
- 근대적 가치관과 사고방식을 지님.

돌다리
- 만들기 어려움.
- 안정적임.

나무다리
- 쉽게 만들 수 있음.
- 불안정함.

전통적 가치관과 사고방식 | 근대적 가치관과 사고방식

작품 해설

이 작품에서 창섭은 이해타산을 중시하는 근대적 가치관을, 아버지는 자연과 순리를 중시하는 전통적 가치관을 대변하는 인물이다. 두 인물의 갈등은 '땅'을 중심으로 드러난다. 창섭은 병원 확장을 위해 아버지가 농사짓는 땅을 팔자고 제안한다. 창섭의 입장에서 땅은 이익을 얻기 위해 언제든 사고팔 수 있는 것이지만, 아버지에게 땅은 다 같은 땅이 아니다. 조상 대대로 정성 들여 보살핀 땅에는 돈으로 환산할 수 없는 깊은 인연이 있다. 성실한 농민으로 묘사된 아버지가 아들의 제안을 거절하는 결말은 물질주의를 비판하고 정신적, 전통적 가치의 중요성을 강조하는 주제 의식을 드러낸다.

이러한 주제 의식은 작품의 창작 배경과 연결 지을 수 있다. 작품이 발표된 일제 강점기는 급격한 근대화를 겪으며 돈을 우선시하는 물질주의가 나타난 시기이다. 작가는 근대화 과정에서 소외되는 계층과 사라지는 전통 문화에 많은 관심을 보였고, 물질주의 풍토를 비판적으로 바라보았다. 이러한 작가의 관점이 창섭과 아버지의 갈등에 반영된 것이다.

질문으로 시작하는
소설 감상

마을 풍경을 자세히 보여 주는 시작 부분은 어떤 의미가 있을까?

　소설에서 공간적 배경은 인물의 행동과 사건의 전개에 현실감을 부여해 독자가 작품에 몰입하도록 돕습니다. 작품의 도입부를 읽으며 정거장에서 내려 창섭의 집으로 가는 길을 상상하지 않았나요? 또한 동네 길, 읍 길, 정거장 길을 아버지가 닦아 놓았다는 점에서 마을의 풍경은 땅의 가치를 중시하는 아버지의 가치관을 간접적으로 보여 줍니다.

　자세한 배경 묘사에서 작가의 특성도 살펴볼 수 있습니다. 이 작품의 작가 이태준은 소설을 창작할 때 내용, 즉 줄거리보다 표현을 더 중요하다고 생각했다고 합니다. 그래서 그의 대표작에는 장면이나 인물을 아름다운 문장으로 표현한 부분이 자주 등장합니다.

아버지가 창섭의 제안을 받아들였다면 가족 모두가 더 행복하지 않았을까?

　이 소설을 통해 사람마다 중요하게 생각하는 가치가 다름을 알 수 있습니다. 좋은 삶의 기준을 하나로 정리하기는 어렵습니다. 아버지에게는 돈을 많이 버는 것이 중요한 가치가 아닙니다. 물론 창섭도 돈만 좇는 사람은 아닙니다. 창섭은 누이의 죽음을 계기로 의사가 되었고 병원을 확장하는 것은 더 많은 사람을 살리는 일이기도 합니다. 그러나 창섭이 아버지에게 제시한 논리의 핵심은 시골에 땅을 두는 것보다 땅을 팔아 병원을 확장하면 더 큰 이익을 얻을 수 있다는 점이었습니다.

　아버지의 입장에서 창섭의 논리는 설득력이 있었을까요? 아버지가 땅을 대하는 태도를 떠올려 보면 절로 고개를 젓게 됩니다. 아버지에게 땅은 '천지만물의 근거'로, 돈을 벌기 위한 수단이 아니라 돈과 관계없이 정성 들여 가꾸고 보살펴야 하는 대상입니다. 정성을 들이는 만큼 보답을 주어 지금까지 자신과 자식들을 잘살게 해 주었으니 감사한 대상이기도 합니다. 그러니 조상 대대

질문으로 시작하는 소설 감상

로 인연을 맺어 내려온 땅은 팔더라도 '돈'이 아니라 땅의 가치를 아는 '사람'에게 팔아야 합니다.

　이런 아버지의 생각은 오늘날에도 여전히 의미가 있습니다. 아버지가 땅을 인간을 위한 수단으로 여기지 않는다는 점에 주목해 봅시다. 아버지는 땅을 재산으로만 여기는 사람들 손에서 땅은 배가 고프고 곯는다고 비판합니다. 아버지는 땅과 상호 의존적인 관계를 맺고 살아왔습니다. 인간은 땅을 보살피고 땅은 보답을 주었습니다. '땅을 보살피지도 않으면서 땅에게 무언가 얻으려고만 한다.', '땅을 사고파는 재산으로만 여긴다.'라는 아버지의 비판은 지금 이 시대에도 유효한 이야기입니다. 자연과 함께 살아가는 삶의 모습은 어때야 하는지 아버지의 삶과 가치관을 통해 생각해 보면 어떨까요?

'나무다리'가 있는데도 아버지는 왜 굳이 '돌다리'를 고치려 할까?

　돌다리는 창섭의 할아버지 때 놓여 50~60년이 되도록 무너진 적 없이 제 자리를 지켰습니다. 아버지가 글을 배울 때, 어머니가 시집을 올 때, 창섭이 서울로 공부하러 갈 때 모두 그 다리를 지났습니다. '시쳇사람들은 모두 인정이란 게 사람한테만 쓰는 건 줄 알드라.'라는 아버지의 말은 돌다리에 다리 이상의 가치가 있음을 보여 줍니다. 돌다리는 오랜 세월 동안 가족 공동체, 나아가 마을 공동체와 함께했습니다. 그래서 돌다리를 고치는 행위에는 공동체의 가치를 유지하고자 하는 아버지의 바람이 담겨 있다고도 할 수 있습니다.

　돌다리는 작품의 전개 과정에서도 주요한 기능을 합니다. 창섭의 제안을 듣기 전 아버지는 돌다리를 고치고 있었습니다. 창섭의 제안을 들은 뒤 다릿돌을 올려놓고 돌아온 아버지는 이내 창섭의 제안을 거절합니다. 창섭은 아버지가 고쳐 놓은 돌다리를 건너 서울로 돌아가고 아버지는 뒤숭숭한 마음으로 잠에 듭니다. 다음 날 아침, 어제 고쳐 놓은 돌다리를 보고 와서야 아버지는 마음이 후련함을 느낍니다. 돌다리를 중심으로 사건의 흐름을 정리해 보면 돌다리는 아버지의 가치관을 상징하는 소재이자 아버지의 신념을 확고히 하는 데 기여한 소재라고 할 수 있습니다.

아버지가 창섭의 제안을 거절한 뒤에 부자 관계는 어떻게 되었을까?

'아버지와 자기와의 세계가 격리되는 일종의 결별의 심사를 체험하는 때문이었다.'라는 구절에서 '창섭이 서운한 것은 아닐까, 앞으로 부자 관계가 더 멀어지지는 않을까?' 하는 생각을 할 수 있습니다. 하지만 갈등은 오히려 창섭과 아버지가 서로의 차이를 이해하는 계기가 되었습니다. 창섭과 아버지는 서로를 부정하거나 거부하지 않고 생각의 차이를 인정하고 있습니다. 다만 창섭의 입장에서 아버지의 가치관은 자신과 너무 다르기에 마치 서로 다른 세계를 살고 있는 것 같다는 의미에서 '결별의 심사'를 느낀 것입니다. 그렇지만 창섭은 아버지는 훌륭한 분이라고 말하며 아버지의 신념을 그 자체로 존중하고 있습니다. 아버지 역시 병원을 확장하려는 창섭의 생각이 합리적임을 이해합니다.

창섭이 떠난 뒤 서술의 초점은 아버지로 바뀝니다. 이때 드러난 아버지의 내면에는 외로움과 불안함이 있습니다. 아버지도 아들이 원하는 바를 들어주지 못한 것이 마음에 걸렸던 것입니다. 아버지가 떠올린 백낙천의 시는 부모가 자식이 곁을 떠났다고 원망하다가 부모 역시 자신이 자식일 적에 그러했음을 깨닫는다는 내용입니다. 이는 아버지가 자신의 가치관과 다른 삶을 사는 창섭을 탓하지 않고 자연스럽게 받아들인다는 맥락으로도 해석할 수 있습니다. 두 인물은 서로의 차이를 인정하고 또 이해했으니 창섭은 창섭대로 아버지는 아버지대로 각자의 삶을 살며 앞으로도 원만한 부자 사이로 함께하지 않을까요? 서로의 다름을 이해하는 것이 공존을 위한 첫 단계임을 생각할 때, 창섭과 아버지의 대화는 우리에게 다름을 이해하려는 바른 태도를 보여 줍니다.

미스터 방

채만식(1902~1950)　　1924년 단편 소설 〈새길로〉를 《조선문단》에 발표하며 등단하였다. 290여 편에 이르는 소설을 비롯하여 다수의 희곡, 평론, 수필 등을 썼다. 기자로 지내다가 1936년 이후로는 창작에 전념하며 풍자성이 강한 작품을 발표하였다. 광복 이후에 중편 소설 〈민족의 죄인〉을 발표하여, 자신의 친일 행적을 반성하기도 하였다. 대표작으로 단편 소설 〈레디메이드 인생〉, 〈치숙(痴叔)〉, 장편 소설 〈탁류(濁流)〉 등이 있다.

감상의 초점

    이 작품은 '방삼복'이라는 보잘것없는 인물이 '미스터 방'이라는 인물로 인정받게 되는 과정을 통해 광복 직후의 혼란스러운 사회에서 자기의 이익만을 추구하는 기회주의적인 인물의 삶을 우스꽝스럽고 풍자적으로 그립니다.
    이 작품에서는 '미스터 방'뿐 아니라 그와 마주하고 있는 '백 주사'의 삶도 풍자의 대상으로 삼고 있습니다. 풍자의 대상이 되는 두 인물이 어떤 점에서 유사하고 또 차이가 있는지 비교해 보고, '방삼복'의 삶이 어떤 결말로 끝날지 예상하며 읽어 봅시다.
    권력을 따라 철새처럼 행동하는 인물들의 모습과 혼란스러웠던 광복 직후의 세태를 상상해 보세요. 그리고 자신이 그 시대에 살았다면 어떤 선택을 했을지 생각해 본다면 이 작품을 조금 더 의미 있게 읽을 수 있을 것입니다.

미스터 방

채만식

　주인과 나그네가 한가지로 술이 거나하니 취하였다. 주인은 미스터 방(方), 나그네는 주인의 고향 사람 백(白) *주사.

　주인 미스터 방은 술이 거나하여 감을 따라, 그러지 않아도 이즈음 의기 자못 양양한 참인데 거기다 술까지 들어간 판이고 보니, 가뜩이나 기운이 불끈불끈 솟고 하늘이 바로 *돈짝만 한 것 같은 모양이었다.

　"내 참, 뭐, *흰말이 아니라 참, 거칠 것 없어, 거칠 것. 흥, 어느 눔이 아, 어느 눔이 날 뭐라구 허며, 날 괄시헐 눔이 어딨어, 지끔 이 천지에. 흥 참, 어림없지, 어림없어."

　누가 옆에서 저를 무어라고를 하며, 괄시를 한단 말인지, 공연히 연방 그 툭 나온 눈방울을 부리부리, 왼편으로 삼십 도는 넉넉 삐뚤어진 코를 벌씸벌씸해 가면서 그래 쌓는 것이었다.

주사 (남자의 성 뒤에 쓰여) 그를 높여 이르는 말.
돈짝 엽전의 크기.
흰말 '흰소리'의 방언. 터무니없이 자랑으로 떠벌리거나 거드럭거리며 허풍을 떠는 말.

"내 참, 이래 뵈두, 응, 동양 삼국 물 다 먹어 본 방삼(方三)복이우. 청얼(淸語) 뭇허나, 일얼 뭇허나, 영어야 뭐 말할 것두 없구……."

하다가, 생각난 듯이 맥주 컵을 들어 벌컥벌컥 단숨에 다 마신다. 그러고는 시꺼먼 손등으로 입술을 쓱, 손가락으로 김치 쪽을 늘름 한 점, 그러던 버릇이, 미스터 방이요, 신사요, 방 선생으로도 불리어지는 시방도 *무심중 절로 나와, 손등으로 입술의 맥주 거품을 쓱 씻고 손가락으로 라조기 한 점을 집어다 으득으득 씹는다.

"술은 참, 맥주가 술입넨다……."

어느 놈이 만일 무어라고 시비를 하거나 괄시를 한다면 당장 그 라조기를 씹듯이 으득으득 잡아 씹기라도 할 듯이 괄괄하던 결기가, 그러다 별안간 어디로 가고서 이번엔 맥주 추앙이 나오던 것이다.

"술두 미국 사람네가 문명했죠. 죄선 사람은 안직두 멀었어."

"멀구말구. 아직두 멀었지."

쥐 *상호의 대추씨만 한 얼굴에 앙상한 노랑 수염 백 주사가, 병을 들어 주인의 빈 컵에다 따르면서, 그렇게 맞장구를 쳐 *보비위를 한다.

"아, 백상두 좀 드슈."

"난 과해."

"괜히 그리셔. 백상 주량을 다아 아는데. 만난 진 오랬어두."

"다아 젊었을 적 말이지, 지금은……."

"올에 참 몇이시지?"

"갑술생 마흔여덟 아닌가!"

"그럼 나보담 열한 살 위시군. 그래두 백상은 안 늙으신 심야. 허허허허."

"안 늙는 게 다 무언가. 머리 선 걸 보게!"

"건 *조백이시지."

백 주사는 흔연히 수작을 하면서 내색은 아니 하나, 어심엔 미스터 방이 괘씸하기 짝이 없었다.

*향리의 예법으로, 십 년 장이면 절하고 뵈어야 한다. 무릎 꿇고 앉아야 하고, 말은 깍듯이 공대를 해야 한다. 그 앞에서 *주초(酒草)가 당치 않고, 막부득이한 경우면 모로 앉아 잔을 마셔야 한다. 그런 것을, 마치 제 *연갑 친구나 타관 나그네게나 하는 것처럼, 백상이니, 술 드슈, 조백이시지 하고 말버릇이 고약해, 발 *개키고 앉아서 정면하고 술을 먹어, 담배 뻐끔뻐끔 피워, 이런 괘씸할 도리가 없었다.

또 나이도 나이려니와, 문벌이나 지체를 가지고 논한다면, 이건 도저히 용서할 수 없는 일이었다.

이래 보여도 나는 삼 대조가 진사를 하였고(그 첩지가 시방도 버젓이 있다.) 오 대조가 호조 판서를 지냈고(족보에 그렇게 분명히 올라 있다.) 칠 대조가 영의정을 지냈고(역시 족보에 그렇게 분명히 올라 있다.) 이런 명문 거족의 집안이었다. 또 내 십이 촌이 ××군수요, 그 십이 촌의 아들이 만주국 ××현 ××촌 촌장이요 하였다. 또 그리고, 시방은 원수의 독립인지 막덕인지 때문에 다 그렇게 되었다지만, 아무튼 두 달 전까지도 어느 놈 그 앞에서 기침 한번 크게 못 하던 백 부장 — *훈팔등에, ××경찰서 경제계 주임이던 백 부장의 어르신네 이 백 주사가 아닌가. 두 달 전 그때만 같았어도,

'이놈!'

하고 호통을 하여 당장 물고를 내련만, 그 좋은 세상이 어디로 가고, 이 지경

무심중 아무런 생각이 없어 스스로 깨닫지 못하는 사이.
상호(相好) 얼굴의 생긴 모양.   **보비위** 남의 비위를 잘 맞추어 줌. 또는 그런 비위.
조백 검은색과 흰색을 아울러 이르는 말.   **향리(鄕里)** 시골의 마을.
주초 술과 담배를 아울러 이르는 말.
연갑 어떤 범위에 속하는 나이. 또는 그런 나이의 사람. 주로 성인에 대하여 이른다.
개키다 옷이나 이부자리 따위를 겹치거나 접어서 단정하게 포개다.
훈팔등 일제 훈장 중 하나.

이란 말인지 몰랐다.

　하여튼 그만치나 혼란스런 백 주사에다 대면 미스터 방의 *근지야 아주 보잘것이 없었다.

　미스터 방의 증조가 타관에서 떠들어온 명색 없는 사람이었다. 그 조부가 고을의 아전을 다녔다. 그 아비가 짚신 장수였다. 칠십에, 고로롱고로롱 아직도 살아 있지만, 시방도 짚신 곱게 삼기로 고을에서 첫째가는 방 첨지가 바로 그였다. 그리고 이 방삼복이는…….

　먹고 자고 꿍꿍 일하고, 자식새끼 만들고 할 줄밖에는 모르는 상일꾼이었다. 그러나마 삼십을 바라보도록 남의 집 머슴살이로, 이 집 저 집 살고 다니던 코삐뚤이 삼복이었다. 물론 낫 놓고 기역 자도 못 그리는 판무식이었다.

　상일꾼일 바엔 남의 *세토 마지기라도 얻어 제 농사를 짓는 것이 아니라, 삼십을 바라보도록 남의 집 머슴살이만 하고 다니던 코삐뚤이 삼복이가 하루아침 무슨 생각이 났던지, 돈벌이를 간답시고, *조석이 간데없는 부모에게다 처자식 떠맡기고는 훌쩍 일본으로 떠나 버렸다. 그것이 열두 해 전.

　떠난 지 칠팔 년을 별반 신통한 벌이도 못하는지, 돈 한 푼 보내는 싹도 없더니, 하루는 느닷없이 중국 상해에 와 있노라 기별이 전해져 왔다. 그러고는 감감 소식이 없다가 삼 년 만에 퍼뜩 고향엘 돌아왔다. 십여 년을, 저의 말마따나 동양 삼국 물 골고루 먹고 다녔으면서, 별로이 때가 벗은 것도 없어 보이고, 행색은 해어진 양복 누더기에 볼 꿰어진 구두짝을 꿰고 들어서는 모양이, 군데군데 김질은 하였으나 빨아 다린 무명 고의적삼을 입고 고향을 떠날 적보다 차라리 초라한 것 같았다.

　늙은 어미 아비와 젊은 *가속이 *뼈품으로 버는 것을 얻어먹으며 굶으며 하면서 한 일 년 빈둥거리고 놀더니, 적이 *회심이 들었는지, 이번엔 처자식 데리고 서울로 올라왔다.

서울로 올라와서는 현저동 비탈의 다 찌부러진 행랑방을 얻어 살면서, 처음 일 년은 용산 있는 연합군 포로수용소엘 다니며 입에 풀칠을 하였고—이 동안 그는 상해에서 귀로 익힌 토막 영어가 조금 더 진보되었고.

다시 일 년이나는, 그것 역시 상해에서 익힌 것을 밑천 삼아, 구두 직공으로 구둣방엘 다니며 그럭저럭 살았고. 그러다 일본이 싸움에 지느라고 구두를 너무 해트려 가죽이 동이 나서 구둣방이 너나없이 문을 닫는 바람에, 할 수 없이 이번엔 궤짝 한 개 걸머지고 *신기료장수로 나서고 말았다.

골목골목 돌아다니며 혹은 종로 복판의 한길에 가 앉아 신기료장수를 하자니, 자연 서울 온 고향 사람의 눈에 종종 뜨일밖에. 소식이 고향에 퍼지자, 누구 한 사람 칭찬은 없고 저마다 빈정거리는 소리뿐이었다.

"일본으로, 청국으로, 십여 년 타국 바람 쏘이고 온 놈이 겨우 고거야?"

"부전자전이로구먼. 아범은 짚신 장수, 자식은 구두 깁는 장수."

"아마 신발 명당에다 무덤을 썼든감."

이렇듯 근지는 미천하고 속에 든 것 없고, 가랑이가 찢어지게 가난하고, *생화(生貨)라는 것이 고작 거리에 앉아 오는 사람 가는 사람 *해어지고 고린내 나는 구두짝 꿰매어 주고 징 박아 주고 닦아 주고 하는 천업이고 하던, 그 코삐뚤이 삼복이었다.

'흥, 개구리가 올챙이 적을 못 생각한다더니. 발칙한 놈. 고얀 놈.'

백 주사는 생각하자니 속으로 이렇게 분개스럽지 않을 수가 없었다.

그러나 일변으로는, 그러던 코삐뚤이 삼복이가 그야말로 *선영이 명

근지 자라 온 환경과 경력을 아울러 이르는 말.
세토 해마다 일정한 양의 벼를 주인에게 세(稅)로 바치고 부치는 논밭.
조석 날마다 일정한 때에 밥을 먹는 일. 또는 그 밥.
가속(家屬) '아내'의 낮춤말.
회심 마음을 돌이켜 먹음.
생화 먹고 살아가는 데 도움이 되는 벌이나 직업.
해어지다 닳아서 떨어지다.
뼈품 뼈가 휠 만큼 들이는 품.
신기료 헌 신을 꿰매어 고치는 것.
선영 조상의 무덤. 또는 그 근처의 땅.

당엘 들었단 말인지, 무슨 조화를 지녔단 말인지, 불과 몇 달지간에 이렇게 훌륭히 되고, 부자가 되고, 미씨다 방인지 구리다 방인지가 되고 하여 가지고는 갖은 호강 다 하며 천하에 무서울 것이 없고, *기광이 나서 막 이러니, 한편 생각하면 신기하기도 하고 부럽기도 하고 또한 안타깝기도 하였다.

'사람의 운수란, 참 모를 일이야.'

백 주사는 속으로 절절히 이렇게 탄복도 아니치 못하였다.

코삐뚤이 삼복의 이 눈부신 발신은, 그러나 백 주사가 희한히 여기는 것처럼 무슨 *명당 바람이 났다거나 조화를 지녔다거나 그런 신기한 곡절이 있는 바가 아니요, 지극히 간단하고도 수월한 것이었다. *다못 몸에 지닌 재주 가운데 총기가 좀 좋아서 일찍이 영어 마디나 익힌 것을 잊어버리지 아니하였다는 일종의 특수 조건이 없던 바는 아니지만.

*

1945년 8월 15일, 역사적인 날.

이날도 신기료장수 방삼복은 종로의 공원 건너편 응달에 앉아서 구두 징을 박으면서 해방의 날을 맞이하였다. 그러나 삼복은 감격한 줄도 기쁜 줄도 모르겠었다. 지나가는 행인이 서로 모르던 사람끼리면서 덥석 서로 껴안고 기뻐하고 눈물을 흘리고 하는 것이, 삼복은 속을 모르겠고 차라리 쑥스러 보일 따름이었다. 몰려 닫는 군중이 오히려 성가시고, 만세 소리가 귀가 아파 이맛살이 찌푸려질 지경이었다.

몰려다니고 만세를 부르고 하기에 미쳐 날뛰느라고 정신이 없어, 손님이 없어, 손님이 부쩍 줄었다.

"우랄질! 독립이 배부른가?"

이렇게 그는 두런거리면서 반감이 솟았다.

이삼 일 지나면서부터야 삼복에게도 삼복에게다운 해방의 혜택이 나누어졌다.

십 전이나 십오 전에 박아 주던 징을, 오십 전을 받아도 눈을 부라리는 순사를 볼 수가 없었다. 순사가 없어졌다면야 활개를 쳐 가면서 무슨 짓을 하여도 상관이 없고 무서울 것이 없던 것이었다.

"옳아, 그렇다면 독립도 할 만한 건가 보다."

삼복은 징 열 개를 박아 주고 오 원을 받아 넣으면서 이렇게 속으로 중얼거리기까지 하였다.

그러나 며칠이 못 가서 삼복은 다시금 해방을 저주하여야 하였다. 삼복이 저 혼자만 돈을 더 받으며, 더 받아 상관이 없는 것이 아니라, 첫째 *도가(都家)들이 제 맘대로 재료 값을 올리던 것이었다. 징, 가죽, 고무, 실 모두가 오 곱 십 곱 비싸졌다. 그러니 신기료장수는 손님한테 아무리 비싸게 받는댔자 재료를 비싼 값으로 사야 하니, 결국 도가만 살찌울 뿐이지 소득은 전과 크게 다를 것이 없었다.

"이런 옘병헐! 그눔에 경제겐 다 어디루 가 뒈졌어. 독립은 우라진다구 독립을 헌담."

석양 때 신기료 궤짝 어깨에 멘 채 홧김에 막걸리청으로 들어가, 서너 사발 들이켜고는 그는 이렇게 게걸거렸다.

그럭저럭 구월도 열흘이 되고, 서울 거리에는 미국 병정이 꼬마차와 함께 그득히 퍼졌다.

그 미국 병정들이, 거리를 구경하면서 혹은 물건을 사려면서 말이 서로 통하지를 못하여 답답해하는 양을 보고 삼복은 무릎을 탁 쳤다.

기광 극성스레 마구 날뛰는 행동이나 기세.
명당 바람이 나다 조상의 무덤을 잘 쓴 덕에 자손이 훌륭하게 됨을 비유적으로 이르는 말.
다못 '다만'의 방언(전남).
도가 동업자들이 모여서 계나 장사에 대한 의논을 하는 집.

그러나 슬플진저, 땟국과 땀에 찌든 이 누더기를 걸치고는 가망이 없을 말이었다.

'무슨 도리가 없을까?'

반일을 궁리를 하다가, 정오 때에야 한 줄기 서광을 얻었다.

총총히 집으로 돌아가, 마누라를 시켜 구두 고치는 연장 *일습과 재료 남은 것에다 이불이며 헌 옷가지해서 한 짐을 동네 아는 가게에다 맡기고는 한 달 기한으로 돈 백 원을 서푼 변으로 취해 오게 하였다.

그 돈 백 원을 가지고 삼복은 흔한 넝마전으로 가서, 백 원 돈이 꼭 차는 한도까지에 양복이란 명색 한 벌과 모자를 샀다. 신발은 부득이 안방 사람의 병정구두 사 신은 것을 이다음 창갈이 거저 해주겠다는 조건으로 닷새만 제 것과 바꾸어 신기로 하였다.

이튿날 아침 느지감치, 새로 장만한 헌 양복 헌 모자에 헌 구두로써 궤짝 멘 신기료장수보다는 제법 말쑥하여진 차림을 차리고 마악 나서려는데, 간밤부터 통통 부어 가지고는 시중도 말대꾸도 잘 아니하던 애꾸쟁이 마누라가 와락 양복 뒷자락을 움켜쥐고 늘어진다.

"바른 대루 대요."

"이게 별안간 미쳤나?"

"요 막난아, 반해 가지군 이력허구 찾아가는 고년이 어떤 년야? 응?"

"속을 모르거든 밥값을 내지 말랬어, 요 맹추야."

"날 죽이구 가지, 거전 못 가."

"이년아, 너 이랬단, 내 인제 둔 벌문, 증말 첩 얻는다."

"오냐 잘한다. 날 죽여라, 날……."

"아, 이 우라 주리땔 앵길 년이……."

한 주먹 보기 좋게 갈겨 넘어뜨리고는, 찌부러진 오두막집을 나서 종로로 향을 잡았다.

노예도 노예 이전이면 상전을 선택할 자유를 가지는 수도 있다고.
　　삼복은 종로서 전차를 내려 동쪽으로 천천히 걸으면서 물색을 하였다. 생김새가 맘씨 좋아 보이고, 여느 병정이 아니라 장교쯤 가는 이라야 할 것이었다.
　　청년회관 앞에서 담뱃대를 사고 있는 하나가, 몸집이 부대하고 여느 병정은 아닌 듯하고, 얼굴이 사뭇 선량하여 보이는 게 선뜻 마음에 들었다. 구경하는 체하고 넌지시 그 옆으로 가 섰다.
　　미국 장교는 담뱃대를 집어 들고 *기물스러하면서 연방 들여다보다가 값이 얼마냐고,
　　"하우 머치? 하우 머치?"
하고 묻는다.
　　담뱃대장수 영감은, 삼십 원이라고 소래기만 지른다.
　　알아들을 턱이 없어, 고개를 깨웃거리면서 다시금 하우 머치만 찾는 것을, 기회 좋을씨고라고, 삼복이가 나직이,
　　"더티 원."
하여 주었다.
　　핵 돌려다보더니,
　　"오, 캔 유 스피크?"
하면서 사뭇 그러안을 듯이 반가워하는 양이라니. 아스러지도록 손을 잡고 흔드는 데는 질색할 뻔하였다.
　　직업이 있느냐고 물었다. 방금 실직하였노라고 대답하였다.
　　그럼, 내 통역이 되어 주겠느냐고 물었다. 그러겠노라고 대답하였다.
　　이 자리에서 신기료장수 코삐뚤이 삼복이 미스터 방으로 승차를 하

일습 옷, 그릇, 기구 따위의 한 벌. 또는 그 전부.
기물스럽다 '귀물스럽다'의 방언. 귀중한 물건인 듯하다.

여, S라는 미국 주둔군 소위의 통역이 되었다. 주급 십오 불(이백사십 원) 가량의.

거진 매일같이 미스터 방은 S 소위를, 낮에는 거리의 구경으로, 밤이면 계집 있는 술집으로 인도하였다.

한번은 탑골공원의 사리탑을 구경하면서, 얼마나 오랜 것이냐고 S 소위가 물었다. 미스터 방은 언젠가, 수천 년 된 것이란 말을 들었기 때문에, 투 사우전드 이얼스라고 대답하였다.

또 한번은, 경회루를 구경하면서 무엇 하던 건물이냐고 물었다. 미스터 방은 서슴지 않고,

"킹 드링크 와인 앤드 딴스 앤드 싱, 위드 땐써."

라고 대답하였다. 임금이 기생 데리고 술 마시고, 춤추고 노래 부르고 하던 집이란 뜻이었다.

내가 보기엔, 조선 여자의 옷이 퍽 아름답고 점잖스럽던데, 어째서 양장들을 하는지 모르겠다고 S 소위가 물었다. 미스터 방은, 여자들이 서양 사람한테로 시집을 가고파서 그런다고 대답하였다.

서울역을 비롯하여 거리에 분뇨가 범람한 것을 보고, 혹시 조선 가옥에는 변소가 없느냐고 S 소위가 물었다. 미스터 방은, 있기야 집집마다 다 있느니라고 대답하였다.

썩 좋은 조선 그림을 한 장 사고 싶다고 하여서, 문지방 위에다 흔히들 붙이는, 사슴이 불로초를 물고 신선이 앉았고 한 것을 오 원에 한 장 사 주었다.

제일 재미있고 유명한 소설이 무엇이냐고 물어서, *〈추월색〉이라고 대답하였고, 그럼 그것을 한 권 사고 싶다고 하여서, 여러 날 사러 다니다 못해 동네 노마네 집의 것을 이 원에 사 주었다. 이 밖에도 미스터 방은 S 소위에게 조선을 소개한 공로가 여러 가지로 많으나 대강은 그러하였다.

그 공로에 정비례해서, 미스터 방은 나날이 훌륭하여져 갔다. 8·15 이

전에 어떤 은행의 중역의 사택이라던 지금의 이 집으로, 현저동 그 집에서 옮아오기는 S 소위의 통역이 되는 사흘 후였다. 위아래층을 다 양식 절반 일본식 절반으로 꾸민 호화스런 저택이었다. 정원엔 때마침 단풍과 가을 화초가 아름다웠고, 연못에선 잉어가 뛰놀고 하였다.

시방 주객이 앉아 술을 마시는 방은, 앞은 *노대가 딸리고, 햇볕 잘 들고 밝아서, 여러 방 가운데 제일 좋은 방이었다. 그러나 방 안에는 벽에 그림 한 장 붙어 있는 바 아니요, 방에 알맞은 가구 한 벌 놓여 있는 바 아니요, 단지 방일 따름이어서, 싱겁게 넓기만 하였다. 그렇지만 미스터 방은 실내의 장식 같은 것쯤 그다지 관심할 줄을 아직은 몰랐다.

처음엔 식모를 두었다. 그다음엔 *침모를 두었다. 그다음엔 손심부름할 계집아이를 두었다.

하루에도 방선생을 찾는 이가 여러 패씩 있었다. 그들의 대개는 자동차를 타고 오고, 인력거짜리도 흔치 않았다. 그렇게 찾아오는 그들은 결단코 빈손으로 오는 법이 드물었다. 좋은 양과자 상자 밑바닥에는 으레껏 따로이 뿌듯한 봉투가 들었곤 하였다.

미스터 방의, 신기료장수 코삐뚤이 삼복이로부터의 발신 경로란 이렇듯 심히 간단하고 순조로운 것이었다.

*

주인 미스터 방이 백주사의 컵에다 술을 따르려고 병을 집어 들다가,

"오이, 기미꼬."

추월색 1912년 나온 최찬식의 신소설.
노대 이 층 이상의 양옥에서, 건물 벽면 바깥으로 돌출되어 난간이나 낮은 벽으로 둘러싸인 뜬 바닥이나 마루.
침모 남의 집에 매여 바느질을 맡아 하고 일정한 품삯을 받는 여자.

하고 아래층으로 대고 부른다.

"심부럼 갔어요."

애꾸쟁이 마누라의 꼬챙이 같은 대답.

"안주 어떻게 됐어?"

"글쎄, 안주 시키러 갔어요."

"*증종 있지?"

"……"

층계 밟는 소리가 나더니, *퍼머넌트한 머리가 나오고, 좁디좁은 이마에 이어서 애꾸눈이 나오고, 분 바른 얼굴이 나오고, 원피스 입은 커다란 젖통의 가슴이 나오고, 마지막 비단 양말 신은 두리기둥 같은 두 다리가 나오고 한다.

"서주사가 이거 두구 갑디다."

들고 올라온 각봉투 한 장을 남편에게 건네어 준다.

"어디?"

그러면서 받아 봉을 뜯는다. *소절수 한 장이 나온다. 액면 만 원짜리다.

미스터 방은 성을 벌컥 내면서,

"겨우 둔 만 원야?"

하고 소절수를 다다미 바닥에다 홱 내던진다.

"내가 알우?"

"우랄질 자식, 어디 보자. 그래 전, 걸 십만 원에 *불하 맡아다 백만 원 하난 냉겨 먹을 테문서, 그래 겨우 둔 만 원야? 옘병헐 자식, 내가 엠피(MP) 헌테 말 한마디문, 전 어느 지경 갈지 모를 줄 모르구서."

"정종으루 가져와요?"

"내 말 한마디에 죽을 눔이 살아나구, 살 눔이 죽구 허는 줄을 모르구서. 흥, 이 자식 경 좀 쳐 봐라…… 증종 따근허게 데와. 날두 산산허구 허니."

새로이 안주가 오고, 따끈한 정종으로 술이 몇 잔 더 오락가락하고 나서였다.

백 주사는 마침내 진작부터 벼르던 이야기를 꺼내었다.

*

백 주사의 아들 백선봉은, 순사 임명장을 받아 쥐면서부터 시작하여 8·15 그 전날까지 칠 년 동안, 세 곳 주재소와 두 곳 경찰서를 전근하여 다니면서, 이백 석 추수의 토지와, 만 원짜리 저금 통장과, 만 원어치가 넘는 옷이며 비단과, 역시 만 원어치가 넘는 여편네의 패물과를 장만하였다.

남들은 주린 창자를 졸라맬 때 그의 광에는 옥 같은 정백미가 몇 가마니씩 쌓였고, 반년 일 년을 남들은 구경도 못 하는 고기와 생선이 끼니마다 상에 오르지 않는 날이 없었다.

××경찰서의 경제계 주임으로 있던 마지막 이 년 동안은 더욱더 호화판이었다. 8·15 그날 밤, 군중이 그의 집을 습격하였을 때에 쏟아져 나온 물건이 쌀 말고도

광목 여섯 통

고무신 스물세 켤레

*지카다비 여덟 켤레

빨랫비누 세 궤짝

증종 정종. 일본식으로 빚어 만든 맑은술.
퍼머넌트 파마. 머리를 전열기나 화학 약품을 이용하여 구불구불하게 하거나 곧게 펴 그런 모양으로 오랫동안 지속되도록 만드는 일. 또는 그렇게 한 머리.
소절수 수표. 은행에 당좌 예금을 가진 사람이 소지인에게 일정한 금액을 줄 것을 은행 등에 위탁하는 유가 증권.
불하 국가 또는 공공 단체의 재산을 개인에게 팔아넘기는 일.
지카다비 일본인들이 주로 신는 신발 종류 중 하나.

양말 오십 타

정종 열세 병

설탕 한 부대

　이렇게 있었더란다. 만 원어치 여편네의 패물과, 만 원어치의 옷감이며 비단과 만 원짜리 저금 통장은 고만두고 말이었다.

　물건 하나 없이 죄다 빼앗기고, 집과 세간은 조각도 못 쓰게 산산 다 부서지고, 백선봉은 팔이 부러지고, 첩은 머리가 절반이나 뽑히고, 겨우겨우 목숨만 살아 본집으로 도망해 왔다.

　일변 고을에서는 백 주사가 자식이 그런 짓을 해서 산 토지를 가지고 동네 사람한테 거만히 굴고, 작인들한테 팔 할 가까운 *도지를 받고, 고리대금을 하고 하였대서, 백선봉이 도망해 와 눕는 그날 밤, 그의 본집인 백 주사의 집을 습격하였다.

　집과 세간 죄다 부수고, 백선봉이 보낸 통제 배급 물자 숱한 것 죄다 빼앗기고, 가족들은 죽을 매를 맞고, 백선봉은 처가로, 백 주사는 서울로 각기 피신하여 목숨만 우선 보전하였다.

　백 주사는 비싼 여관 밥을 사 먹으면서, 울적히 거리를 오락가락, 어떻게 하면 이 분풀이를 할까, 어떻게 하면 빼앗긴 돈과 물건을 도로 다 찾을까 하고 궁리를 하던 것이나, 아무런 묘책도 없었다.

　그러자 오늘은 우연히 이 미스터 방을 만났다. 종로를 지향 없이 거니는데, 지나가던 자동차가 스르르 멈추면서, 서양 사람과 같이 탔던 신사 양반 하나가 내려서더니, 어쩌다 눈이 마주치자

　"아, 백 주사 아니신가요?"

　하고 반기는 것이었다.

　자세히 보니, 무어 길바닥에서 신기료장수를 한다던 코삐뚤이 삼복이가 분명하였다.

"자네가, 저, 저, 방, 방……."

"네, 삼복입니다."

"아. 건데, 자네가……."

"허, 살 때가 됐답니다."

그러고는 내 집으루 갑시다 하고 잡아끄는 대로 끌리어 온 것이었다.

*의표하며, 집하며, 식모에 침모에 계집 하인까지 부리면서 사는 것하며, 신수가 훤히 트여 가지고, 말도 제법 의젓하여진 것 같은 것이며, *진소위 개천에서 용이 났다고 할 것인지.

옛날의 영화가 꿈이 되고, 일조에 몰락하여 가뜩이나 초상집 개처럼 초라한 자기가 또 한 번 어깨가 옴츠러듦을 느끼지 아니치 못하였다. 그런데다 이 녀석이, 언제 적 저라고 무엄스럽게 굴어 심히 불쾌하였고, 그래서 엔간히 자리를 털고 일어설 생각이 몇 번이나 나지 아니한 것도 아니었다. 그러나 참았다.

보아하니 큰 세도를 부리는 것이 분명하였다. 잘만 하면 그 힘을 빌려 분풀이와 빼앗긴 재물을 도로 찾을 여망이 있을 듯싶었다. 분풀이를 하고, 더구나 재물을 도로 찾고 하는 것이라면야, 코삐뚤이 삼복이는 말고, 그보다 더한 놈한테라도 머리 숙이는 것쯤 상관할 바 아니었다.

"그러니, 여보게 미씨다 방……."

있는 말 없는 말 보태 가며, 일장 경과 설명을 한 후에 백 주사는 끝을 맺기를.

"어쨌든지 그놈들을 말이네. 그놈들을 한 놈 냉기지 말구섬 죄다 붙잡아다가 말이네. 괴수 놈들일랑 목을 썰어 죽이구, 다른 놈들일랑 뼈다구가 부러지두룩 두들겨 주구. 꿇어앉히구 항복 받구. 그리구 빼앗긴 것 일일이

도지 남의 논밭을 빌려서 부치고 논밭을 빌린 대가로 해마다 내는 벼.
의표 몸을 가지는 태도. 또는 차린 모습.   **진소위** 정말 그야말로.

도루 다 찾구. 집허구 *세간 처부신 것 말끔 다 물리구……. 그렇게만 해 준다면, 내, 내, 재산 절반 노나주문세, 절반. 응, 여보게 미씨다 방."

"염려 마슈."

미스터 방은 선뜻 쾌한 대답이었다.

"진정인가?"

"머, 지끔 당장이래두, 내 입 한 번만 떨어진다 치면, 기관총 들멘 엠피가 백 명이구 천 명이구 들끓어 내려가서, 들이 쑥밭을 만들어 놉니다, 쑥밭을."

"고마우이!"

백 주사는 복수하여지는 광경을 선히 연상하면서, 미스터 방의 손목을 덥석 잡는다.

"*백골난망이겠네."

"놈들을 깡그리 죽여 놀 테니, 보슈."

"자네라면야 어련하겠나."

"흰말이 아니라 참 이승만 박사두 내 말 한마디면, 고만 다 제바리유."

미스터 방은 그러고는 냉수 그릇을 집어 한 모금 물고 꿀쩍꿀쩍 양치를 한다. 웬 버릇인지, 하여간 그는 미스터 방이 된 뒤로, 술을 먹으면서 양치하는 버릇이 생겼다.

양치한 물을 처치하려고 휘휘 둘러보다, 일어서서 노대로 성큼성큼 나간다. 노대는 현관 정통 위였다.

미스터 방이 그 걸쭉한 양칫물을 노대 아래로 아낌없이 좍 뱉는 바로 그 순간이었다. 그 순간이 공교롭게도, 마침 그를 찾으러 온 S 소위가 현관으로 일단 들어서려다 말고(미스터 방이 노대로 나오는 기척이 들렸기 때문에) 뒤로 서너 걸음 도로 물러나,

"헬로."

부르면서 웃는 얼굴을 쳐드는 순간과 그만 일치가 되었다.

"에구머니!"

놀라 질겁을 하였으나 이미 뱉어진 양칫물은 퀴퀴한 냄새와 더불어 백절폭포로 내리쏟아져, 웃으면서 쳐드는 S 소위의 얼굴 정통에 가 좌르르.

"유 데빌!"

이 *기급할 자식이라고 S 소위는 주먹질을 하면서 고함을 질렀고. 그 주먹이 쳐든 채 그대로 있다가, 일변 허둥지둥 버선발로 뛰쳐나와 손바닥을 싹싹 비비는 미스터 방의 턱을

"상놈의 자식!"

하면서 철컥 어퍼컷으로 한 대 갈겼더라고.

세간 집안 살림에 쓰는 온갖 물건.
백골난망 죽어서 백골이 되어도 잊을 수 없다는 뜻으로, 남에게 큰 은덕을 입었을 때 고마움의 뜻으로 이르는 말.
기급하다 기겁(氣劫)하다. 숨이 막힐 듯이 갑작스럽게 겁을 내며 놀라다.

내용 한눈에 보기

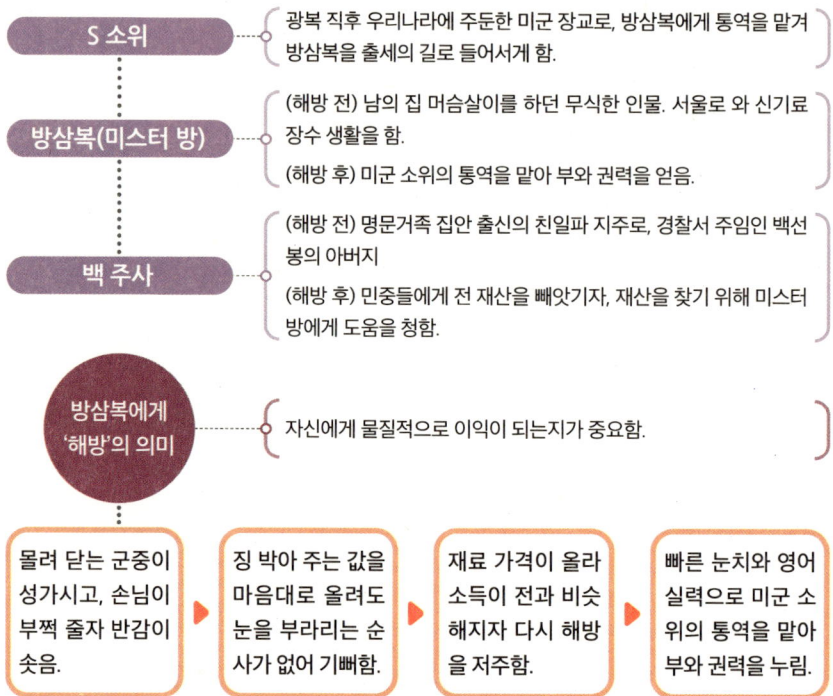

작품 해설

　이 작품은 1946년 7월 잡지 《대조》에 발표된 작품으로, 권력을 좇아 자신의 이익을 추구하는 당시의 세태와 인간상을 비판하고 있다.

　작품의 시대적 배경인 해방기에는 일본 지배 권력에 빌붙었던 조선인이 몰락하고 새로운 권력자인 미국에 추종하는 인물들이 출현한다. 식민지 시대에 일본어가 중요했듯이 새로운 시대에는 영어가 출세의 수단이 된다. 방삼복은 상해에서 잠깐 익힌 영어 덕분에 미군 장교 통역을 하면서 짧은 시간에 상당한 부를 축적한다. 사업을 하려는 조선인이 그것을 허가해 줄 미군과 만날 수 있도록 중간에서 조력하는 일을 하면서 많은 돈을 착복한다.

　방삼복을 통해 가족이나 조국의 독립 등 공동체적 삶의 의미보다 개인의 삶과 이익을 중시하고, 사회의 권력에 기생하며 살아가는 인물의 자기 과시와 허세를 드러냄으로써 바람직한 삶의 모습이 무엇인지 고민하게 한다.

질문으로 시작하는
소설 감상

이 소설에서 풍자의 대상으로 삼고 있는 인물은 누구인가?

　미스터 방, 방삼복은 광복 직후 혼란한 사회에서 발 빠르게 권력을 추구하는 기회주의적 인물입니다. 그는 본래 변변치 않은 인물로, 일본과 상해를 다녀오고, 용산에 있는 연합군 포로수용소에 다니면서 상해에서 귀로 익힌 토막 영어 실력을 조금씩 늘리며 겨우겨우 살아갑니다.

　광복을 맞이했지만 방삼복은 광복이 반갑지 않습니다. 신기료 장수였던 그는 물가가 올라 소득이 전과 크게 다를 바 없자 불만을 터뜨립니다. 그러다 기회를 틈타 미군 장교에게 접근하여 통역 일을 시작하고 방삼복은 세상에서 제일 큰 권세를 가진 양 거들먹거립니다. 이를 통해 작가는 공동체적 삶의 의미보다 개인적 삶을 중시하며 사회의 권력에 빌붙어 살아가는 인물이 허세를 부리는 모습을 풍자하고 있습니다. 또한 방삼복이 자기가 모시던 사람에게 "상놈의 자식!" 소리를 들으며 '철퍽 어퍼컷으로 한 대' 맞는 결말을 맞는 모습에서 해학적인 표현으로 웃음을 유발하는 한편, 기회주의적인 인물을 비판하고 있음을 확인할 수 있습니다.

　백 주사도 방삼복에 버금가는 기회주의적인 인물로, 전형적인 친일파의 모습을 보여 줍니다. 일제 순사가 되어 막대한 부를 쌓은 아들 백선봉과 함께 호의호식하던 백 주사는 광복 후 민중의 습격을 받아 몰매를 맞고 재산을 모두 빼앗기고 목숨만 보전합니다. 그는 재산을 되찾고자 자기보다 못하다고 생각했던 방삼복에게 빌붙으며 도움을 청합니다. 이처럼 이 소설은 기회주의자인 방삼복과 친일파인 백 주사에 대한 풍자를 통해 혼란한 시대 상황 속 사회의 모순과 부조리를 비판적으로 나타내고 있습니다.

질문으로 시작하는 **소설 감상**

어퍼컷을 맞은 '방삼복'은 결국 어떻게 되었을까?

　마지막 장면의 분위기로 보아 방삼복은 S 소위에게 흠씬 두들겨 맞고 내쫓길 것으로 예상됩니다. 기회주의적인 태도로 살아온 방삼복에게 어울리는 결말입니다. 끝없이 자기의 권세를 과시하며 허세를 부리는 그에게 참담한 결말을 암시하는 '어퍼컷'은 통쾌하기까지 합니다.
　이처럼 이 소설은 등장인물의 부정적인 모습을 풍자하는 것에만 그치지 않습니다. 부정적 모습을 보이는 방삼복이 추락하는 모습을 그려 낸 소설의 결말은 바람직한 인간상에 대해 다시금 생각해 보게 만듭니다. 비록 미래에 대한 밝은 전망을 보장하는 장면은 아니더라도, 이기적이고 위선적인 인물의 추락을 예상케 하여 권선징악과 같은 기대감을 심어 줍니다.
　이는 백 주사의 삶을 통해서도 확인할 수 있습니다. 백성들이 굶주릴 때 호의호식하며 살던 그는 광복 후에 민중의 습격을 받고 모든 재물을 빼앗겨 겨우 몸만 보전한 채 돌아옵니다. 그러나 그는 여전히 자신의 행위를 반성하지 못한 채 과거에는 무시했었던 방삼복에게 자세를 낮추며 이익을 도모합니다. 이런 백 주사의 삶은 기회주의적인 태도를 가진 방삼복과 겹쳐 보입니다. 결말 이후 이야기에서 방삼복이 백 주사처럼 모든 것을 다 잃고 거리를 배회할 수도 있겠죠. 이 둘의 모습은 결국 돈과 권세라는 수단을 맹목적으로 지향할 때 개인의 삶이 행복해질 수 없다는 점을 깨닫게 합니다. 여러분은 소설의 뒷이야기가 어떻게 전개될 것 같나요?

그 시대엔 누구라도 '방삼복'처럼 행동할 수 있지 않을까?

당시와 같은 혼란한 사회 속에서 방삼복의 말과 행동은 어쩔 수 없었다고 생각하는 사람도 있을 수 있습니다. 여러분이 그 시대에 살았다면 어떤 생각을 하고 어떻게 행동했을까요? 타인에게 직접적인 상해를 입히거나 강력 범죄를 저지르지 않는다면 방삼복처럼 자기의 이익만을 추구해도 괜찮은 것일까요? 방삼복이 이 자리에 나타나 자기의 떳떳함을 주장한다면 우리는 그에게 어떤 말을 해야 할까요?

우선 눈에 보이는 직접적인 피해가 없다면 괜찮다는 생각부터 돌아봐야 합니다. 방삼복이 직접 누군가의 돈을 빼앗거나 폭력을 행사하지 않았다고 하여 그의 행동이 옳다고 말할 수는 없습니다. 마음씨가 좋게 생긴 외국인 장교를 물색해 의도적으로 접근하는 모습이나, S 소위의 질문에 부정확하거나 거짓된 정보를 아무 생각 없이 전달하는 모습은 방삼복의 도덕성이나 윤리 의식이 낮음을 보여 줍니다. S 소위가 우리나라의 문화나 역사에 대해 왜곡된 정보를 인식하는 것은 추후 더 큰 피해나 불이익으로 돌아올 수 있지만 방삼복에게 이런 도덕적인 가치는 아무 의미가 없습니다. 그러니 S 소위의 덕으로 부자가 된 후 뇌물을 당연하게 받으며, 미군 엠피에게 부탁해 같은 민족을 쑥밭을 만들어 놓겠다는 말을 당당하게 내뱉습니다. 사회나 공동체에 대한 고민 없이 철저하게 자신의 경제적 이익만을 추구하는 사람이 힘을 가진 상황이 끔찍하게 느껴지지 않나요?

자기의 이익을 최우선으로 추구하는 삶은 남을 밟고 내가 더 위에 올라서야 한다는 생각과 맞닿아 있습니다. 모두가 방삼복처럼 사는 사회는 너무 불행하지 않을까요?

카메라와 워커

박완서(1931~2011) 1970년 《여성동아》 장편 소설 공모에 〈나목〉이 당선되며 등단하였다. 전쟁의 비극, 중산층의 삶, 여성 문제를 소재로 삼은 작품들을 꾸준히 발표하였으며, 재미와 의미를 모두 갖춘 한국 문학의 거목으로 평가받는다. 대표작으로 〈그리움을 위하여〉, 〈꿈꾸는 인큐베이터〉, 〈엄마의 말뚝〉 등이 있다.

감상의 초점

    이 작품은 6·25 전쟁 후 산업화가 이루어지던 격동기를 살아가고 있는 평범한 사람들의 삶을 보여 주고 있습니다. 거대한 사회 문제와 같은, 개인이 통제할 수 없고 어찌할 수도 없는 외부의 고통이 삶을 뒤흔들 때, 개인이 선택할 수 있는 삶의 모양새는 다양합니다.
    이 작품에는 6·25 전쟁으로 친오빠와 올케를 잃고 조카 훈이를 친아들처럼 키우는 '나'가 등장합니다. 시대적 상황을 고려하여 소설에 담긴 사회의 부조리와 각 인물이 추구하는 삶의 모습을 비교하며 감상해 보세요. 특히 작품에 등장하는 '카메라'와 '워커'가 각각 무엇을 상징하는지 생각하며 시대의 아픔을 안고 혼란한 상황을 살아가는 인물들의 모습을 관찰해 보세요. 격동의 상황 속에서 삶을 영위하는 그들의 노력과 강렬한 의지가 여러분의 마음을 두드릴 것입니다.

카메라와 워커

박완서

　나에게는 조카가 하나 있다. 가끔 나는 내가 내 아이들보다 조카를 더 사랑하고 있는 게 아닌가 하고 생각할 때마다 조카가 생후 사 개월, 내가 스무 살 때 겪은 6·25 사변을 생각 안 할 수 없다. 그때 며칠 건너로 오빠와 올케가 차례로 참혹한 죽음을 당하자 어머니와 나는 어린 조카를 키울 일이 도무지 막막하기만 했다. 우유는 고사하고 밥물이라도 끓일 몇 줌의 흰쌀을 구할 주변머리도 경황도 없었다. 어머니는 푸성귀하고 보리하고 끓인 멀건 국물을 아기 입에 퍼 넣었다. 설탕도 못 넣은 이런 국물을 아기는 도리질하며 내뱉고 밤새도록 목이 쉬게 울었다. 어머니는 쯧쯧 불쌍한 거 할미 젖이라도 빨아 보렴 하며 자기의 앞가슴을 헤쳤다. 담벼락 같은 가슴에 곧 떨어져 버릴 병든 조그만 열매처럼 매달린 젖꼭지를 아기는 역시 도리질로 거부했다. 아기는 젖꼭지를 물어도 보기 전에 조금만 손으로 가슴을 더듬어만 보고도 알았던 것이다. 결코 젖줄을 간직한 가슴이 아니란 것을.
　"늙은이 젖도 자주 빨면 젖이 나온다던데."
　어머니는 아기가 젖을 물기만 하면 자기 젖에서 당장 젖이 펑펑 쏟아질 텐데, 아기가 안 빨아서 아기 배가 곯는 양 안타까워하다가 드디어는 아기 엉덩이를 두들기기 시작했다. 토실한 엉덩이에 어머니의 손가락 자국이 선명히 솟아오르고 아기는 목이 쉬어서 차마 들을 수 없는 이상한 소리를 내면서, 울음을 토했다. 숨이 깔딱 막혔다 했다.

그때 나는 별안간 내 가슴에 퍼진 실핏줄들이 찌릿찌릿하면서 뿌듯해지는 걸 느꼈다. 아니 실핏줄이 아니라 바로 젖줄이다. 나는 그렇게 확신했다.

나는 올케가 해산하고 나서 아기에게 젖을 주려고 처음으로 사람들 앞에서 헤친 가슴의 잔뜩 분 탐스럽고 단단한 젖보다 훨씬 더 아름답고도 풍성한 젖가슴을 갖고 있었다. 이 젖이 돌기 시작하고 있다고 나는 확신했다.

젖이 돌 때는 가슴이 찌릿찌릿하면서 뿌듯해진다는 건 올케한테 들은 소린데 그것까지 똑같지 않나.

나는 어머니로부터 아기를 거칠게 빼앗아 안았다. 그리고 서슴지 않고 앞가슴을 헤쳤다. 아기의 손이 내 살찐 젖무덤을 더듬더니 이내 울음을 뚝 그치고 다급하게 "흐응, 흐응" 하며 허겁지겁 온 얼굴로 내 가슴을 파고들었다.

그러나 내 젖꼭지가 채 아기의 마른 입술에 닿기도 전에 어머니의 거친 손에 나는 아기를 빼앗기고 말았다. 어머니의 얼굴은 딸의 간음 현장이라도 목격한 것처럼 분노와 수치로 핏기마저 가셔 있었다.

"세상에, 망측해라, 처녀애가, 없는 일이다. 암 없는 일이고 말고."

아기는 코언저리가 새파랗게 질려 사색이 돌 만큼 자지러지게 울기 시작했지만 목이 잠겨 늙은이 가래 끓는 소리같이 기분 나쁜 소리가 끊겼다 이어졌다 했다.

나는 아기의 이런 울음소리를 듣자 느닷없이 가슴에서 젖줄이 넘쳐, 정말로 펑펑 넘쳐 옷섶을 흥건히 적시고 있는 것처럼 느끼며 이런 풍요한 젖줄과 목마른 아기를 굳이 떼어놓는 어머니에게 격렬한 적의마저 품었다.

그런 일은 오빠와 올케의 죽음이 정리되기도 전, 그러니까 상중의 일이었으니 상중의 일치곤 그리 대단한 일은 아닐지도 모른다. 난리 중에 벼락 맞듯 두 참사를 한꺼번에 당한 집안 사정이 오죽했으며, 그런 일을 당하기까지의 사연인들 오죽했을까만, 나는 유독 조카의 목마름, 배고픔의 광경만을 딴 일과 뚝 떼어서 밑도 끝도 없이 선명하게 기억한다.

설사 난리 중이 아닌 평화 시라도 졸지에 엄마를 잃은 아기는 당분간은 배고프고 내팽개쳐지는 게 스스로가 타고난 *박복이 아니겠는가. 그런데도 그때의 그 일이 차마 못 할 짓의 기억으로 아직도 생생하니 아프다.

그것은 아마 젖줄이 솟은 것 같은 신기한 기억 때문일 것이다. 그때 내가 젖을 물릴 수 있었다손 치더라도 젖이 나왔을 리 없다는 걸 그 후 나도 알긴 알게 되었다. 그렇지만 그때 가슴이 찌릿찌릿하니 뿌듯하게 옷섶을 적시며 넘치던 게 전연 아무것도 아니었다고는 도저히 생각할 수 없다. 조카에 대한 고모 이상의 것, 이를테면 모성이 아니었던가 싶다.

그 후 아기는 푸성귀하고 보리하고 끓인 푸르죽죽한 국물도 잘 받아먹게 되었다. 때로는 그것보다는 좀 나은 아기의 먹을 것을 장만할 수 있을 때도 있었다. 그러나 나는 자주자주 어쩔 줄을 몰라 했다. 딱딱한 놋숟갈을 *착살맞도록 쪽쪽 핥는 아기의 부드러운 입술에 젖을 물리고 싶다는 생각과 처녀가 젖을 빨린다는 건 아주 망측한 일이란 생각 사이에 억눌려서 어쩔 줄을 몰랐던 것이다.

그 후 *수복이 되고, 나는 미군 부대 하우스걸 같은 걸 하면서 아기에게 우유를 먹일 수 있었고 놋숟갈 대신 고무 젖꼭지를 물릴 수 있었다. 피난

박복 복이 없음. 또는 팔자가 사나움.
착살맞다 하는 짓이나 말 따위가 얄밉게 잘고 다랍다.
수복 잃었던 땅이나 권리를 되찾음.

을 다니면서도 아기에겐 미제 우유를 먹일 수 있었다. 나는 자유를 위해 피난을 가는 게 아니라 돈만 있으면 우유를 살 수 있는 세상을 따라 남으로 움직였다.

조카는 잔병치레 하나 안 하고 잘 컸다. 천덕꾸러기란 다 그렇게 크게 마련이라고 어머니는 말했지만 나는 그 말이 듣기 싫었다. 어머니라고 당신 앞에 남겨진 이 집 대를 이을 단 하나의 핏줄인 손자가 소중하지 않을 리야 없겠지만 난 지 백날 만에 애비 에미를 잡아먹은—어머니는 이런 끔찍스러운 말을 썼다.—손자를 가끔가끔 불길스러운 듯 구박을 했다. 아아, 어머니는 왜 이 조그만 아기의 팔자 따위가 그 6·25 사변같이 엄청나게 큰 불길스러운 일을 일으킬 수 있다고 생각한 것일까.

조카는 말을 배우면서 아줌마 소리를 제일 먼저 했지만 아기들 말이 으레 그렇듯이 발음이 정확지 않아 "아윰마", 조금 응석을 부리면 "암마"로 들렸다. 어머니는 그걸 몹시 싫어해서 "아줌마" 대신 '고모'라는 말을 가르치기 시작했다. 잘못해서 아윰마 소리가 나오면 엉덩이를 맞아야 했다. 어머니는 "이 *경을 칠 녀석, 또다시 그런 소릴 할련 안 할련?" 하며 엉덩이를 모질게 찰싹찰싹 때렸다.

그리고 나한테는 조카를 너무 귀여워하는 게 아니라고 했다. 모르는 사람이 보면 꼭 모자지간같이 보인다는 거였다. 실제로 누구도 그리고 아무개도 그러는데, "따님하고 외손주하고 사시는구만, 사위는 군인 나갔수? 납치당했수?" 하더라는 거였다. 그만큼 그 시절엔 집에 장정 남자 식구가 없는 건 조금도 이상스럽지 않았다.

그러다가 혼인길 막히는 거 아닌지 모르겠다고 어머니는 근심했다. 조카는 최초의 말 "암마" 소리를 엉덩이를 맞아 가며 부정당하고부터는 말 없는 아이로 자랐다. 그리고 나는 혼인 길이 트이어 시집을 갔다. 마치 자식을 떼어놓고 *개가해 가는 과부처럼 청승맞은 기분으로 죄의식조차 느끼며 시집을 갔다. 부부만의 단출한 살림이고 보니 친정 출입이 잦았다.

　　방마다 세를 들인 커다란 낡은 집 안방의 *옴두꺼비 같은 구식 세간들 사이에서 할머니하고 단둘이 살아야 하는 어린 조카가 문득 불쌍한 생각이 나면 곧장 달려가곤 했다. 새로 난 장난감도 사가고 주전부리할 것도 사 가지고 가서 한바탕 유쾌하게 수선을 떨다 왔다. 이런 나를 어머니는 시집을 가도 하나도 철이 안 난 주책바가지라고 나무라며 못마땅해하고, 사위에겐 미안쩍어하기도 했지만, 나는 그게 아니었다. 나는 친정집의 곰팡내 나는 음습한 분위기로 해서 조카의 동심에까지 곰팡이가 슬까 봐 내가 햇빛이고자 바람이고자 그렇게 하는 거였다. 실제로 나를 맞는 조카 얼굴은 음지가 양지로 변하는 것처럼 환하게 변했다.

　　나도 첫아기를 낳게 되었다. 꼭 둘째 아기를 낳은 기분이었다. 둘째 아기를 낳는 엄마라면 누구나 하는 근심, 아우에게 사랑을 빼앗긴 맏이의 상처받은 동심을 어떻게 위무할 것인가 하는 근심과 똑같은 근심을 나는 내 조카 때문에 했으니 말이다.

　　내 첫애는 딸이었고, 나는 내 딸이 엄마 아빠 소리보다 오빠 소리를 먼저 할 만큼 따로 사는 친정 조카를 우리 식구처럼, 식구라도 상식구처럼 키우는 데 지나칠 만큼 신경을 썼다. 남편이 딸애를 주려고 과자를 사 와도 "이건 오빠 거." 하며 우선 몇 개 집어 두었고, 신발을 한 켤레 사려도 "이건 오빠 거, 이건 혜란이 거." 매사를 이런 식으로 했다.

　　마침내 조카가 국민학교에 들어가게 되었다. 나는 꼭 첫애를 국민학교에 보내게 된 젊은 엄마처럼 흥분해서 어쩔 줄을 몰랐다. 매일 딸을 데리고 따라가서 "혜란아, 오빠 찾아내 봐. 조오기, 조오기 있지. 우리 혜란이 오빠

경을 치다　호된 꾸지람이나 나무람을 듣거나 벌을 받다.
개가　결혼하였던 여자가 남편과 사별하거나 이혼하여 다른 남자와 결혼함.
옴두꺼비　'두꺼비'를 달리 이르는 말.

가 제일 잘하네. 노래도 제일 잘하고 요리도 제일 잘하고, 그치 혜란아." 하며 수선을 떨었다.

그러나 고모는 고모지 아무려면 엄마만 할 수야 있겠는가. 나는 지금도 조카의 첫 소풍날에 잊을 수 없다. 그때도 국민학교 일학년 첫 소풍은 창경원이었다.

어머니는 아침부터 줄창 조카를 따라다니기로 하고 나는 점심을 싸가지고 나중에 가서 창경원 속에서 만나기로 했다. 만나는 장소는 연못가로 하여 행여 어긋나는 일이 있을까 봐 나는 용의주도하게 남편이 결혼 전에 차던 손목시계까지 어머니 손목에 채워 드렸다. 그리고는 나는 어머니가 못 미더워 골백번도 더 "열한 시 정각에 연못가." 소리를 했더랬다. 그런 내가 한 시간이나 더 늦게 가고 말았다. 도시락도 요리책을 봐 가며 좀 멋을 부려 봤지만, 내 모양을 내는 데 분수없이 시간을 잡아먹었다. 미장원에 가서 머리도 새로 했고, 화장도 정성 들여 했고, 옷도 거울 앞에서 몇 번을 갈아입어 봤는지 모른다. 그때만 해도 내 용모에 어느 만큼은 자신이 있을 때라 나는 *군계일학처럼 딴 엄마들 사이에서 뛰어나길 바랐다. 그래서 조카까지가 그런 우월감으로 엄마 대신 고모라는 서운함을 메울 수 있기를 바랐다. 그러다가 그만 한 시간이나 지각을 하고 만 것이다.

어머니는 미련하게도 그 한 시간 동안을 줄창 연못가에서 나만 기다리느라 정작 아이들이 해산하는 것도 모르고 있었다. 부랴부랴 어머니를 몰아세워 아이들이 집합해서 단체 놀이를 벌이던 곳으로 갔으나 아이들은 이미 뿔뿔이 헤어져 가족들과 점심을 먹고 있었다. 거의 한 시간이나 넘어 창경원 안을 미친 듯이 헤맨 끝에 조카를 만났다. 조카는 그때까지 국민학교 일학년생으로서의 체면상 가까스로 참았던 울음을 내 치마폭에 얼굴을 묻자마자 서럽게 터뜨렸다. 철들고 나서 그렇게 몹시 운 것은 처음이어서 나는 당황했다. "고모가 나쁘다, 나쁜 년이다." 나는 정말 내가 나를 때리는 시늦까지 해 가며 달래다 못해 같이 울어 버리고 말았다.

　점심시간은 엉망일 수밖에 없었다. 워낙 몹시 운 끝이라 울음을 그치고 나서도 흑흑 느끼느라 김밥 하나를 제대로 못 넘겼다. 내 조그만 허영이 불쌍한 조카의 일학년 첫 소풍의 추억을 이렇게 슬프게 얼룩지워 놓고 만 것이다.

　내가 그 애의 엄마라면 뭣하러 그런 허영을 부렸겠는가. 내가 내 아이들보다 조카를 더 사랑한다는 느낌에는 그런 허영과도 공통된 과장과 허위가 있음직도 하다.

　조카는 자랄수록 죽은 오빠를 닮아 갔다. 아들이 애비 닮은 것은 당연한데도 어머니와 나는 그게 못마땅하고 꺼림칙했다. 외모가 닮은 건 어쩔 수 없다손 치더라도 말이 없는 것까지 닮은 걸 보면 속까지 닮았을까 봐 그게 제일 걱정이었다.

　오빠는 늘 침울한 편이었고 너무 말이 없었다. 그래도 가끔 친구들과 어울릴 때면 도맡아 떠들어 댔던 것으로 미루어, 본래의 성품이 그랬던 게 아니라 집안 식구와 공통의 화제가 없었더랬는 게 아닌가 싶다. 집안 여자들이 흥미 있어 하는 살림 걱정, 살림 재미, 친척의 소문, 계절의 변화 등에 오빠는 도무지 무관했다. 오빠는 일제 말기에 전문학교까지 나온 주제에 해방되고도 직장이라곤 가져 본 적이 없다. 나는 이런 오빠를 막연히 빨갱이라고 생각했었다. 오빠 방의 책이 맨 그런 책이었고, 친구들과 떠드는 소리를 엿들어 봐도 누가 들으면 큰일 날 불온한 소리였기 때문이다.

　나는 어머니에게 오빠가 빨갱이일 거라고 일러바쳐 어머니를 전전긍긍하게 했다. 어머니는 서둘러서 오빠를 장가들였다. 외아들이니 빨리 손을 봐야겠기도 했지만, 처자식이 생기면 자연히 책임이라는 것을 의식하게 될

군계일학　닭의 무리 가운데에서 한 마리의 학이란 뜻으로, 많은 사람 가운데서 뛰어난 인물을 이르는 말.

테고 그러면 위험한 짓도 삼가게 되려니와 직업도 갖게 될지도 모른다는 게 어머니의 속셈이었다.

　　오빠는 순순히 장가를 들어 주었고, 이내 첫아기를 본 게 또 아들이어서 제법 푸짐하게 백날잔치까지 하고 나서 며칠 만에 6·25가 터졌다. 나는 속으로 이제야말로 오빠가 활개칠 세상이 왔나 보다고 생각했다. 처음엔 내 추측이 들어맞는 것 같았다. 불안할 만큼 생기가 나서 뻔질나게 외출을 했다. 그러다가 다시 침울해지더니 바깥출입을 끊고 들어앉았다가 친한 친구한테 반강제로 끌려나간 후 죽어서 돌아왔다. 그 후 올케까지 친정으로 쌀을 얻으러 가다 폭사를 해, 내 조카는 그만 고아가 되고 만 것이다.

　　그래서 우리 모녀는 지금까지도 오빠가 빨갱이였는지, 흰둥이였는지, 아예 그런 사상 문제엔 집안일에 관심이 없었던 것처럼 관심도 없었는지, 그것조차 분명히 알고 있지를 못하다. 다만 어머니는 아들 치다꺼리만 했지 한 번도 아들이 벌어 오는 밥을 못 얻어잡숴 본 게 가슴 깊이 맺힌 한이어서 아무쪼록 오래 사셔서 하루라도 손자가 벌어 오는 밥을 얻어잡숴 보는 게 소원이시다. 손자가 좋은 학교 나와서 착실한 직장을 가지고 결혼해서 일요일이면 처자식 데리고 카메라 메고 놀러 나가고 당신은 집을 봐 주는 게 평생 소원이시다.

　　카메라 메고 *공일 날 야외에 나갈 만큼의 출세랄까 안정이랄까 그게 어머니가 훈이(내 조카 이름)에게 바라는 전부였고, 나도 어머니가 노후에 카메라 메고 야외에 나간 손자 내외의 집을 봐 주는 정도의 행복은 누리게 하고 싶었다.

　　훈이가 고등학교 이학년이 되자 반을 문과 이과로 나누게 되었고, 훈이가 나한테는 아무 상의도 안 하고 문과를 택한 걸 나는 나중에야 알았다. 나는 우선 그런 문제를 나한테는 상의 한마디 안 한 게 서운했고, 어머니는 어머니대로 오빠가 전문학교에서 문과였다는 것만으로 덮어놓고 문과를 싫어했다. 그래도 나는 훈이 편이 되어 고등학교 문과가 반드시 장래 문학 지망을 의미하지는 않는다고 어머니를 설득하려 했지만 어머니는 지레 겁을 먹고 있었다. 어머니는 오빠가 평생 사회에 참여해서 돈 한 푼 벌어들인 일이 없는 주제에 까닭 없이 죽어야 하는 일엔 끼어들고 말았다는 사실이 문과 출신이라는 것과 반드시 무슨 상관이 있다고 믿고 있었기 때문이다.

나는 그럴 리가 없다고 어머니를 위로하면서도 속으론 어머니 생각에 동조하고 있었으므로 더 늦기 전에 일을 바로잡아 보리라 마음먹었다. 나는 학교에 쫓아가서 담임 선생님에게 애걸하다시피 해서 훈이가 문과에서 이과로 전과를 할 수 있도록 했다. 그러고 나서 훈이를 설득하려 들었다. 나는 막연히 훈이를 두려워하면서 중언부언 내 말을 했고, 훈이는 언제나처럼 말 없이 젊은이다운 대담한 시선으로 나를 쏘아보았다.

"훈아, 너희 담임 선생님이 그러시는데 너는 인문계보다는 이공계가 더 적성에 맞는대. 좀 좋아. 공대 같은 데 가면 요새 공장이 많이 생겨서 공대 출신이 제일 잘 팔린다더라. 넌 큰 기업체에 취직해서 착실하게 일해서 돈도 모으고 연애도 하고 결혼도 해서 살림 재미도 보고 재산도 늘리고, 그러고 살아야 돼. 문과 가서 뭐 하겠니? 그야 상대나 법대로도 풀릴 수 있지만 그게 그리 쉬우냐, 까딱하단 문학이나 철학이나 하기가 꼭 알맞지. 아서라 아서. 사람이 어떡허면 편하고 재미나게 사느냐를 생각하지 않고, 사람은 왜 사나, 뭐 이런 게지. 돈을 어떡허면 많이 벌 수 있나는 생각보다 돈은 왜 버나, 뭐 이런 생각 말이야. 그리고 오늘 고깃국을 먹었으면 내일은 갈비찜을 먹을 궁리를 하는 게 순선데, 내 이웃은 우거짓국도 못 먹었는데 나만 고깃국을 먹은 게 아닌가 하고 이미 뱃속에 들은 고깃국조차 의심하는 바보짓 말이다. 이렇게 자꾸 생각이 빗나가기 시작하면 영 사람 버리고 마는 거

공일 일을 하지 않고 쉬는 날.

야. 어떡허든 너는 이 사회에 순응해서 이득을 보는 사람이 돼야지 괜히 사회의 병폐란 병폐는 도맡아 허풍을 떨면서 앓는 소리를 내는 사람이 될 건 없잖아."

"고모, 아버지가 그런 사람이었나요?"

훈이가 내 말의 중턱을 자르며 *푸듯이 말했다. 나는 당황했다. 훈이가 아버지에 대해 뭘 물어 본 게 이번이 처음이라 그렇기도 했지만, 내가 오빠에 대해 오랫동안 몰래 추측하고 있던 걸 훈이한테 느닷없이 들키고 만 것 같아 더 그랬다.

나는 아니라고 강하게 부인하고 다시 아까 한 소리를 간곡하게 되풀이했다. 내 말에 감동했는지 귀찮아서 그랬는지 아무튼 훈이는 내가 옮겨 준 대로 이과에 잘 다녔다. 그러나 형편없이 성적은 떨어졌다. 때마침 공대가 붐을 이룰 때라 우수한 지원자가 많이 몰려 훈이는 대학 입시에 낙방했고, 재수는 막무가내 싫다고 해서 삼류 대학 공대 토목과에 들어갔다.

훈이가 대학에 다니는 사 년 동안 내내 대학가는 어수선해서 데모, 휴교, 조기 방학의 악순환의 연속이었다. 데모가 있을 때마다 나는 훈이가 그런 데 휩쓸릴까 봐 애를 태우고 미리미리 타이르고 했다.

"행여 그런 데 끼지 마라. 관심도 갖지 마라. 너는 기술자가 될 사람야. 세상이 어떻게 되든 밥벌이 걱정은 안 해도 될 기술자란 말야. 기술자는 명확한 해답을 얻어 낼 수 있는 문제에만 관심을 가지면 되는 거야. 알았지?"

그리고는 혹시 꼬임에 빠져서라도 그런 데 끼어들었다간 졸업 후 취직도 못 하고 일생 망치기 십상이라고 *공갈을 쳤고, 너는 꼭 대기업에 취직해서 안정된 생활을 누리고 예쁜 색시 얻어 일요일이면 카메라 메고 *동부인해서 야외로 놀러 나갈 만큼은 재미있게 살아야 한다고 설교를 했다. 훈이는 한 번도 말대꾸하는 법이 없었지만 거칠고 대담한, 그리고 경멸하는 듯한 시선으로 나를 쏘아봤다. 그러면 나는 괜히 부끄러워져서 딴전을 보며 지껄여 댔다. 나는 부끄럼을 타면서도 꽤나 줄기차게 그런 말을 훈이에게 했었나 보다. 대학교 졸업반 때 나는 돈의 여유가 좀 생긴 김에 훈이에게 카메라를 하나 사 주고 싶어 의향을 물어봤더니 단호하게 거절하며 하는 말이,

"고모, 난 카메라라면 지긋지긋해. 이가 갈려. 생전 그런 거 안 가질 거야."

그럭저럭 무사히 졸업하고 입대했지만 곧 *의가사 제대를 할 수가 있었다. 이제 취직 문제만 남았는데 이것만은 그렇게 쉽지를 않았다. 대기업은커녕 착실한 중소기업의 문턱도 낮지는 않았다. 막상 취직 문제에 부딪치고 보니 남의 떡이 커 보이는 식으로 이공계보다는 인문계 출신의 *문호가 훨씬 넓어 보이는 게 우선 나로서는 적잖이 속상하는 일이었다. 그래도 다행인 건 훈이가 그런 문제로 나를 원망하려는 기색이 조금도 안 보이는 거였다. 말없이 고분고분 취직 시험을 수없이 보고, 보는 족족 떨어졌다. 어떤 곳에선 아예 서류 심사부터 낙방을 시키는 걸 보면 대학교 성적이 시원치 않았던 것 같다.

어머니와 나는 한 번도 훈이가 대통령이나 장군이나 재벌이나 판검사나 그런 게 되기를 바란 적이 없다. 정직하게 벌어먹을 수 있는 기술 가르쳐 대기업에 붙여, 공일 날 카메라 메고 야외에 나갈 만큼의 사람 사는 낙을 누릴 수 있기를 바랐을 뿐이다. 그런데 그나마도 쉽게 되어 주지를 않았다.

취직 시험도 하도 여러 번 치르니, 보러 가기도 보러 가라기도 점점 서로 미안하게 되었다. 이 년 가까이를 이렇게 지겹게 보내던 훈이 어느 날 나

푸듯이 조용하게 있다가 불쑥 말하지만 혼잣말처럼 힘없이 말하는 모양.
공갈 공포를 느끼도록 윽박지르며 을러댐. 혹은 '거짓말'을 속되게 이르는 말.
동부인 아내와 함께 동행함.
의가사 제대 현역 군인이 자기가 직접 집안을 보살펴야 하는 가정 사정 때문에 국방부의 허가를 받아 예정보다 일찍 제대하는 것.
문호(門戶) 외부와 교류하기 위한 통로나 수단을 비유적으로 이르는 말.

에게 해외 취업의 길을 뚫을 수 있을 것 같으니 *교제비로 돈을 좀 달라는 당돌한 요구를 해 왔다.

"뭐라고, 해외 취업? 그럼 외국에 나가 살겠단 말이지? 그건 안 된다."

"왜요 고모, 쩨쩨하게 돈이 아까워서? 아니면 고모가 영영 할머니를 떠맡게 될까 봐 겁나서?"

훈이는 두 개의 간략한 질문을 거침없이 당당하게 했다. 마치 이 두 가지 이유 외에 딴 이유란 있을 수도 없다는 말투였다. 나는 뒷에 얻어맞은 듯이 *아연했다.

글쎄 어떻게 설명할 수 있을 것인가. 그 녀석이 꼭 이 땅에서, 내 눈앞에서 잘 살아 주었으면 하는 내 간절한 소망의 참뜻을, 지랄같이 무책임한 전쟁이 만들어 놓은 고아인 저 녀석을, 온 정성을 다해 남부럽지 않게 키운게 결코 내 어머니를 떠맡기고자 함이 아니었음을 어떻게 납득시킬 수 있담.

제가 잘되고 잘 사는 것으로, 다만 그것만으로 나는 내가 겪은 더럽고 잔인한 전쟁에 대해 통쾌한 복수를 할 수 있고 그때 받은 깊숙한 상처의 치유를 확인받을 수 있다는 걸 어떻게 저 녀석에게 알릴 수 있을 것인가.

나는 그 녀석을 똑바로 바라보았다. 그 녀석도 나를 똑바로 바라보았다. 시선이 강하게 부딪쳤으나 나는 단절감을 느꼈다. 문득 이 녀석 치다꺼리에 구역질 같은 걸 느꼈으나 가까스로 평정을 가장했다.

"해외 취업은 당분간 보류하렴. 할머니 때문이든 돈 때문이든 그건 네 마음대로 생각해도 좋아. 그리고 취직 문젠데, 너무 고지식하게 정문만 뚫으려고 했던 것 같아. 방법을 좀 바꾸어서 뒷문으로 통하는 길을 알아봐야겠다. 돈이 좀 들더라도……."

"흥, 돈 때문은 아니다 그 말을 하고 싶은 거죠?"

녀석이 나를 노골적으로 미워하며 대들었다. 나는 대꾸도 하지 않았다. 어머니는 곁에서 내가 늘그막에 이렇게 천덕꾸러기가 될 줄은 몰랐다면서 훌쩍였다.

취직 운동이란 게 막상 부딪쳐 보니 할 노릇이 아니었다. 우리를 위해 발 벗고 나서 애써 줄 유력한 친척이나 친구가 있는 것도 아니니, 그저 좀 잘 산다는 동창을 찾아가 남편을 통해 부탁을 좀 하려면 단박 아니꼽게 나오기가 일쑤였다. 토목과 출신만 아니더라도 어떻게 해 보겠는데 요새 워낙 건설업계가 전반적인 불황이라 어쩌고 하면서 마치 제가 이 나라 건설업계를 손아귀에 쥔 듯이 허풍과 엄살을 겸해서 떠는 사람도 있는가 하면 선뜻 이력서나 가져와 보라는 곳도 있긴 있었다. 감지덕지 이력서 가져가 봤댔자 별게 아니었다. 이력선 시큰둥하게 밀어넣고는 기다려 보라니 기다릴 수밖에 없지만 가타부타 무슨 뒷소식이 있어야 텐데 그저 감감무소식인 데야 다시 어떻게 빌붙어 볼 도리가 없었다.

그러다가 겨우 얻어걸린 게 Y 건설의 영동고속도로 현장의 측량기사보 자리였다. 거기 현장 소장으로 가 있는 친구 남편이 서울 집에 다니러 온 김에 해 온 연락으로 본인만 좋다면 당장 데리고 가겠다는 거였다. Y 건설이라면 국내 건설업계에서는 다섯 손가락 안에 드는 업체였지만 정식 사원이 아니라 현장 사무소장 재량으로 채용하는 임시 직원으로 오라는 거니 우선은 섭섭할 밖에 없었다. 그래도 한 반 년만 현장에서 일 배우고 고생하면 본사 정식 사원으로 상신해 주겠다는 단서가 붙긴 붙었다. 마다할*계제가 아니었다.

현장 소장이 가르쳐 준 준비물은 두둑한 침구, 겨울 내복, 라이너가 달린 잠바, 작업복, 바지, 워커 등이었다. 사월도 하순으로 접어들어 서울에선 벚꽃놀이가 한창인데 현장은 해발 육 백 미터의 고지대라 아직도 영하의 추위에 눈이 가끔 내린다고 했다. 어머니는 대문간에서 울면서 훈이를 떠나보

교제비 손님 접대 따위로 쓰는 돈.
아연하다 너무 놀라거나 어이가 없어서 또는 기가 막혀서 입을 딱 벌리고 말을 못 하는 상태이다.
계제 셈을 따져서 제할 것을 제함.

내고 나는 마장동 시외버스장까지 전송을 나갔다. 생전 처음 집을 떠나 객지 생활로 들어가는 훈이에게 그저 자주 편지하라는 말밖에 할 말이 없었다.

"자주 편지해. 그리고 아무리 고생이 되더라도 육 개월만 참아다고. 그동안에 무슨 수를 써서든지 정식 사원으로 발령 나도록 해 줄 테니까. 발령 난 다음엔 곧 서울로 오도록 운동하면 될 테고. 문제없어, 다 잘될 거야."

나는 훈이가 별로 내 말을 귀담아듣지 않는 줄 알면서도 *희떠운 장담을 했다. 훈이를 위로하기 위해서라기보다는 내 불안을 달래기 위해서였다.

짐작했던 대로 훈이한테서는 안부 편지 한 장이 없었다. 한 달에 서너 번씩 서울 집에 다니러 오는 현장 소장을 통해 훈이한테 별일이 없다는 소식이라도 듣기에 망정이지 그렇지 않으면 꼭 무슨 사고라도 난 것 같아 달려가 보지 않고는 못 배겼을 게다. 어머니는 나만 보면 듣기 싫은 소리를 했다.

이 년이나 놀리고 나서 취직이라고 시켜 준답시고 어떤 *삼수갑산으로 귀양을 보냈기에 이렇게 한번 다니러 오지도 못하느냐고 하기도 했고, 집세만 받아먹어도 굶지는 않을 텐데 그게 어떤 귀한 자식이라고 객지로 노동 벌이를 보냈느냐고도 했다. 대학 문턱에도 못 가 본 사람도 아침이면 신사복에 넥타이 매고 출근하던데 헌다 허는 대학 나온 애가 노동 벌이가 웬말인가, 아무리 에미 애비 없고 출세한 친척이 없기로서니 이런 서럽고 억울할 데가 어디 있냐고 통곡을 하는 때도 있었다. 나는 이런 일을 묵묵히 견디었다. 그야 어머니 말대로 훈이가 취직을 안 한대도 뎅그런 집 한 채는 있으니 밥을 굶지는 않겠다. 취직이 단순히 밥벌이만을 의미한다면 훈이는 취직을 안 해도 되겠다. 나는 다만 훈이가 자기가 배운 일을 통해 이 땅과 맺어지고, 이 땅에 정붙이기를 바랐을 뿐이다.

나는 열심히 현장 소장네를 찾아다녔고, 찾아갈 때마다 선물을 잊지 않았다. 어떤 낌새를 눈치 보기 위해서였다. 본사에서 특채가 있는 듯한 낌새만 보이면, 좀 어떻게 상신을 하고 중역하고 교제해 달라고 슬쩍 케이크

상자 속에 수표를 넣어 준다는 '와이로' 쓰기를 하겠는데 영 그런 낌새는 보이지 않았다.

한여름이 되도록 훈이는 한번 다니러 오는 법도 없고, 엽서 한 장 보내 주지 않았다. 아무리 무소식이 희소식이라지만 이건 너무한다 싶었다. 훈이가 가 있는 곳은 변변히 봄도 안 거치고 곧장 여름으로 접어들었다기에 여름옷도 우송해 주었고 편지도 부지런히 써 부쳤다. 팔월에는 오빠와 올케의 제사가 며칠 건너로 있어서 이번만은 상경하겠지 싶으면서도 미심쩍어 미리 *전보까지 쳤다. 그러나 훈이는 올라오지 않았다. 어머니는 이럴 수는 없다, 아무래도 무슨 일이 있는 거지, 로 시작해서 여지껏 꾼 온갖 불길스러운 꿈을 놀라운 기억력으로 주워섬기는 것이었다. 내 여지껏 입에 담기조차 *사위스러워 참고 있었다만 지금 생각하니 진작 일러줄 걸 그랬나 보다는 게 어머니의 긴 사설의 결론이기도 했다.

어머니 꿈대로라면 훈이가 불도저에 깔려 암매장이라도 당한 걸 친구 남편인 현장 소장이 감쪽같이 숨기고 있는 것 같았다. 한번 그런 생각이 들자 걷잡을 수가 없었다. 편지가 없는 건 무소식이 희소식으로 돌린다 치더라도 산간벽지에서 도대체 공일 날을 뭘로 소일하는 것일까. 다방이나 당구장 오락실이 그리워서라도 공일마다는 못 오더라도 한 달에 두어 번쯤은 상경해야 배길 텐데 말이다. 대학 사 년과 놀고 있던 이 년 동안을 순전히 그런 데만 맴돌며 살았으니까. 의심이 나기 시작하니 한이 없었다. 도대체 온갖 도시적인 것과 훈이를 떼어놓고 생각하는 것조차 무리였다.

계집애처럼 앞뒤에 라인이 든 야한 빛깔의 와이셔츠에 줄무늬 *합섬

희떱다 실속은 없어도 마음이 넓고 손이 크다.
삼수갑산 우리나라에서 가장 험한 산골이라 이르던 삼수와 갑산. 조선시대에 귀양지의 하나였다.
전보 전신을 이용한 통신이나 통보.   **사위스럽다** 마음에 불길한 느낌이 들고 꺼림칙하다.
합섬 '합섬 섬유'를 줄여서 이르는 말. 석유, 석탄, 천연가스 따위를 원료로 하여 화학적으로 합성한 섬유.

바지에, 반짝거리는 구두를 신고 대담하고 권태로운 시선으로 아무나 아무 거나 마구 얕잡으며 빙빙 다방에서 당구장으로, 탁구장에서 오락실로 날이 저물면 맥주홀이나 대폿집으로 쏘다니다가 밤늦게 흐느적흐느적 들어와서도 뭐가 미진한지 라디오의 음악 프로를 최대한의 볼륨으로 틀어 온 집안의 정적을 무참히 짓이기던 녀석이 산간벽지의 도로 공사 현장에 어떤 모습으로 있을까가 좀처럼 상상이 안 되었다. 떠나기 전 남대문시장에서 사 준 염색한 미군 작업복과 워커와 녀석을 아무리 내 상상 속에서 결합을 시켜 보려도 되지를 않았다.

드디어 나는 현장에 찾아가 보기로 결심했다. 떠나기로 한 날 아침부터 비가 억수로 퍼부었다. 그렇다고 미루기도 싫어서 어떻든 강릉행 버스를 탔다. 훈이가 가 있는 영동고속도로 현장은 강릉 못미처 진부에서 다시 갈아타야 하는 곳에 있었다. 버스가 서울을 떠나 팔당을 지나 양주, 양평 땅으로 접어들면서 포장도로는 끝나고 시뻘건 흙탕길로 변했다. 게다가 길 오른쪽은 바로 한강 줄기요, 왼쪽은 당장 무너져 내릴 듯한 절벽이었다. 여름내 비가 잦았어서 그런지 흙탕물이 굽이치는 한강 줄기가 제법 망망한 대하로 보였고, 버스가 달리는 길은 너무도 좁고 고르지 못했다. 당장 *노반이 무너져 내리며 버스가 한강물로 거꾸로 박힐 것 같아 *엉치가 옴찔옴찔했다. 그래도 버스는 줄기찬 빗발 속을 잘도 달렸다.

문득 나는 만약에 여기서 차 사고로 내가 죽더라도 내가 왜 이 버스를 탔던가가 알려졌으면 좋겠다고 생각했다. 내 고모로서의 지극한 정성이 널리 알려져 신문에 보도되고 그걸 Y 건설 사장이 읽게 되고 그러면 훈이를 제꺼덕 발령을 내 본사로 끌어올릴지 알 게 뭔가 하는 실로 더럽고 치사한 생각을 했다. 나는 이 더럽고 치사한 공상에 실컷 탐닉했다. 그러고 나서야 내가 죽은 후의 내 아이들을 생각했다. 아마 서너 달쯤 있다가 계모가 생기겠지. 그렇지만 내 아이들은 아무리 생각해도 계모에게 들볶여서 불행해질 아이들이 아니었다. 도리어 계모를 교묘히 들볶고 골탕 먹여 줄 게다. 계모를 지능적으로 불행하게 할 게다. 나는 마치 내가 죽어서 그런 일을 구경하고 있는 것처럼 고소해하기까지 했다. 그러고 보니 나는 내 자식을 조카인 훈이보다 덜 사랑해 키웠는지는 몰라도, 그게 더 잘 키운 건지도 모른다고 생각되었다.

버스가 강원도 지방으로 접어들자 산을 휘감은 비탈길이 많아 헉헉 숨이 차 했지만 그곳은 맑은 날씨여서 훨씬 덜 불안했다. 진부에 닿은 것은 서울을 떠난 지 여섯 시간 만이었다. 거기서 유천리까지 갈 버스를 기다릴 동안 요기를 하기 위해 국밥집엘 들렀다.

국밥집은 Y 건설의 마크가 붙은 초록색 모자를 쓴 남자들로 붐볐다. 현장이 가까우리라는 예감으로 우선 반가웠고 뭔가 가슴이 두근대기도 했다. 그러나 몇 사람을 붙들고 물어도 김훈이란 측량기사를 안다는 사람은 없었다. 다만 현장 사무소가 있는 유천리까지는 굳이 버스를 기다릴 거 없이 택시를 타도 오백 원이면 간다는 걸 알 수 있었을 뿐이었다.

진부라는 면소재지는 거리의 끝에서 끝이 한눈에 들어오는 조그만 고장인데 다방도 서너 군데 되고 중국집, 불고깃집 등 음식점엔 Y 건설의 초록 모자, S토건의 빨강 모자 천지였다. 주위의 고속도로 공사로 활기를 띠고 호경기를 누리고 있는 고장이란 걸 한눈에 알 수 있었다.

운전수가 내려놓아 준 Y 건설 현장 사무소는 엉성한 가건물이었지만 여러 동이 연이어 있어 규모가 컸고, 넓은 광장에는 지프차, 트럭, 덤프트럭, 불도저 같은 차들이 멎어 있고 초록 모자를 쓴 사람들이 웅성거려 활기에 차 보였다. 다행히 김훈이를 알고 있는 사람을 단박에 만날 수 있었다. 몇십 리 밖 현장에 나가 있지만 곧 돌아올 시간이니 기다려 보라고 했다. 저녁때라 트럭이 현장으로부터 초록 모자에 작업복을 입은 사람들을 가득 실어다

노반 도로를 포장하기 위하여 땅을 파고 잘 다져 놓은 땅바닥.
엉치 '엉덩이'의 방언.

간 너른 마당에 쏟아 놓았다. 먼지를 뽀얗게 쓴 사람들이 앞 개울에서 세수 먼저 하곤 곧장 식당이라 쓴 곳으로 들어갔다.

저만치 한여름의 옥수수밭이 질푸르고, 마을의 집들은 온통 약속이나 한 듯이 주황 아니면 빨간 지붕을 이고 있었다. 나는 이런 독한 원색의 대결에 피로감과 혐오감을 함께 느꼈다. 그러나 첩첩한 산들은 전나무가 무성하고 저 멀리 오대산의 산봉우리들은 웅장했고, 곳곳에 맑은 시냇물이 흐르고 있어 그 소리가 귀에 상쾌했다.

이제나저제나 훈이를 실은 차가 들어오기만을 기다리는데 *전연 훈이 같지 않은 젊은이가 나에게 "고모" 하면서 다가왔다. 훈이는 그동안 몰라보게 살이 빠진 데다가 머리와 눈썹이 뽀얗게 보일 만큼 흙먼지를 뒤집어쓰고 있어 못 알아봤던 것이다. 나는 훈이를 확인하자 반가움과 노여움이 뒤죽박죽된 격정으로 목이 메었다.

"망할 녀석, 이렇게 잘 있으면서 어쩌면 엽서 한 장이 없니?"

훈이는 아무런 대꾸도 안 하고 앞장서서 개울로 갔다. 세수를 하곤 꽁무니에서 꾀죄죄한 타월을 떼다가 얼굴을 북북 문질렀다. 타월에서 너무 역한 쉰내가 나서 나는 얼굴을 찡그렸다. 훈이가 뜻 모를 웃음을 희미하게 웃었다. 이제야 제 살갗을 드러낸 얼굴은 옹기그릇처럼 암갈색의 광택이 났고, 드러난 이빨만이 징그럽도록 선명하게 희었다.

"어디로 좀 가자꾸나."

"주임한테 얘기하고—"

"아직도 퇴근 시간 안 됐니? 일곱 시가 넘었는데."

"밤일이 있어."

"뭐, 밤에도 측량을 다녀?"

"밤일은 측량이 아니라 *제도(製圖)야."

그리고는 터벅터벅 사무실로 들어갔다. 한참 만에 나오더니 말없이 앞장을 섰다.

"저녁을 어디서 먹는다지? 네 하숙집에 가서 닭이나 한 마리 잡아 달래 먹으면 안 될까?"

"진부까지 나가서 먹지 뭐."

"진부에 특별히 음식 잘하는 집이라도 있니?"

"아뇨. 그냥 진부까지 나가 보고파서."

할 수 없이 다시 진부로 나왔다. 손바닥만 한 진부의 야경에 훈이가 사뭇 휘황해하고 흥분까지 하고 있다는 걸 알 수 있었다.

"너는 이까짓 데도 자주 나와 보지 못한 게로구나. 낮에 보니 너희 회사 사람들이 널렸더라만."

"그런 사람들은 기술직이 아냐. 관리직이나 그 밖에도 *빈들댈 수 있는 직종이야 수두룩하니까."

"그까짓 공사판에도—"

"네, 그까짓 공사판에도요."

녀석이 갑자기 씹어뱉듯이 말했다. 그러곤 말없이 불고깃집으로 들어갔다. 한증막처럼 후텁지근한 속 여기저기서 지글대는 고기 냄새에 나는 구역질을 느꼈다. 그러나 훈이는 땀을 뻘뻘 흘리면서 무섭게 먹어 댔다. 식성이 까다롭고 소식이던 훈이로만 알고 있던 나는 무참한 느낌으로 이런 왕성한 식욕을 지켜봤다.

"하숙집 식사가 안 좋은가 보지."

"하숙집에선 잠만 자고 식사는 회사 식당에서 하는걸."

"그래, 그럼 식사는 거저겠네?"

전연 '도무지', '완전히'의 뜻을 나타내는 말.
제도(製圖) 기계, 건축물, 공작물 따위의 도면이나 도안을 그림.
빈들대다 부끄러운 줄 모르고 게으름을 피우며 뻔뻔스럽게 놀기만 하다.

"거저가 뭐야, 봉급에서 꼬박꼬박 제해."

"봉급은 얼마나 받는데?"

실상은 가장 궁금했던 걸 이제서야 자연스럽게 물었다.

"거진 한 삼만 원 되지만 식비 빼고 하숙비 주고 나면 몇천 원 떨어질까 말까야. 가끔 소주 파티에 빠질 수도 없고, 그 재미도 없인 정말 못 참아내겠는걸 뭐. 집에다 돈 부쳐 달란 소리 안 하는 것만도 내 딴엔 큰 안간힘이라구."

"그래, 회사 식당 식사가 먹을 만하니."

"기똥차지, 기똥차. 그거 얻어먹고 폴대 메고 하루 몇십 리씩 산골을 누비는 나도 기똥차구."

말 안 해도 그 지칠 줄 모르는 식욕과 게걸스러운 먹음새만 봐도 알 만했다.

"하여튼 짜식들, 사람 부리는 솜씨 또한 기똥차게 악랄하다구. 아침 일곱 시서부터 폴대 메고 헤맬 데 안 헤맬 데 다 헤매다 기진맥진 돌아온 놈에게 그 지독한 저녁을 멕이곤 또 밤일을 시켜 가면서도 주임에, 과장에, 소장이 번갈아 가며 연방 공갈을 친다구. 뭐 우리 공구의 공사 진척이 제일 늦는다나. 하루 공사가 늦으면 어느 만큼 회사에 손해를 끼친다는 기맥힌 계산을 그분들한테 들으면 봉급이 적다든가 식사가 형편없다든가 하는 불평은커녕 회사에 큰 손해를 끼치고 있는 죄인이란 생각이 먼저 들어 기를 못 펴게 되니 더러워서—"

엄청난 양의 불고기를 먹어 치운 훈이는 커피도 먹고 싶다고 다방엘 가자고 했다. 다방에는 Y 건설 패거리가 텔레비전을 둘러싼 앞자리에 앉아서 마담에 *레지까지 불러다가 잡담을 하고 있었다. 훈이도 그중 몇과는 인사를 나누었으나 가서 끼지는 않았다. 잔뜩 찡그리고 커피를 홀쩍 들이켜더니 오나가나 *저치들 꼴 보기 싫어 기분 잡친다고 빨리 가자고 했다.

훈이의 하숙방은 협소하고 더러웠다. 벗어만 놓고 빨지 않은 옷가지들이 여기저기 걸레뭉치처럼 쌓여 가지곤 *시척지근하고도 고릿한 야릇한 악취를 풍겼다. 그러나 워커를 벗어던진 훈이의 발에서 풍기는 악취에다 대면 아무것도 아니었다. 사람이 빨래 안 하고 청소 안 하면 돼지만도 못한 것 같았다.

"좀 씻고 자렴."

그러나 씻기는커녕 옷도 안 벗은 채 아무렇게나 쓰러지더니 코를 골기 시작했다. 나는 나 누울 곳을 마련하기 위해서도 방을 대강 치워야 했다. 썩은 내 나는 옷가지 사이엔 소주병, 고등어 통조림 먹다 남은 것, 깡 종류의 과자 부스러기 등이 숨어 있어 악취를 더해 주고 있었다. 활자로 된 거라곤 흔한 주간지 하나 없는 황폐한 방구석이 이 녀석의 황폐한 내부를 들여다보는 것 같아 내 마음은 암담했다.

더위와 악취와 이 생각 저 생각으로 한잠도 못 잔 나는 주인 여자가 일어난 기척을 듣고 따라 일어나 그동안 신세가 많았다고 치하도 하고 자기소개도 했다. 주인 여자는 시골 여자답지 않게 냉담하고 도도하게 "신세진 거 하나도 없습니다." 했다. 같은 말이라도 아 다르고 어 다르다고 이건 겸사의 말이 아닌, 돈 받고 하숙 치는 관계일 뿐 신세를 주고받는 관계가 아님을 강조하는 말투였다.

나는 더욱 훈이가 안쓰러워지면서 자꾸 마음이 약해지고 있었다. 우선 산더미 같은 빨래를 개울로 날랐다. 비누가 없어 한길가 잡화상엘 갔더니 생소한 메이커 제품인 생선 비린내가 역한 비누가 한 장에 백 원씩이나 했다. 비누를 사 가지고 와서도 나는 선뜻 빨랫거리를 물에 담그지 못했다.

레지 다방 따위에서 손님을 접대하며 차를 나르는 여자.
저치 '저 사람'을 낮잡아 이르는 삼인칭 대명사.
시척지근하다 음식이 쉬어서 비위에 거슬릴 정도로 맛이나 냄새 따위가 시다.

훈이가 나를 따라 서울로 가겠다고 할 것은 뻔하고 그렇게 되면 젖은 빨래는 곤란할 것 같아서였다. 실상 나는 그렇게 되길 바라고 있었다. 이대로 나만 떠날 수는 도저히 없었다.

어느 틈에 칫솔을 문 훈이가 내 곁에 와 서 있었다.

"고모, 왜 그러고 있어. 빨래가 너무 많아 질린 게지. 대강 땟국이나 빼."

"애야, 이놈의 고장 참 고약하더라. 글쎄 이 거지 같은 빨랫비누가 백 원이란다."

"고모도, 소줏값이 얼만 줄 알면 더 놀랄걸."

"녀석도 제가 언젯적 *모주꾼이라고. 근데 산골 인심이 어째 이 모양이냐."

"관광 붐 때문일 거야. 바로 여기가 오대산 월정사 입구거든. 우리가 뚫는 영동고속도로 *인터체인지도 이곳에 생길 테고, 돈맛들이 들 대로 들어서 서울 놈 돈 긁어 먹으려고 눈에 핏발이 섰다니까. 글쎄 이 옥수수 고장에서 여지껏 옥수수 한 자루를 못 얻어먹어 봤다면 말 다 했지 뭐. 돈 주고 사 먹으려면야 먹어 봤겠지만 나도 오기가 있다구, 안 사 먹어. 고모, 나 오늘 농땡이 부리고 말 테니까, 월정사 구경시켜 줄래? 주임은 고모 온 거 아니까 한번 *사바사바해 볼게."

그리곤 꽁무니에 찼던 타월까지 내 빨랫거리에 휙 던져 보태고는 부리나케 현장 사무소 쪽으로 갔다. 이내 옥수수밭에 가려서 모습이 안 보였다. 참 옥수수도 많은 고장이었다. 그러나 훈이가 그거 하나 여지껏 못 얻어먹었다고 생각하니 *부아가 부글부글 치솟는 걸 느꼈다.

나는 개울물을 돌로 막고 빨래를 담갔다. 빨래를 하면서 보니 내복과 이불 홑청에는 이까지 들끓고 있었다. 세상에 요즈음은 아무리 구더기 밑살같이 사는 집구석이기로서니 이는 없이 살건만 이게 웬일일까. 나는 형편없는 식사와 중노동을 악으로 버틴 훈이를 뜯어먹은 이를 지겹게 눌러 죽이다

못해 한동안 멍하니 앉아 있었다.

"농땡이 잘 안 되겠는데, 고모."

풀이 죽어 돌아온 훈이의 말이었다.

"그까짓 농땡이 칠 거 없다. 같이 가자 서울로. 몸이나 성할 때 일찌거니 집어치는 게 낫겠다."

"그건 싫어."

"왜 싫어?"

훈이의 싫다는 대답을 나는 전연 예기치 못했으므로 당황할밖에 없었다.

"나는 더 비참해지고 싶어. 그래서 고모나 할머니가 철석같이 믿고 있는 기술이니 정직이니 근면이니 하는 것이 결국엔 어떤 보상이 되어 돌아오나를 똑똑히 확인하고 싶어. 그리고 그걸 고모나 할머니에게 보여 주고 싶어."

"그걸 우리에게 보여서 어쩌겠다는 거야? 그걸로 우리에게 복수라도 하겠다 이 말이냐?"

나는 훈이 말에 무서움증 같은 걸 느꼈기 때문에 흥분해서 악을 쓰며 덤벼들었다.

"고모, 그렇게 흥분하지 말아. 나는 다만 고모가 꾸미고, 고모가 애써 된 이 일의 파국을 통해서 고모와 할머니로부터, 그리고 이 나라로부터 순조롭게 놓여날 수 있기를 바라고 있을 뿐이야. 그렇지만 고모, 오해는 마. 내가 파국을 재촉하고 있다고 생각하지는 마. 나는 내 나름으로 이곳에서의

모주꾼 모주망태. 술을 늘 대중없이 많이 마시는 사람을 놀림조로 이르는 말.
인터체인지 도로나 철도 따위에서, 사고가 일어나거나 교통이 지체되는 것을 막기 위하여 교차점에 입체적으로 만들어서 신호 없이 다닐 수 있도록 한 시설.
사바사바하다 (속되게) 뒷거래를 통하여 떳떳하지 못하게 은밀히 일을 조작하다.
부아 노엽거나 분한 마음.

일에 최선을 다하고 있어. 그러노라면 누가 알아, 일이 고모의 당초 계획대로 잘 풀릴지. 나도 어느 만큼은 그쪽도 원하고 있어, 파국만을 원하고 있는 게 아냐."

"그래 참, 잘 될 수도 있을 거야. 잘 될 여지는 아직도 충분히 있고말고."

나는 별안간 잘 될 가능성에 강한 집착을 느끼며 태도를 *표변했다.

"그렇지만 고모, 잘 되게 하려고 너무 급하게 굴진 마. 와이로 쓰고 빌붙고 하느라 돈 없애고 자존심 상하고 하지 말란 말야. 여기 와 보니 육 개월만 기다리라는 임시직 신세로 삼사 년을 현장으로만 굴러다니는 친구가 수두룩해. 임시직에겐 봉급 조금 주고, 일요일도 없이 부려먹고, 책임은 없고, 얼마나 좋아, 회사 측으로선 훌륭한 경영 합리화지."

훈이는 버스 정류장까지 나를 배웅했다. 진부까지 나가는 완행버스는 좀처럼 오지 않았다. 그동안 나는 뭔가 훈이에게 이야기해야 될 것 같은 심한 압박감을 느꼈다. 나는 내가 여기까지 오는 동안 길이 나빠 얼마나 고생을 하고 시간을 많이 잡아먹었나를 과장해서 들려 주면서 고속도로가 뚫리면 서울서 강릉까지가 얼마나 가까워지고 편해지겠느냐, 너는 이런 국토 건설 사업에 이바지하고 있는 걸 자랑으로 삼아야 한다고 이야기했다.

녀석이 구역질 같은 소리로 "웃기네." 했다. 때마침 바캉스 시즌이라 자가용이 연이어 강릉으로, 월정사로 달리면서 우리에게 흙먼지를 뒤집어씌웠다. 훈이도 한몫 참여한 영동고속도로가 개통되면 더 많은 자가용과 관광버스가 그 위에서 쾌속을 즐기겠지. 훈이도 그 생각을 하면서 "웃기네." 했을 생각을 하고 나는 내가 한 말에 심한 부끄러움을 느꼈다.

드디어 버스가 오고 나는 그것을 혼자서 탔다. 나는 훈이에게 몇 번이나 돌아가라고 손짓했으나 훈이는 시골 버스가 떠나기까지의 그 지루한 동안을 워커에 뿌리라도 내린 듯이 꼼짝 않고 서 있었다. 나는 그게 보기 싫어 먼 딴 데를 바라보았다. 논의 벼는 비단폭처럼 *선연하게 푸르고, 옥수수밭은 비로드처럼 부드럽게 푸르고, 먼 오대산의 연봉의 기상은 웅장하고, 오대산에서 흘러내린 맑은 물이 도처에서 내와 개울을 이루고 있다. 아름다운 고장이다. 이 땅 어디메고 아름답지 않은 곳이 있으랴.

그러나 아직도 얼마나 뿌리 내리기 힘든 고장인가.

훈이가 젖먹이일 적, 그때 그 지랄 같은 전쟁이 지나가면서 이 나라 온 땅이 불모화해 사람들의 삶이 뿌리를 송두리째 뽑아 던지는 걸 본 나이기에, 지레 겁을 먹고 훈이를 이 땅에 뿌리내리기 쉬운 가장 무난한 품종으로 키우는 데까지 신경을 써 가며 키웠다. 그런데 그게 빗나가고 만 것을 나는 자인했다. 뭐가 잘못된 것일까. 나는 가슴이 답답해서 절로 한숨을 쉬었다. 그러나 후회는 아니었다. 훈이를 키우는 일을 지금부터 다시 시작할 수 있다면 이러이러하게 키우리라는 새로운 방도를 전연 알고 있지 못하니, 후회라기보다는 혼란이었다.

표변하다 마음, 행동 따위를 갑작스럽게 바꾸다.
선연하다 산뜻하고 아름답다.

내용 한눈에 보기

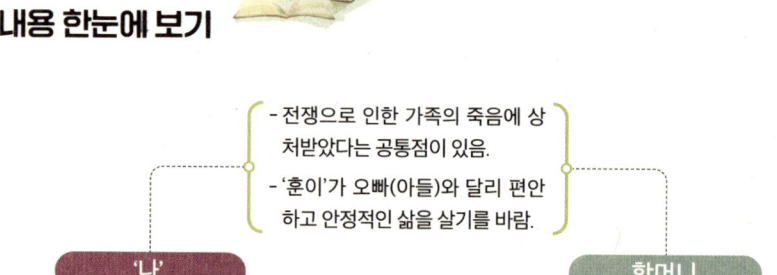

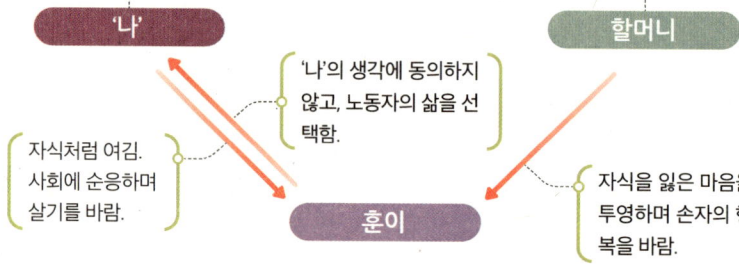

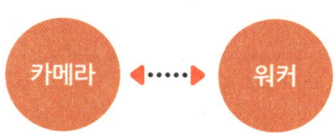

작품 해설

〈카메라와 워커〉는 1975년 《한국문학》 2월호에 실린 작품으로, 1976년 펴낸 첫 소설집 《부끄러움을 가르칩니다》에 수록되었다.

6·25 전쟁을 겪은 인물인 '나'가 자신의 상처를 조카 '훈이'에게 대물림하지 않기 위해 고군분투하는 모습을 바탕으로 이야기가 전개된다. '나'의 삶을 지배하는 것은 전쟁으로 인해 얻은 마음의 상흔이며, '나'는 그것을 조카 훈이를 잘 키워 내는 것으로 극복해 보고자 한다.

진로 선택과 취업 문제를 두고 '나'와 훈이가 갈등을 겪는 모습은 세대 간의 갈등을 보여 주는 동시에 전쟁이 남긴 상처와 산업화로 인한 혼란스러운 사회상을 반영한다.

작품에 등장하는 '카메라'와 '워커'는 대조적인 삶을 상징한다. '카메라'는 경제적으로 안정된 삶을 나타내며 '나'가 소망하는 훈이의 삶을 상징하는 반면, '워커'는 고된 작업 환경에서 가난하게 생활하는 삶을 나타내며 훈이가 처한 현실과 그가 추구하는 삶을 드러낸다. 이를 통해 독자는 격변하는 시대 상황 속 기성세대와 젊은 세대의 충돌을 관찰하고 역사를 반추하며 그들의 삶을 간접적으로 경험할 수 있다.

질문으로 시작하는
소설 감상

훈이는 왜 '나'의 사랑으로부터 벗어나려 할까?

"나는 더 비참해지고 싶어. 그래서 고모나 할머니가 철석같이 믿고 있는 기술이니 정직이니 근면이니 하는 것이 결국엔 어떤 보상이 되어 돌아오나를 똑똑히 확인하고 싶어." 조카 훈이는 편안하고 안정된 삶을 살기를 바라는 고모에게 이렇게 응답합니다. 훈이는 왜 고모의 사랑에 기쁨과 감사함보다는 비난하는 태도를 보이는 것일까요?

크게 두 가지 이유를 생각해 볼 수 있습니다. 먼저 '나'가 추구하는 '가족'의 모습이 정작 당사자인 훈이에게 불편함을 주기 때문이죠. '나'는 훈이의 엄마 노릇을 하려고 하며 가족끼리의 유대감을 유지하려고 하지만 그럴수록 따스한 '가족'의 모습과 점점 거리가 생깁니다. 더 나아가 자신의 '가족주의'적인 태도를 타인에게 드러내고 싶어 하며, 심지어는 신문에 나오는 상상까지 하죠. 이처럼 비틀어진 '가족주의'로 인해 훈이와 '나'는 아이러니하게 더 큰 고통을 느끼게 됩니다.

두 번째 이유는 고모인 '나'의 '못 본 척' 때문입니다. '나'는 오빠가 추구했던 이데올로기를 못 본 척하며 훈이에게 은폐하려고 합니다. 또 훈이가 비정규직으로서 부당한 대우를 받는 것을 못 본 척하며 심지어는 '국토 건설 사업에 이바지하고 있는 걸 자랑으로 삼아야 한다'고 이야기합니다. 이를 통해 '나'는 훈이가 겪는 삶의 고통과 부당한 현실을 허상으로 덮으려고 합니다. 즉 '나'는 훈이를 진심으로 이해하며 그를 위하기보다는 자신이 바라는 이상적인 삶의 모습을 훈이에게 강요합니다.

질문으로 시작하는 **소설 감상**

'카메라'와 '워커'가 상징하는 것은 무엇일까?

　이 작품에서 '카메라'와 '워커'는 대조되는 개념처럼 등장하고 있습니다. '카메라 메고 공일 날 야외에 나갈 만큼의 출세랄까 안정이랄까 그게 어머니가 훈이(내 조카 이름)에게 바라는 전부였고', '그러나 워커를 벗어던진 훈이의 발에서 풍기는 악취에다 대면 아무것도 아니었다.'를 비교해서 읽으면 카메라와 워커의 의미를 조금 더 분명히 이해할 수 있습니다.

　'카메라'는 안정적인 직장에서 휴일을 즐길 여유가 있는 삶으로, '나'와 '나'의 어머니가 훈이에게 바라던 삶입니다. 반면 '워커'는 현재 훈이의 삶을 보여 줍니다. 건설 현장에서 악취가 풍기는 워커를 신은 훈이는 부당한 대우를 받으며 치열하게 살아갑니다. 결국 '카메라'와 '워커'는 '나'가 추구하는 삶의 모습과 훈이가 처한 고단한 현실을 각각 그려 내며, '나'와 훈이의 갈등 구조를 상징적으로 나타낸다고 볼 수 있습니다.

　'나'는 훈이가 전쟁으로 파괴되어 불모지가 된 이 땅 위에 뿌리를 내리고 전쟁으로 와해된 '가족'이라는 개념을 다시 되찾길 바랐습니다. 즉 '나'는 훈이가 평범한 일상에 속하길 바라는 '단란한 가족 판타지'를 현실에 실현시키고자 한 것입니다. 하지만 결국 훈이가 워커를 신고 스스로 더 비참해지고 싶다고 이야기하는 모습에서 '단란한 가족 판타지'는 판타지로만 머물 뿐, 그 기대가 좌절되었음을 독자에게 보여 줍니다. '카메라'와 '워커'라는 대조적인 요소를 통해 독자는 더 극명하게 두 삶의 차이를 느낄 수 있게 됩니다.

'전쟁'은 이 소설에 어떤 영향을 주고 있을까?

'나에게는 조카가 하나 있다. 가끔 나는 내가 내 아이들보다 조카를 더 사랑하고 있는 게 아닌가 하고 생각할 때마다 조카가 생후 사 개월, 내가 스무살 때 겪은 6·25 사변을 생각 안 할 수 없다.'로 시작하는 이 작품은 '전쟁'이라는 키워드가 작품의 분위기를 지배하고 있지만, 그 참상이 또렷하고 구체적으로 묘사되지는 않습니다. 그럼에도 '전쟁'이라는 배경이 지속적으로 작품 속 인물에게 영향을 주고 있음을 우리는 느낄 수 있습니다.

6·25 전쟁으로 인한 친오빠와 올케의 죽음은 '나'가 가족에 대한 애착을 가지고 삶의 안정을 추구하는 계기가 되었습니다. 주로 남성이 경제 활동을 하던 시대적 배경을 고려했을 때, 오빠의 부재는 '나'가 생계를 꾸리는 데 위협이 되었을 것입니다. 부모를 잃고 혼자 남은 조카 훈이의 존재는 이러한 가운데 '나'가 가정을 지키기 위한 애정을 드러내기에 더없이 소중하고 유일한 통로였을 것입니다.

전쟁으로 불안정해진 '나'의 삶은 훈이가 안정적인 삶을 살 수 있도록 몰두하는 방향으로 흘러가게 됩니다. 결국 전쟁은 그 순간으로 끝나는 것이 아니라 남은 사람들에게 큰 상처가 되어 여전히 영향을 미치고 있고, 독자는 한 가족과 그들의 갈등을 통해 이를 간접적으로 경험할 수 있습니다. 훈이가 기억하지 못하는 '전쟁'이 훈이의 삶의 방향 전체를 뒤흔든 것처럼, 여러분이 기억하지 못하는 한국의 역사가 여러분의 삶의 방향을 뒤흔든 경험이 있는지 떠올려 보세요. 그 과정에서 '나'도, 훈이도 조금 더 깊이 있게 이해할 수 있게 될 것입니다.

겨울 나들이

박완서(1931~2011)　　1970년 《여성동아》 장편 소설 공모에 〈나목〉이 당선되며 등단하였다. 전쟁의 비극, 중산층의 삶, 여성 문제를 소재로 삼은 작품들을 꾸준히 발표하였으며, 재미와 의미를 모두 갖춘 한국 문학의 거목으로 평가받는다. 대표작으로 〈그리움을 위하여〉, 〈꿈꾸는 인큐베이터〉, 〈엄마의 말뚝〉 등이 있다.

감상의 초점

　'겨울 나들이'라는 제목에서 알 수 있듯이 이 작품은 '나들이'라는 여로의 과정을 통해 소설이 전개됩니다. 공간의 이동에 따라 '나'의 내적 갈등이 어떻게 해소되는지에 주목해 봅시다.
　'나'가 온양에서 만난 아주머니는 자기 시어머니의 계속되는 도리질을 '대사업'이라고 말합니다. 왜 노파의 도리질을 대사업이라고 할까요? 도리질과 대사업은 무엇을 의미할까요? 노파의 도리질과 대사업을 통해 '나'가 얻는 위안과 깨달음은 무엇인지, 독자에게는 어떤 의미가 있을지 생각해 보면 좋겠습니다. 그리고 타인과의 우연한 만남을 통해 받는 위로에 대해서도 생각해 봅시다.
　'나'와 '아주머니'는 모두 한국 전쟁이 남긴 상처를 품은 채 평생을 살아왔습니다. 전쟁이 남긴 상처와 그 상처를 극복하는 과정을 작가의 따뜻한 시선을 따라가며 읽어 봅시다.

겨울 나들이

박완서

　나는 온천물에 몸을 담그고 기분 좋아하기 전에, 이 온천물이 진짜일까 가짜일까, 고작 이런 주접스러운 생각부터 했다. 이류 여관 특실의 평범한 타일 욕조에 달린 냉수 온수 두 개의 수도꼭지와 샤워기는 여느 허름한 목욕탕과 조금도 다르지 않았다. 빨간 동그라미 표시가 있는 수도꼭지에서 쏟아지는 더운물이 수돗물 데운 게 아니고 땅에서 솟은 진짜 온천물이란 증거가 어디 있냐 말이다.
　꼭 온천물에 몸을 담가야 할 만한 특별한 지병(持病)이 있는 것도 아니요. 또 이러쿵저러쿵 떠들어 대는 대로의 온천물의 효험 따위를 믿어 온 바도 없거늘 나는 그런 트집이라도 잡아 나를 더더욱 처량하게 만들고 싶었다. 처음부터 재미있으려고 시작한 여행은 아니었다. 무엇인가 어긋난 데서 시작된 여행이고 보니 끝내 어긋나 *종당엔 엉망진창이 돼 버려라, 뭐 이런 심보였다.

종당 일의 마지막.

상업적으로 날리는 화가는 아니었지만 꽤 개성 있는 특이한 자기 세계를 고집하고 있어 그런대로 알려지고 평가도 받고 있는 중견 화가인 남편은 요즈음 세 번째 개인전을 앞두고 그 준비 때문에 집에 들어오지 않고 시내에 있는 *아틀리에에 묵는 일이 많았다. 남편의 건강이 염려돼 나는 가끔 먹을 것을 해 가지고 나가 보고, 남편은 옷을 갈아입으러 집에 들르곤 하는 정도였다. 어제도 나는 시내에 나갔다가 로스 고기를 좀 사 가지고 아틀리에에 들렀다. 출가한 딸이 와 있었다. 남편은 출가한 딸을 모델로 그림을 그리고 있었다. 극도로 단순화, 동화화한 풍경이나 동물을 즐겨 그릴 뿐, 인물이 남편의 그림에 등장하는 걸 거의 본 적이 없는 나는 *적이 놀랐다. 그리고 그 인물화는 남편의 종래의 *화풍과는 전연 다른 끔찍하도록 섬세하고 생생하고 사실적인 그림이었다. 그렇게 똑같이 닮게 그린 그림이 좋은가 나쁜가는 둘째고 나는 울컥 혐오감부터 느꼈다. 혼까지 옮아 붙은 영정(影幀)을 보는 느낌이었다. 더욱 질린 건 모델인 딸과 화가인 남편이 이루고 있는 미묘한 분위기였다. 부드럽고 따숩고 만족한 교감은 사랑하는 부녀 사이의 그것으로서 이해할 수 있었으나, 부녀 이상의 비밀스러운 무엇인가가 있었다. 둘이만 친하고 싶은 눈치가 역력했다. 둘은 나를 예의 바르게 반겼는데도 나는 밀려난 것처럼 느꼈다.

　　출가해서 삼 년째, 갓 돌 지난 첫애를 두고 있는 딸은 처녀 때와는 또 다른 윤택하고 기품 있는 아름다움으로 소파에 단정히 앉아 있었다. 한창때구나 하는 찬탄과 동시에 섬광처럼 눈부시게 어떤 깨달음이 왔다. 그렇지, 꼭 저맘때였겠구나! 남편이 난리통에 첫 번째 아내와 생이별한 게 꼭 첫 번째 아내가 지금 딸만 한 나이 때였겠구나 하는 깨달음이 나에게 얼마나 충격적이었던가. 더군다나 딸은 내 친딸이 아니고 남편과 첫 번째 아내와의 사이에서 난 딸이었다. 딸은 엄마를 닮는 법이다. 남편은 딸을 통해 이북에 두고 온 당시의 아내의 모습을 되살렸음에 틀림없다. 나는 그 여자보다 훨씬 손

아래지만 지금 옆에서 볼품없는 꼴로 늙어가는데 그 여자는 남편의 가슴속에 지금의 딸의 모습처럼 빛나는 젊음과 아름다움으로 간직돼 있었구나 싶자 질투가 독사 대가리처럼 고개를 드는 걸 느꼈다. 여자의 질투를 위해선 휘어잡을 머리채가 마련돼 있어야 하는 법이다. 그러나 나는 지금 누구의 머리채를 휘어잡을 수 있단 말인가. 나는 젊잖게 예사롭게 굴 수밖에 없었고, 그건 여간만 고통스러운 게 아니었다. 발산시키지 못한 질투심은 서서히 여직껏 산 게 온통 헛산 것 같은 허탈감으로 이어졌다.

　사느라고 열심히 살았건만— 이북에 노부모와 아내를 남겨 두고 어린 딸 하나만 업고 내려온 빈털터리, 게다가 나이는 나보다 열두 살이나 더 많고 직업도 불안정한 무명 화가를 불쌍해하다가 그만 사랑하게 돼서 결혼까지 하고, 홀아비와 어미 없는 어린것의 궁기를 닦아 내고, 사랑하고, 섬기며 살아온 게 큰 허탕을 친 것처럼 억울하게 여겨졌다. 속아 산 것 같은, 헛산 것 같은 기분은 씹으면 씹을수록 고약해서 나는 얼굴을 찡그렸다. 어디가 아프냐고 남편과 딸이 근심스러운 듯이 물었다. 나는 속상하는 일이 좀 있는데 어디로 훨훨 혼자 여행이나 떠나고 싶다고 했다.

　"하필 이 겨울에 혼자서 여행을?" 남편이 놀라다 못해 신기해했다. 요 며칠 혹독한 추위가 계속되고 있었다. 문득 아틀리에의 창을 통해 해골 같은 가로수와 인적이 드문한 얼어붙은 보도가 내려다보였다. 나는 이런 을씨년스러운 도시의 겨울 풍경에 느닷없이 뭉클한 감동을 맛보았다. 그리고 그냥 투정처럼 해 본 여행 소리가 비로소 현실감을 갖고 다가왔다. 정말 당장 떠나리라 마음먹었다. 서울을 떠나 보고 싶다거나 남편 곁을 떠나 보고 싶다거나 하느니보다는 여직껏 악착같이 집착했던, 내가 이룩한 생활을 헌신짝처럼 차 버리고 훨훨 자유로워지고 싶었다. 여직껏 산 게 말짱 헛것이었

아틀리에 화실.
화풍 그림을 그리는 방식이나 양식.

적이 꽤 어지간한 정도로.

다는 진실을 가르쳐 준 게 바깥의 황량한 겨울 날씨였던 것처럼 나는 무턱대고 어느 먼 곳의 겨울 풍경에 그리움을 느꼈다. 나는 남편과 딸이 의아해하건 놀라워하건 상관하지 않고 당장 떠나겠다고 보챘다.

"당신이 히스테리 부릴 때가 다 있으니 원."

남편은 그 정도로 날 이해하고 제법 두둑한 여비를 주면서 겨울이니 온천장으로 가는 게 좋을 거라는 조언을 했다. 소중하게 움켜쥐었던 보물이 가짜였다는 걸 알았을 때 소중해했던 것만큼이나 정나미가 떨어지면서 우선 내던져 놓고 보는 심리로 나는 남편 곁을 떠났다. 교통이 편한 대로 온양으로 왔다. 고속버스에서 낯선 거리에 내리자마자 추위와 고독감이 엄습했다. 눈앞의 풍경에 울먹울먹 낯가림을 했다. 훨훨 자유롭다는 기분조차 이 온천장 거리만큼이나 생소하고 싫었다. 그런 기분에 도저히 익숙해질 것 같지가 않았다. 그런 중에도 몸만 떠나왔다뿐 마음은 오랫동안 몸에 밴 내 나름의 생활의 습관에 얽매인 나를 발견하고 고소를 머금었다. 두둑한 여비를 갖고도 관광호텔 앞까지 갔다간 돌아서서 허름한 이류 여관을 찾고 참기름을 살 때의 버릇으로 온천물이 진짠가 가짠가를 심각하게 의심하고, 여관비에서 목욕값이라도 뺄 양으로 피곤을 무릅쓰고 목욕을 또 하고 또 했다. 다음날 반찬이 열다섯 가지쯤 되는 여관의 아침상을 받자 두 번째 받는 상인데도 허구한 날 *약비나게 그것만 먹었던 것처럼 울컥 비위에 거슬려 왔다. 집을 떠난 지가 오래된 것 같은데도 실상은 하룻밤밖에 안 잤다는 게 서러워서 눈물이 핑 돌았다.

여관에서 일하는 소년이 오늘 떠날 거냐 하루 더 묵을 거냐를 물어 왔다. 하루 더 묵겠다면 소년이 나를 불쌍해할 것 같아 곧 떠나겠다고 했다. 조그만 여행 백을 챙겨 가지고 거리로 나온·나는 여관에선 소년에게, 집에선 남편과 딸에게 쫓겨난 것처럼 느꼈다. 이 고장도 혹독한 추위는 서울과 마찬가지였다. 낮고 어둡게 흐린 하늘과 매운 바람은 여직껏 산 게 말짱 헛산 것 같은 허망감을 쓰디쓰게 되새김질하기에 아주 알맞았다.

　온천장 거리는 손바닥만 했다. 열 번을 넘어 돌아도 한 시간도 안 걸렸다. 관광호텔 커피숍에 들러 커피도 한잔 마셨다, 남편에게 관광호텔에서 묵은 척하려면 그곳 내부 사정을 좀 알아두어야겠기에 그렇게 했다. 호텔 건너편에 *차부가 보였다. 생소한 이름의 행선지를 써 붙인 고물 버스들이 지친 듯이 부르릉대며 손님을 부르고 있었다. 나는 뭔가 좀 숨통이 트이는 것 같았다. 아무나 붙들고 이 근처에 어디 구경할 만한 명승고적이 없냐고 물었다. 막 움직이기 시작하던 버스에서 차장이 뛰어내리더니 미처 내가 뭐랄 새도 없이 나를 자기 버스에 짐짝처럼 쓸어넣었다. 나는 앞으로 고꾸라지면서 버스에 탔다. 내부는 손님이 여남은도 안 돼서 휑했다. 비닐 시트가 빙판처럼 찼다.

"이게 어디 가는 건데?"

버스가 속력을 내자 나는 겁먹은 소리로 물었다.

"가다가 호수에서 내려 드리면 되잖아요."

내가 언제 저더러 호수까지 데려다 달랬던 것처럼 차장은 당당했다.

"호수?"

"네, 호수요. 이 근처에서 경치 좋은 곳은 거기밖에 없어요. 겨울만 아니면 거기까지 가는 손님이 얼마나 많다구요."

　오 분도 안 돼서 차장은 나에게 버스값을 재촉하더니 호수 다 왔다고 나를 밀어냈다. 과연 호수는 있었다. 낮고 헐벗은 산에 둘러싸인 얼어붙은 호수는 찌푸린 하늘이 그대로 내려앉은 듯 암울하고 불투명해 보였다. 별안간 호수의 빙판을 핥으며 휘몰아쳐 온 암상스러운 바람이 모진 채찍처럼 뺨을 때렸다. 나는 황급히 버스에 다시 올라타려 했다. 그러나 이미 다음 정거

약비나다　정도가 너무 지나쳐서 진저리가 날 만큼 싫증이 나다.
차부　자동차의 시발점이나 종착점에 마련한 차의 집합소.

장을 향해 흙먼지만을 남기고 떠난 뒤였다. 심한 낭패감으로 울상이 된 채 우선 모진 바람을 피해서 호숫가의 상지대(商地帶)로 뛰어들었다. 겨울이 아닌 철엔 호경기를 누렸던 듯 무슨 무슨 유원지란 간판이 상지대의 입구 아치형의 문 위에 제법 크고 높게 달려 있었다. 그러나 지금은 식당도 다방도 잡화상도 선물 가게도 빈지문을 굳게 닫아 인기척이라곤 없는데, 퇴색한 간판들만 바람이 불 때마다 을씨년스럽게 덜컹대 황량한 느낌을 한층 더했다. 노천 탁구장의 탁구대엔 언젯적 내린 눈인지 녹지도 않고 먼지만 첩첩이 뒤집어쓰고 있어 흡사 더러운 홑이불을 펼쳐놓은 것처럼 궁상스러워 보였다. 인기척이 있는 집은 한 집도 없는 것 같았다. 나는 너무 막막해 이게 꿈이었으면 했다. 상지대를 한 바퀴 돌자 다시 눈앞에 얼어붙은 호수가 펼쳐졌다. 꽁꽁 얼어붙은 호수엔 배를 띄울 수도 없지만 몸을 던져 빠져 죽을 수도 없겠거니 싶자 그게 조금도 다행스럽지 않고 두렵게 여겨졌다.

  나는 다시 허둥지둥 딴 골목을 찾아들었다. 역시 인기척이라곤 없는 골목 저만치 대문이 열리고 문전이 정갈한 '여인숙'이란 간판이 붙은 집이 보였다. 대문간엔 연탄재가 쌓여 있고 안마당 빨랫줄엔 흰 빨래가 이상한 모양으로 비틀어진 채 얼어붙어 있었다. 나는 떨리는 목소리로 주인을 찾았다. 오십 대의 정갈한 아주머니가 안채에서 반색을 하며 나타났다. 나는 그 아주머니를 보자 내 집에 온 것처럼 마음이 놓이고 어리광이라도 부리고 싶어졌다. 참 묘한 분위기를 지닌 아주머니였다. 솜옷처럼 너그럽고 착하고 따뜻하게 사람을 감싸는 무엇이 있었다. 나는 마치 오랫동안 잊고 있던 무엇인가가 다시 나에게 찾아드는 것처럼 느꼈다.

  "좀 녹여 가고 싶은데 따뜻한 온돌방 있어요?"

  아주머니는 얼른 줄행랑처럼 붙은 손님방 중 한 방으로 먼저 들어가 아랫목에 깔아 놓은 *다후다 포대기 밑에 손을 넣어 보더니 따뜻하긴 한데 외풍이 세어서 어쩌나 하면서 어쩔 줄을 몰라 했다. 내가 되레 안돼서 내가 그렇게 추워 보여요? 하면서 웃으려고 했지만 뺨이 얼어붙어서 제대로 웃어지지가 않았다.

"네, 꼭 고드름 같아 보여요. 참 안방으로 들어가십시다. *구들도 따뜻하고 난로도 있어요."

그러더니 *친동기간처럼 스스럼없이 나를 안채로 잡아끌었다. 난로가 있는데도 뼁 둘러 방장을 쳐 놔서 안방은 마치 동굴 속처럼 침침하고 아늑했다. 처음엔 아무도 없는 줄 알았는데 차츰 어둠에 눈이 익자 아랫목에 단정히 앉았는 한 노파를 볼 수 있었다. 미라에다 옷을 입혀 놓은 것처럼 바싹 마른 노파는 무표정하게 나를 바라보며 고개를 좌우로 저었다. 나를 거부하는 몸짓 같아서 나는 어색하게 멈칫댔다. 그러나 아주머니는 한사코 나를 아랫목으로 끌어다 앉히고 손을 노파가 깔고 있는 포대기 밑에 넣어 주었다. 노파의 입이 조금 웃었다. 그러나 고개를 저어 도리질을 하는 것은 멈추지 않았다. 아주머니는 나에게 우리 시어머니예요, 하고는 노파에겐 손님이에요, 하도 추워하시길래 안방으로 모셨어요, 했다. 그것으로 노파와 나와의 인사 소개는 끝났으나 노파는 여전히 도리질을 해 쌓았다. 아주머니는 노파의 도리질에 대해 나에게 아무런 설명도 하지 않았다.

노파는 수척했으나 흰머리를 단정히 빗어 쪽 찌고, 동정이 정갈한 비단 저고리에 푹신한 모직 스웨터를 걸치고 꼿꼿이 앉았는 모습에 특이한 우아함이 있었다. 그것은 지극히 비현실적인 우아함이기도 했다. 도리질도 처음 내가 봤을 때보다 훨씬 유연해져 꼭 미풍에 살랑이는 것처럼 보였다. 아마 저러다가 멎으려니 했으나 아무리 기다려도 멎지는 않았다. 몸이 녹자 잠이 오기 시작했다. 누가 죽인대도 우선 한잠 자 놓고 볼 일이다 싶게 꿈 같

다후다　태피터. 광택이 있는 얇은 평직 견직물. 여성복이나 양복 안감, 넥타이, 리본 따위를 만드는 데에 쓴다.
구들　고래를 켜고 구들장을 덮어 흙을 발라서 방바닥을 만들고 불을 때어 난방을 하는 구조물.
친동기간　친동기 사이.

은 잠이 덮쳐 왔다.

"이제 어지간히 몸도 녹았으니 아까 그 방에서 한잠 잘까 봐요. 참, 온천장으로 나가는 버스는 몇 분만큼씩이나 있나요?"

"몇 분은요. 겨울엔 아침나절에 두 차례, 저녁나절에 두 차례밖에 안 다니는데, 타고 들어오신 게 아침나절 막차니까 이따 네 시 반에나 있을걸요. 그리고 저어, 점심은 어떡허시겠어요, 준비할 테니 드시고 가셨으면……"

오로지 졸리다는 생각뿐 밥 생각 같은 건 전연 없었으나 그렇게 하라고 했다. 아주머니는 몇 번이나 고맙다고 했다. 나는 그까짓 밥 한 상 팔아서 얼마나 남겠다고 저렇게 굽실대나 싶어 속으로 측은했다. 손님방으로 내려온 나는 따끈한 맨바닥에 다후다 포대기만 하나 덮고 깊은 잠 속으로 빠져들었다.

깨어나자마자 웬일인지 도리질하던 노파 생각이 먼저 났다. 꿈에서 봤던가, 현실에서 봤던가 그것조차 아리송한 채 메마른 노파가 고개를 젓던 모습만 선명히 떠올랐다. 졸음 때문에 미루었던 궁금증이 서서히 고개를 들었다. 시계를 보니 아직 두 시도 채 안 된 시간이었다.

"손님, 아직도 주무세요? 시장하실 텐데."

미닫이 밖에서 아주머니의 나직한 소리가 들렸다. 나는 인기척을 내며 미닫이를 열었다. 행주치마를 두른 아주머니가 내가 이 집에 찾아들었을 때 반가워했던 것과 똑같은 모습으로 내가 잠에서 깬 걸 반가워해 주는 것이었다. 너무 반가워해 저 아주머니 혹시 나를 약이라도 먹고 영영 잠들려는 손님으로 오해했던 게 아닌가 하는 생각까지 들었다.

곧 점심상이 들어왔다. 장에 삭힌 깻잎이나 풋고추, 더덕 등 짭짤한 솜씨의 밑반찬과 김치, 깍두기, 뭇국 등은 조금도 영업집 밥상 같지 않고 시골 친척집에 들러서 받는 밥상 같아서 흐뭇했다. 그러나 입 속은 칼칼하고 식욕도 일지 않았다. 뭇국만 훌쩍대는 걸 보고 아주머니는 더운 뭇국을 또 한 대접 갖고 들어왔다. 나는 같이 좀 들자고 아주머니를 내 옆에 붙들어 앉혔다.
"원 별말씀을요. 저는 어머님 모시고 벌써 먹은걸요."
아주머니가 먼저 노파 얘기를 꺼냈기 때문에 나는 자연스럽게 노파의 이상한 도리질에 대해 물을 수가 있었다.
"할머니께서 제가 몹시 못마땅하셨나 보죠? 말씀은 안 하셨지만 제가 안방에 있는 내내 고개를 젓고 계셨어요."
"벌써 이십오 년 동안이나 그러고 계신걸요."
"이십오 년 동안이나!"
나는 기가 막혀서 벌린 입을 못 다물었다.
"네, 이십오 년 동안이나 허구한 날, 자는 시간만 빼놓고……."
나는 아주머니의 눈이 젖어 오는 것처럼 느꼈으나 말씨는 침착하고 고즈넉했다.
그녀의 시어머니는 이십오 년 동안을 자는 시간만 빼고는 허구한 날 도리질을 하는 게 일이란다. 건강과 기분이 좋을 때는 미풍에 살랑이는 것처럼 보일 듯 말 듯 유연하게, 건강이 나쁠 때는 동작이 크고 힘들게, 마음이 불안하거나 집안이 뒤숭숭할 때는 동작이 좀 더 크고 단호하게, 마치 "몰라 몰라. 정말 모른다니까." 하고 발악이라도 하듯이 죽자구나 *도리머리를 어지럽게 흔든다. 그것 때문에 없는 돈, 있는 돈 긁어모아 한약도 많이 써 보았고 용하다는 침도 많이 맞아 봤지만 허사였다. 먼저 지친 것은 그녀 쪽이었고 시어머니는 마치 죽는 날까지 놓여날 수 없는 업보처럼 그 짓을 고통스럽게, 그러나 엄숙하게 감당하고 있는 것이었다.
그것은 6·25 동란 통에 발작한 증세였다. 동란 당시 젊은 면장이던 그녀의 남편은 미처 피난을 못 가서 숨어 살아야 했다. 처음엔 집에 숨어 있었

---

*도리머리 머리를 좌우로 흔들어 싫다거나 아니라는 뜻을 표시하는 짓.

지만 새로 득세한 패들의 기세에 심상치 않은 살기가 돌기 시작하고부터는 집에 숨겨 놓는다는 게 암만해도 불안했다.

어느 야밤을 타 그녀는 남편을 집에서 이십 리쯤 떨어진 광덕산 기슭의 산촌인 그녀의 친정으로 피신을 시켰다. 시어머니와 그녀만이 알게 감쪽같이 그 일은 이루어졌다. 어떻게 된 게 세상은 점점 더 못되게만 돌아가 이웃끼리도 친척끼리도 아무개가 반동이라고 서로 고자질하는 짓이 성행해, 피비린내 나는 끔찍한 일이 이 마을 저 마을에 하루도 안 일어나는 날이 없었다. 끔찍한 나날이었다. 이렇게 되자 그녀는 시어머니까지도 못 미더워지기 시작했다. 어리숙하고 고지식하기만 해 생전 남을 의심할 줄 모르는 시어머니가 행여 누구 꾀임에 빠져 남편이 가 있는 곳을 실토하면 어쩌나 싶어서였다. 시어머니 같은 사람이 살 세상이 아니었다.

그녀는 공부 못하는 아이에게 *구구셈을 익혀 주듯이 끈질기게 허구한 날 시어머니에게 '모른다'를 가르쳤다.

"어머님은 그저 모른다고만 그러세요. 세상 없는 사람이 물어도 아범 있는 곳은 그저 모른다고 그러셔야 돼요. 난리 나던 날 집 나가고 나선 어떻게 됐는지 모른다고 딱 잡아떼셔야 돼요. 입 한번 잘못 놀려 사람 목숨이 왔다 갔다 하는 세상이에요. 큰댁 식구들이나 작은댁 식구들이 물어도 그저 모른다고 그러셔야 돼요. 이쁜이 할머니가 물어도, 개똥이 할머니가 물어도 그저 모른다고 그러셔야 돼요. 아무도 믿으시면 안 된다구요. 네, 아셨죠, 어머님?"

그녀는 힘차게 도리질까지 곁들여 가며 거듭거듭 이 '모른다'를 교습했다. 시어머니는 늘상 겁먹고 외로운 얼굴을 해 가지고 혼자 있을 때도 "몰라요. 난 몰라요." 하며, 역시 도리질까지 해 가며 열심히 연습을 하는 것이었다.

난리가 났다고는 하지만 순박하던 마을 사람들이 무슨 *도척의 *영신이라도 쐰 것처럼 서로 죽이고 죽는 것 외에는 대포 소리 한번 제대로 난 적이 없던 마을에 별안간 비행기가 날아와 기총 소사와 폭탄을 쉴 새 없이 퍼붓고 앞산 뒷산에서 총소리가 며칠 계속해 콩 볶듯이 나더니만 이어서 죽은 듯한 정적이 왔다. 집 속에 쥐 죽은 듯이 처박혔던 마을 사람들이 하나둘 조심조심 고개를 내밀었다간 재빨리 움츠러들었다. 아직은 서로의 대화를 꺼리고 있었다. 빨갱이가 물러갔다는 증거도 안 물러갔다는 증거도 없었다. 그쪽에 붙어서 세도 부리던 패거리들의 모습은 안 보였지만 인민 위원회가 쓰던 이장 집 마당 깃대 꽂이엔 아직도 그쪽 기가 펄럭대고 있었으니 말이다.

이런 어중간하고 모호한 때에 벌써 성질이 급한 남편은 야밤을 타서 집에 돌아와 있었다. 서울이 이미 수복됐는데 제까짓 것들이 여기서 버텨 봤댔자 며칠을 더 버티겠느냐는 거였다.

텃밭엔 이미 김장배추를 간 뒤였지만 울타리엔 기름이 잘잘 흐르는 애호박이 한창 잘 열 *찬바람내기였다. 아침 이슬을 헤치며 *뒤란으로 애호박을 따러 나갔던 시어머니가 별안간 찢어지는 소리를 냈다.

"몰라요. 몰라요. 정말 난 모른단 말예요."

소름이 쪽 끼치고 간담이 서늘해지는 처참한 비명이었다. 그녀도 뛰어나가고 그녀의 남편까지도 엉겁결에 뛰어나갔다. 잠깐 아무도 분별력이 없었다. 저만치 뒷간 모퉁이에 패잔병인 듯싶은 지치고 남루한 인민군이 서너 명 일제히 총부리를 시어머니에게 겨누고 있었다. 그들도 놀란 것 같았다. 그들은 처음부터 누굴 해치려고 나타났다기보다는 그냥 시어머니와 마주쳤거나 마주친 김에 옷이나 먹을 것을 달랄 작정이었는지도 모른다. 그런데 그들이 무슨 말을 걸기도 전에 시어머니는 그 자리에 꼼짝도 못 하고 못 박

구구셈 구굿셈. 구구법을 이용하여 어떤 수를 다른 수와 곱함. 또는 그런 셈.
도척 중국 춘추 시대의 큰 도적으로, 수천 명을 거느리고 천하를 횡행하였다고 한다.
영신 영검이 있는 신. **찬바람내기** 가을에 찬바람 날 때.
뒤란 집 뒤 울타리의 안.

힌 채 고개만 미친 듯이 저으며 "몰라요. 난 몰라요."를 딴사람같이 드높고 새된 소리로 되풀이했다. 패잔병 중 한 사람의 눈에 살기가 번뜩이는가 하는 순간 총이 그녀의 남편을 향해 난사됐다. 그녀의 남편은 처참한 모습으로 나동그라지고 그들도 어디론지 도망쳤다. 이런 일은 일순에 일어났다.

그 후 거의 실성하다시피 한 시어머니를 오랫동안 극진히 봉양한 끝에 어느 만큼 회복은 됐지만 그때 뒷간 모퉁이에서 죽길 기를 쓰고 흔들어 대던 도리질만은 그때 같은 박력만 가셨다 뿐 멈출 줄 모르는 고질병이 되고 말았다. 그래서 도리도리 할머니라는 이 동네 명물 할머니가 됐다.

아주머니는 이런 얘기를 조금도 수다스럽지 않고 담담하고 고즈넉하게 했다.

"이젠 고쳐 드려야겠다는 생각보단 도와드려야겠다는 생각뿐이에요."

"도와드리다니요? 어떻게요?"

"당신 임의로는 못 하시는 일이고, 얼마나 힘이 드시겠어요. 삼시 잡숫는 거라도 정성껏 잡숫게 해 드리고 몸 편케 보살펴 드리고, 뭐, 그런 거죠. 대사업을 완수하시고 돌아가시는 날까지 그거야 못 해 드리겠어요."

치매가 된 채 허구한 날 도리질이나 해 대는 걸 '대사업'이라고 하는 아주머니의 농담에 웃으려다 말고 입을 다물었다. 아주머니의 태도가 조금도 농담 같지 않아서였다. 정말 대사업을 힘껏 보필하는 이의 사명감과 긍지로 아주머니의 얼굴이 은은히 빛나 보이기까지 했다. 나는 어쩌면 이 아주머니야말로 대사업을 하고 있는 게 아닌가 하는 생각이 들면서 등골에 전율이 지나갔다.

점심값과 방값이 도합 팔백 원이라고 했다. 나는 천 원을 내주면서 그냥 넣어 두세요, 했다. 아주머니는 내가 불쾌할 만큼 굽실굽실 고마워했다. 아까 점심을 시킬 때도 그랬지만 통틀어 천 원인데 몇 푼 떨어지겠다고 저렇게 비굴하게 구나 싶었다. 아주머니의 비굴한 태도가 싫은 건 그만큼 내가 아주머니를 아끼고 좋아하기 때문일지도 몰랐다. 그리고 그 아주머니의 비굴한 태도는 몸에 배지 않고 어색하게 겉돌아 더 보기 흉했다.

아주머니는 내가 준 돈 천 원을 소중하게 스웨터 주머니에 넣고 나더니 지극히 안심스럽고 감사한 얼굴을 하고는 또 한 번 이상스러운 소리를 했다.

"이걸로 노자 해 가지고 서울 갈 겁니다, 오늘요."

"서울을요? 왜요? 하필이면 이 추운 날."

나는 나중 이 추운 날 소리를 하고는 내가 여행을 떠난다고 할 때 남편이 놀라면서 나에게 하던 말과 똑같은 말을 내가 했구나 생각했다. 문득 남편이 서럽도록 보고 싶어졌다.

"우리 아들이, 외아들이 서울에서 대학에 다니고 있어요. 그때 즈이 아버지가 그 지경 당하는 걸 내 등에 업혀서 무심히 보던 녀석이 벌써 그렇게 자랐거든요. 군대도 갔다 오고 삼 학년인데 아주 착실하고 좋은 애죠."

"그렇지만, 지금은 겨울 방학 중일 텐데요."

"네, 그렇지만 학비라도 보탠다고 아이들을 맡아 가르치고 있어 못 내려오죠. 여기서 내가 제 학비쯤은 실컷 벌 수 있는데 글쎄 그 녀석이 그런답니다. 겨울 동안만 여기가 이렇게 쓸쓸하지 봄부터 가을까지는 여기 장사도 꽤 괜찮거든요. 관광철에 *공일이라도 낀 날은 방이 모자라 법석인걸요. 새 학기 등록금이랑 하숙비까지 다 해서 꽁꽁 뭉쳐 놓았답니다. 겨울날 양식이랑 밑반찬도 넉넉하구요. 딴 영업집들은 이렇게 벌어 놓으면 겨울엔 문을 닫고 집에 가서들 쉬죠. 우린 여인숙이고 또 여기가 살림집이기도 해서지만 늘 한두 방쯤 불 때 놓고 손님을 기다리죠. 돈 벌자고가 아녜요. 가끔 손님처럼 멋모르고 호숫가를 찾는 이에게 더운 방을 내 드리는 게 그저 좋아서

공일 일을 하지 않고 쉬는 날.

요. 정말이에요. 그럴 땐 돈 생각 같은 건 정말 안 한다니까요. 그야 몇 푼 주시고 가면 어머님 고기라도 사다 드리면 좋긴 하지만요. 근데 오늘은 그게 아니었어요. 돈 계산부터 춥춥하게 하면서 손님을 기다렸답니다. 손님이 안 드셨으면 어쩔 뻔했을까 모르겠어요. 손님, 고마워요."

이번에는 굽실대는 대신 내 손을 꼬옥 잡았다. 굽실대는 것보다 훨씬 기분이 좋았다. 그러나 영문을 모르긴 마찬가지였다.

"어제 글쎄 서울서 이상한 편지가 왔답니다."

"아드님한테서요?"

"아뇨, 아들이 하숙하고 있는 주인집 아주머니한테서요. 벌써 일주일이 넘도록 아들이 하숙집에 들어오지를 않는다는군요. 평소 품행이 허랑한 학생 같으면 이만 일로 고자질 같은 건 않겠는데 하도 착실한 학생이었던지라 만에 하나라도 무슨 일이 있는 게 아닌가 싶어 알리는 거니 어머니가 한 번 올라와 수소문을 해 보는 게 어떻겠느냐는 사연이었어요. *허랑한 학생 아니더라도 제집도 아니고 하숙집이것다 나가서 친구 집 같은 데서 며칠 자고 들어올 수도 있는 일 아니겠어요? 그만 일로 편지질을 해서 사람을 놀라게 하는 하숙집 주인도 주인이지만 나도 나죠. 괜히 온갖 방정맞은 생각이 다 나지 뭡니까. 어젯밤에 한잠도 못 자고 뒤척이면서 온갖 주접을 다 떨다 미신을 하나 만들어 냈는데, 글쎄 그게……."

"미신이라뇨?"

"네, 주책이죠. 오늘 우리 여인숙에 손님이 들어 그 돈으로 노자를 해 갖고 서울 가면 아들의 신상에 아무 일이 없을 게고, 꽁꽁 뭉쳐 놓은 돈을 헐어서 노자로 쓰게 되면 아들의 신상에 좋지 않은 일이 있을 게고, 뭐 이런 거랍니다. 이렇게 정해 놓고 손님을 기다리려니 어찌나 초조하고 애가 타는지 혼났어요. 그런데 손님이 내가 만든 미신의 좋은 쪽 점괘가 돼 주신 거죠. 정말 고마워요."

아주머니는 또 한 번 고마워했다. 나는 그런 기묘한 방법으로 외아들의 신상에 대한 크나큰 근심을 달래려 들었던 이 과부 아주머니에 대한 연민으로 가슴이 찐했다. 내가 점괘가 됐다는 게 조금도 언짢지 않았다.

"그럼 곧 떠나시겠네요."

"네, 준빈 다 됐어요. 이웃 사람에게 어머님 부탁도 해 놨구요. 이제 곧 온천장으로 나가는 네 시 반 버스만 오면 돼요."

"동행하게 됐군요."

"참, 그렇군요. 네 시 반 버스로 온천장으로 나가신댔지."

"아뇨, 서울까지 동행할 거예요."

오늘 안으로 서울로 가리라는 결정을 나는 순식간에 내렸고, 그러자 마음이 그렇게 편안해질 수가 없었다. 아주머니가 시어머니에게 다녀오겠다는 인사를 하러 들어갈 때 나도 따라 들어갔다. 고부간의 비슷하게 늙은 손이 서로 꼭 맞잡았다.

"어머님, 저 서울 좀 다녀오겠어요. 물건 살 것도 좀 있고 방학인데도 공부 핑계로 안 내려오는 태식이 녀석도 보고 싶고 해서요. 어머님은 뒷집 삼순이가 잘 보살펴 드릴 거예요. 아무 걱정 마시고 진지 많이 잡수셔야 돼요."

알아들었는지 못 알아들었는지 노파는 여전히 고개만 살래살래 흔들었다. 나에겐 그 도리질이 "몰라요. 몰라요."가 아니라 "며늘아, 태식이 녀석에겐 아무 일도 없어. 글쎄 아무 일도 없다니까. 우리가 무슨 죄가 많아서 그 녀석에게까지 무슨 일이 있겠니." 하는 것처럼 보였다.

나는 불현듯 아직도 마주 잡고 있는 고부의 손 위에 내 손을 포개 보고 싶어졌다. 남남끼리이면서 가장 친한 두 손, 대사업의 동업자끼리이기도 한 이 두 손 사이를 맥맥이 흐르는 그 무엇을 직접 내 손으로 맥 짚어 보고, 느

허랑하다 언행이나 상황 따위가 허황하고 착실하지 못하다.

끼고, 오래 기억해 두고 싶었다. 마치 이 세상 온갖 것 중 허망하지 않은 단 하나의 것에 닿아 볼 수 있는 처음이자 마지막 기회라도 되는 듯이 나는 감지덕지 그 일을 했다. 거칠지만 푸근한 두 손 위에 내 유약한 한 손이 경건하게 보태졌다.

"할머니, 안녕히 계세요."

노파는 고개만 살래살래 흔들었지만 나는 노파가, "너는 결코 헛살지만은 않았어. 암, 헛살지 않았고말고." 하는 것처럼 느꼈다.

내용 한눈에 보기

```
                    배신감과
                    허탈함을 느낌.
        ┌─ '나' ─────────────→ 남편 ─┐
시어머니를 극진  열두 살 많은 남편과 의붓딸        중견의 화가로, 전처의 딸과
히 보살피는 아주  을 위해 헌신하며 살았음.        함께 월남함. 전처를 떠올리
머니를 보며 가족                            며 딸의 초상화를 그림.
에 대한 사랑을
회복하게 됨.
        └─ 아주머니 ──'대사업'을 도움.→ 노파 ─┘
          도리질을 멈추지 못하는 시      6·25 전쟁 때 아들을 잃은
          어머니를 성심으로 보살핌.      충격과 죄책감으로 도리질
                                을 멈추지 못함.
```

> **[외부 이야기]** 월남한 화가인 남편과 그의 어린 딸을 맡아 헌신하며 살아온 '나'가 계획 없이 떠난 여행에서 아주머니를 만나 가족애를 깨닫게 되는 이야기
>
> > **[내부 이야기]** 6·25 전쟁 중에 아들을 잃은 충격으로 도리질을 멈추지 못하게 된 시어머니와, 시어머니를 극진히 보살피는 며느리의 이야기

작품 해설

〈겨울 나들이〉는 1975년에 《문학사상》에 발표된 작품으로, 전쟁으로 인한 민족의 고통을 가족애, 인간애를 통해 치유하고 극복할 수 있음을 보여 준다.

'나'가 여행지에서 만난 아주머니는 분단의 아픔을 헌신과 사랑으로 극복하는 숭고한 여성으로, 이러한 아주머니의 모습을 통해 '나'는 자신의 삶을 긍정적으로 보게 된다.

이 작품은 '나'의 방황이 가족에 대한 사랑을 회복하는 계기가 되어 다시 가족에게 돌아가는 원점 회귀의 구조를 보여 준다. 결국 '나'의 '나들이'는 노파와 마찬가지로 한국 전쟁으로 인한 상처를 지닌 남편과 딸을 헌신적으로 뒷바라지하며 살아온 자신의 삶이 결코 헛된 것이 아니었음을 깨닫는 과정이 된다.

질문으로 시작하는
소설 감상

왜 '여행'이 아니라 '나들이'일까?

　이 작품의 제목은 '겨울 여행'이 아니라 '겨울 나들이'입니다. 보통 어딘가에 놀러 가거나, 쉬러 갈 때 '여행 간다'는 말을 하곤 합니다. 사전에서 '여행'은 '일이나 유람을 목적으로 다른 고장이나 외국에 가는 일'로, '나들이'는 '집을 떠나 가까운 곳에 잠시 다녀오는 일'로 정의되어 있습니다. 굳이 차이를 밝히자면 여행은 목적을 가지고 비교적 장기적으로 이동하는 것인 반면 나들이는 특별한 목적이 없이 일시적으로 어딘가를 다녀오는 일이라고 하겠습니다.

　소설 속 '나'는 남편과 그의 어린 딸을 헌신적으로 돌보며 살아온 인물입니다. 그런데 남편이 그린 의붓딸의 초상화를 통해 그가 전 아내를 그리워함을 깨닫고 배신감을 느낍니다. 그리고 가족을 위해 살아온 자신의 삶에 대해 허탈함과 허무함을 느끼며 여행을 떠나게 됩니다. 이때 '나'는 자신의 여정을 '여행'이라고 지칭합니다.

　여행 중 호수에 도착한 '나'는 한 여인숙에 방문합니다. 그리고 떠나기 전의 결심과 달리 그곳에서 반나절 만에 서울로 돌아가는 결정을 내립니다. 여인숙에서 잠깐 쉬는 동안 '나'는 어떤 심경의 변화를 겪었으며, 어떻게 그것이 짧은 시간에 다시 가족의 품으로 돌아가야겠다는 결심으로 이어졌을까요?

　스스로 '헛산 것 같다'고 말하던 '나'는 삶에 대한 회의감을 느끼며 '자유로워지고 싶다'는 목적을 가지고 여행을 떠났습니다. 그런데 홀아비인 남편과 의붓딸을 보살피며 살아온 삶에 대한 허무함, 허탈함, 그리고 그의 외로움을 해소하기 위해서는 하루면 충분했습니다. '나'는 여행지에서 만난 아주머니와 노파로부터 뜻하지 않은 위로를 받고 '나'는 자신의 삶이 결코 헛된 것이 아님을 깨닫습니다. 결국 '나'는 길 것만 같던 여행을 떠났지만 잠시 나들이를 갔다가 돌아온 셈이 된 것이죠.

질문으로 시작하는 **소설 감상**

노파의 도리질은 어떤 의미를 가지고 있을까?

　누군가가 계속 쉬지 않고 '도리질'을 한다면 어떻게 보일까요? 아마도 이를 이상하게 여기고 그를 피하는 사람이 많을 것입니다. 노파는 한국 전쟁에서 아들이 죽은 후 이십오 년 동안이나 도리질을 해 왔습니다. 처음엔 그의 도리질이 이상하고 어색했던 '나'는 노파의 모습에 '지극히 비현실적인 우아함'이 있다고 묘사하며 그의 사연에 궁금증을 가지기 시작합니다.

　노파의 도리질은 겉으로는 우아함, 품위 있는 모습과 거리가 멀어 보입니다. 그러나 이 도리질이 어디서부터 시작되었는가를 살펴보면 처음 느꼈던 기괴한 느낌은 사라지고 우아함이 깃들게 됩니다. 6·25 전쟁 당시 아주머니의 남편은 인민군의 눈을 피해 숨어 지냈고 이 사실을 시어머니인 노파가 실토하지 않도록 그에게 '몰라요'라는 말을 반복해서 가르칩니다. 그러나 인민군과 마주친 노파는 아들을 지키려는 마음에 도리질과 함께 모른다는 말만 반복하였고, 결국 아들의 죽음을 막지 못했습니다. 노파의 도리질은 난사된 총을 맞고 끔찍하게 죽은 아들에 대한 트라우마 때문이라고 볼 수 있습니다. 그렇지만 노파가 끝까지 세찬 도리질을 이어 간 것은 아들을 지키기 위함이었습니다. 따라서 도리질은 아들을 구하겠다는 노파의 강인한 모습을 드러내는 행동이라고도 볼 수 있습니다.

　이십오 년이나 지속된 도리질은 그날의 상처이자, 가족을 지키고자 했던 노파의 의지와 가족에 대한 사랑입니다. 아주머니는 이러한 노파의 마음을 알고 그의 도리질을 '대사업'이라 표현하며 시어머니를 정성껏 보살핍니다. 아픔을 딛고 서로 의지하며 살아가는 두 사람의 모습과 노파의 도리질은 그렇게 우아함을 자아냅니다.

'나'는 아주머니와 노파로부터 어떤 위로를 받았을까?

'나'는 여행지에서 만난 고부를 보고 위로를 받습니다. 전쟁으로 인해 상처를 입은 후, 노파와 아주머니는 피로 이어진 관계보다 더 끈끈하게 지냅니다. 그러한 두 사람의 모습에서 '나'는 정갈함과 우아함을 느낍니다. 역사 속에서 큰 아픔을 겪었지만 서로를 의지하며 진심으로 대하는 이들을 보며 '나'는 자기 삶에 대한 의미를 찾았을 것입니다. '나'의 가족 또한 전쟁이라는 역사적 상처를 안고 있기 때문입니다. '나'의 남편은 이북에 노부모와 아내를 남겨 두고 어린 딸 하나만 업고 내려와 빈털터리 신세로 지냈습니다. 자기 인생에서 가장 가까운 사람, 그리고 그 사람과 지내 온 자기 과거를 돌아보니 모두가 역사의 피해자인 것이죠. 그러한 피해와 아픔 속에서 어떻게 서로가 함께 지낼 수 있는지를 깨달았을 겁니다.

위로를 받은 사람은 '나'만이 아닙니다. 여인숙의 아주머니도 '나'에게 위로를 얻습니다. 아주머니는 연락이 닿지 않는 대학생 아들이 걱정되어 서울로 올라가려 합니다. 그 전에 여인숙에 손님이 들면 아들의 신상에 아무 일이 없는 것이고, 그렇지 않으면 아들의 신상에 좋지 않은 일이 있을 것이라는 혼자만의 미신을 만듭니다. 그 미신에서 '나'는 아주머니에게 '좋은 쪽 점괘'가 되어 주죠. 아주머니와 노파를 보고 위로를 받은 '나'는 거꾸로 아주머니에게도 위로가 되어 줍니다. 서로를 위로한 것이죠.

'나'와 아주머니는 함께 서울에 올라가기로 결심합니다. 이들은 우연한 계기로 서로의 아픔을 어루만지고 위로를 건넵니다. 그 위로는 앞으로의 삶을 지속하게 만드는 동력이 되었죠. 우연한 위로가 타인을 살아가게 하는 힘이 된 것입니다. 여러분도 힘든 순간 타인에게 우연히 위로를 받은 경험이 있나요? 조금은 삭막한 세상에서 여러분도 주변인에게 따뜻한 위로를 주고받는 경험을 가질 수 있다면 좋겠습니다.

배반의 여름

박완서(1931~2011)　1970년 《여성동아》 장편 소설 공모에 〈나목〉이 당선되며 등단하였다. 전쟁의 비극, 중산층의 삶, 여성 문제를 소재로 삼은 작품들을 꾸준히 발표하였으며, 재미와 의미를 모두 갖춘 한국 문학의 거목으로 평가받는다. 대표작으로 〈그리움을 위하여〉, 〈꿈꾸는 인큐베이터〉, 〈엄마의 말뚝〉 등이 있다.

감상의 초점

　이 작품은 '나'가 세 차례 배반의 경험을 겪으며 성장하는 모습을 그립니다. 배반이라는 말은 흔히 부정적인 의미로 사용되지만, 이 작품에서는 소년의 성장을 이루어 내는 중요한 계기로 작용합니다.
　흥미롭게도 이 작품에서 그려지는 배반의 상황은 모두 아버지에 의해 만들어집니다. 1인칭 주인공 시점의 소설을 읽을 때에는 주로 화자인 '나'의 심경에 주목하게 되는데, 이 작품에 대해서는 아버지를 향해서도 시선을 두어 보길 권합니다. "아버지는 왜 그런 선택을 했을까?"라는 질문을 중심에 두고 작품을 읽어 보세요. 그가 아들에게 배신감이라는 아픈 감정을 경험케 하면서까지 가르치려고 한 것이 무엇인지 확인하며 소설을 읽다 보면 작가가 전하려는 메시지에 가까이 다가서 있을 것입니다.

배반의 여름

박완서

그때가 아마 내 나이 일곱 살 때였을 게다. 연년생의 누이동생이 다섯 살 나던 해 여름 마을 앞을 흐르는 강이랄 것도 없는 개천에 빠져 죽은 다음 해 여름이었으니까.

지금은 신흥 주택가가 되었지만 그때만 해도 돼지우리와 돼지우리 비슷하게 생긴 인가가 지독한 똥냄새를 풍기는 채소밭 사이에 띄엄띄엄 흩어져 있는 시골이면서, 인심과 주소만은 서울인 변두리에 우리는 살고 있었다.

마을 앞엔 개천이 있었는데 채소밭에서 나는 것과 같은 진한 똥냄새를 풍기며 어디서 어디로 흐르는지 모르게 질펀히 고여서 무수한 장구벌레를 키우고 있었다. 그러나 비가 오면 흐름이 빨라지면서 어른 한 *길도 넘게 물이 불어나는 수도 있었다.

누이동생은 장마가 개고 불볕이 나는 칠월의 어느 날 거기에 빠져 죽었다.

길 길이의 단위. 한 길은 사람의 키 정도의 길이이다.

내 뒤만 졸졸 따라다니는 게 성가셔서 감쪽같이 따돌리고 나서 불과 한 시간도 안 돼서 그 일은 일어났던 것이다.

칠월의 불볕 밑에 마을의 온갖 쓰레기가 버려져 왕벌만 한 쉬파리가 붕붕대는 개천가 둔덕 위에 죽은 누이는 내다버린 커다란 스펀지 인형처럼 누워 있었고, 사람의 목소리 같지도 않은 *기성을 지르며 울부짖는 엄마의 얼굴에선 땀과 눈물과 머리카락이 뒤범벅이 되어 흘러내리고 있었고, 삥 둘러선 마을 사람들은 복날 힘을 모아 개를 두들겨 잡을 때처럼 무시무시하게 무표정했다.

나는 어디로든지 무작정 달아나야지 싶으면서도 한 발짝도 못 움직이고 그 자리에 못 박힌 채 내가 저 스펀지 인형처럼 생명 없는 것의 오빠란 사실이 무서워서 울음을 터뜨렸다.

이 일이 있은 후 아버지는 엄마가 깜짝 놀랄 만큼의 돈을 들여 나를 어린이 수영 강습회나 하계 캠프 같은 데 참가시켜 주며 수영을 배우기를 바랐지만 나는 막무가내 뺑소니를 쳤다. 물 밑에는 어느 물 밑에고 내 누이동생의 원혼이 있어 나를 잡아당겨 놓아 주지 않을 것 같았다. 아버지도 내가 수영을 배우게 하는 것을 단념한 것 같았다.

다음 해 여름 아버지는 해 질 녘이면 내 손목을 잡고 언덕 너머에 새로 생긴 사립 국민학교로 산보를 가는 일이 잦았다. 언덕 너머는 우리 동네보다 한발 앞서 아름다운 주택가가 형성되고 사립 국민학교까지 들어서고 그 사립 국민학교 수위하고 아버지는 친구였다.

학교 교정에는 별별 놀이 틀이 다 있어 나는 세상 만난 듯이 놀이 틀에서 장난을 치고 아버지는 수위실에서 잡담을 했다.

그 학교엔 놀이 틀 말고도 풀이 있었다. 여름 방학에도 풀장만은 개방을 하는 모양으로 늘 물이 충충하게 고여 있었다. 해 질 무렵의 풀 속은 깊이를 헤아릴 수 없을 만큼 짙푸른 색을 하고 있었고, 귀신의 감은 머리가 휘감겨 오는 것처럼 음습하고도 냉랭한 바람이 불었다.

나는 될 수 있는 대로 풀가에는 가지를 않았다. 그 헤아릴 수 없이 충충한 깊이에서 나를 끌어 잡아당기는 힘이 작용하고 있는 것 같은 두려움 때문이었다.

유난히 무더운 어느 날이었다. 거의 어둑어둑해질 때까지 수위실에서 잡담을 하던 아버지가 미끄럼틀까지 나를 데리러 왔다. 심한 장난을 한 뒤라 온몸이 땀으로 끈적끈적했다.

아버지는 등에 찰싹 달라붙은 내 티셔츠를 들추고 통풍을 시켜 주며, 짜아식 집에 가서 목욕하고 자야겠다고 했다. 그러고는 내 손목을 잡고 풀장이 있는 데로 갔다. 아버지와 같이라면 풀도 조금쯤은 덜 무서웠다. 아버지는 건장한 몸집과 솥뚜껑 같은 손을 갖고 있었다.

아버지가 풀가로 걷고 나는 안측으로 걸으면서도 겁이 나서 아버지에게 꼭 매달렸다.

별안간 내 몸이 공중으로 붕 떴다. 나는 비명을 지르면서 아버지에게 엉겨 붙었다. 그러나 아버지는 나를 가볍게 털어 냈다. 나는 물속으로 조약돌처럼 풍덩 빠지며 낄낄낄 하는 아버지의 웃음소리를 들었다.

얼마 동안을 물속에서 죽을 기를 쓰고 허우적댔는지 모른다. 가까스로 풀장가의 손잡이를 붙잡고 보니, 어처구니없게도 목 위가 물 밖에 나왔는데도 발이 땅에 닿는 게 아닌가.

그때까지도 아버지는 허리를 비틀고 낄낄대고 있었다. 마치 웃음이 사레가 들린 것처럼 격렬하고 괴롭게 아버지는 낄낄댔다.

순간 나는 아버지가 나를 물에 빠뜨려 죽이려 했구나 하고 생각했다. 아버지는 나보다 죽은 누이동생을 더 사랑했고, 그래서 내가 살아남은 게

기성 기이한 소리.

미워서 나도 누이동생처럼 물에 빠져 죽기를 바랄 수도 있다고 나는 내 추측에다 제법 논리적인 체계를 세웠다.

그것은 지독한 배신감이었다. 아버지뿐 아니라 풀도 나를 배신했다. 늘 헤아릴 길 없이 충충한 깊이로 나를 겁주던 풀이 내 한 길도 안 되는 깊이일 줄이야.

배신당한 충격과 분노가 도리어 나에게 수영을 배울 용기가 되었다. 그해 여름 처음 나는 자진해서 동네 교회당에서 가는 하계 캠프에 참가해서 수영을 익혔다. 처음에는 아버지에 대한 복수심으로 이를 부득부득 갈며 물에 대한 공포감에 도전하다가 어느 틈에 물개처럼 자연스럽게 물과 친해졌다. 아버지에 대한 오해와 *앙심도 저절로 풀렸다.

국민학교 이 학년 때 우리 집은 갑자기 부자가 되었다. 우리 동네도 언덕 너머 동네처럼 새로운 주택지로 개발이 된다고 땅값이 오른 것이다. 아버지는 옳다구나 남보다 *첫밭에 돼지우리보다 조금 더 큰 집과 *채마밭을 팔더니 서울 시내의 벽에 타일이 붙은 집을 사서 이사를 했다. 변소와 부엌에까지 타일이 붙은 집은 너무 으리으리해서 꼭 꿈만 같았다.

그리고 아버지는 취직을 했다. 아아 아버지는 얼마나 훌륭하고 늠름해진 것일까. 내가 아는 어떤 애의 아버지도 나의 아버지처럼 훌륭하지 않았다. 자기 아버지가 사장이라고 대령이라고 교수라고 으스대는 애 아버지도 봐 봤지만 나의 아버지에 대면 아무것도 아니었다. 나의 아버지에겐 어떤 딴 아버지하고도 안 닮은 훌륭함이 있었다.

나는 나의 아버지 아닌 딴 아버지를 볼 때 하나같이 한마디로 *쪼오다 라고 생각했다. 어쩌면 그렇게 세상의 아버지란 아버지는 허약하고 비굴하고 비실비실해 뵈는 쪼오다일까.

나의 아버지만 아니었다면 나는 아예 어른이 되고, 아버지가 되는 일을 면할 수 있는 방법에 공부 대신 몰두했을 것이다. 나에겐 나의 아버지가 있었다. 나는 나의 아버지의 훌륭함을 사랑했고 자랑스러워했고, 거기 황홀했다.

채마밭을 가꾸며 과수원으로 *품팔이를 다니던 아버지는 단단하고 장대한 체구를 가지고 있었다. 든든한 목과 정직한 눈과 완강한 턱과 넓은 가슴과 대들보 같은 허리와 길고 날렵하고 건강한 다리는 아무하고도 안 닮은 아버지만의 것이었다. 제아무리 보디빌딩으로 단련된 훌륭한 육체도 아버지의 것과 견주면 생귤과 플라스틱 귤을 견주는 것만큼이나 뚜렷한 차이가 났다.

게다가 아버지는 아무하고도 안 닮은 아버지만의 복장을 하고 있었다. 그것은 아버지가 취직하고 나서 하루도 안 빼고 입는 옷으로 아버지의 늠름함을 더욱 돋보이게 하기 위해 재단된, 아버지같이 잘난 사람에게만 허락된 특별한 옷이었다.

그 옷은 여름이나 겨울이나 까마귀처럼 윤택하게 새까맣고 찬란한 금빛 단추가 필요 이상으로 여러 개 달렸고 *소맷부리와 모자에 굵은 금줄을 두른 비상식적이리만큼 화려한 옷이었다. 그런 옷에 의해 압도되지 않고 돋보일 수 있는 사람은 세상에 아버지밖에 없을 것 같았다.

세상에 검은빛과 황금빛의 대비처럼 화려하면서도 장엄한 대비가 또 있을까. 그 옷엔 넥타이 따위는 필요 없었다. 넥타이란 넥타이 빼면 남성으로서 헛것인 쪼오다들이나 맬 것이구나 하는 생각이 그 옷만 보면 저절로 났다.

앙심 원한을 품고 앙갚음하려고 벼르는 마음.
첫밗 일이나 행동의 맨 처음 국면.
쪼오다 조금 어리석고 모자라 제구실을 못하는 사람 또는 그런 태도나 행동을 속되게 이르는 말.
채마밭 먹을거리나 입을 거리로 삼는 작물을 심어 가꾸는 밭.
품팔이 품삯을 받고 남의 일을 해 주는 일. 또는 그런 사람.
소맷부리 옷소매에서 손이 나올 수 있게 뚫려 있는 부분.

그 옷을 입은 아버지는 나에게 힘과 권위의 상징처럼 보였다. 그때 내 밑에는 사내 동생이 둘이 있어서 우리는 아들만 삼 형제였다. 아침에 아버지가 그 옷을 입고 막냇동생의 몸통만 한 새까만 구두를 신고 출근을 할 때면 우리 삼 형제는 일렬로 정렬을 했다. 그리고 내가 늠름하고 훌륭한 우리 아버지에 대한 벅찬 경의와 감동으로써 '차렷', '경롓'을 호령하면 동생들은 엄숙하고도 진지한 내 동작을 그대로 흉내 내 두 발을 모으고, 꼿꼿이 서서 오른손을 눈썹 위로 올려붙였다.

그러면 아버지는 고개를 끄덕이고, 보일 듯 말 듯 한 미소를 짓고 걸음나비가 넓은 특이한 걸음걸이로 뚜벅뚜벅 걸어 나갔다. 그 보일 듯 말 듯 한 미소, 고집스러운 턱의 선이 약간 부드러워지는 정도의 미소에 나는 얼마나 매혹됐던가.

나의 아버지는 자식들이나 아내의 낯간지러운 "빠이빠이.", "일찍 들어오셔야 돼요." 따위 소리를 들으며 출근하는 쪼오다 아버지가 아니었다. 나의 아버지는 백만 대군을 사열하는 장군처럼 장엄하게 출근해야 했다.

동생들은 어른들이 커서 뭐 될래 하고 물으면 하나같이 아버지가 될래라고 대답했다. 대통령이나 장군이나 사장이나 그런 게 되겠다는 대답을 기다렸던 어른은 실망을 했고, 그 실망을 이상한 잡소리로 위로하려 들었다. "오메, 요 대가리에 피도 안 마른 쪼오그만 녀석 하는 소리 좀 봐. 뭔 노릇 해서 밥벌이할 것인가가 급하잖구 아새끼 만드는 게 더 급한 줄 아나베."

동생들이 되겠다는 아버지가, 결코 남자가 여자 만나서 애 낳게 하면 되는 생리적인 아버지가 아니라 나의 아버지같이 뛰어나게 훌륭한 인격이라는 걸 어른들은 이해하지 못했다.

그때도 여름이었다. 방학한 지 며칠 안 되는 어느 날 아버지는 느닷없이 나를 데리고 출근하겠다고 선언했다. 나는 너무 좋아서 펄쩍펄쩍 뛰었다. 그 금빛 찬란한 옷을 입고 수행하는, 이 세상에서 가장 남자다운 훌륭한 일의 현장에 있을 수 있다는 흥분으로 몸도 마음도 마구 뛰었다.

뜻밖에도 엄마가 그건 안 된다고 내 몸을 꽉 붙들었다. 아버지는 왜 안 돼, 왜 안 된다는 거야 하면서 나를 빼앗았다. 워낙 힘의 대결에 있어서 엄마는 아버지의 적수가 못 되었는 데다 아버지에게로 가겠다는 내 힘까지 작용하고 보니 엄마는 *검부락지처럼 무력하게 나를 아버지에게 빼앗겼다.

엄마는 나를 빼앗기고 나서도 몇 번 더 안 된다고 부르짖는 것 같았다. 그러나 그때 이미 나는 아버지에게 손목을 잡힌 채 껑충껑충 신바람이 나서 뛰고 있었다.

아버지와 나는 버스를 탔다. 버스가 달릴수록 우리 동네보다 길도 넓어지고 집도 커지고 차와 사람이 많아지는 것 같았다. 나는 우리 동네가 서울 시내인 줄 알았는데 아버지는 넋을 잃고 창밖을 내다보는 나한테 "정신이 없지? 여기가 시내란다." 하고 말을 걸었다. 내가 대답을 안 하자 "짜아식 촌놈이라 별수 없구나. 질려서 얼이 쑥 빠져 버렸잖아." 하기도 했다.

무지무지하게 높은 집만 있는 동네에서 버스를 내렸다. 사람이 너무 많아 여기서 아버지를 잃으면 생전 못 찾을 것 같아서 나는 아버지의 손을 더욱 꼭 붙들었다. 문득 아버지를 따라 나온 게 후회스러워졌다. 몇 년 전 나를 뿌리쳐 풀 속에 팽개쳤듯이 이 엄청난 인파 속에 아버지가 나를 팽개칠지 모른다는 생각이 들기 시작했다.

물속에선 헤엄이라는 거라도 칠 수 있지만 인파에 빠진 촌놈은 도대체 무엇을 할 수 있단 말인가. 그러나 아버지는 나를 뿌리치지 않았을뿐더러 더욱 꼭 붙들어 주었다.

칠 층인가 팔 층인가 되는 회색 빛깔의 집 앞에서 아버지는 멎었다.

"여기가 아빠 직장이란다."

검부락지 '가느다란 마른 나뭇가지, 마른 풀, 낙엽 따위를 통틀어 이르는 말'을 의미하는 '검불'의 방언.

큰 집이었지만 그 근처엔 십 층도 넘는 집이 수두룩해서 나는 가볍게 실망했다.

아버지와 내가 문 앞에 서자 문이 저절로 열렸다. 나는 아버지를 위해 문을 열어 준 시중꾼을 찾아내려고 두리번거렸으나 아무도 찾지를 못했다.

저절로 열리는 문을 들어서자마자 제일 먼저 있는 방으로 아버지가 들어섰다. 그 방은 드나드는 사람을 빤히 살펴볼 수 있는 유리창이 달려 있고 딱딱한 비닐 의자가 서너 개, 회색빛 *호마이카 테이블과 전화가 있을 뿐인 좁고 살벌한 방이었다.

게 좀 앉았거라, 하면서 아버지는 모자를 벗고 이마의 땀을 닦았다. 나는 처음으로 이 여름에 아버지는 저 검은 양복으로 얼마나 더울까 하는 생각을 했다.

자동문 밖에 새까만 차가 멎더니 대머리가 까진 키가 작고 넥타이를 맨 쪼오다 티가 더럭더럭 나는 남자가 나타났다. 아버지는 질겁을 해서 뛰어나갔다. 그러더니 꼿꼿이 서서 우리 삼 형제가 매일 아침 아버지한테 하는 것 같은 '경롓'을 그 쪼오다한테 엄숙하게 올려붙이는 것이었다.

나는 너무 놀라서 그 쪼오다가 아버지를 거들떠봤는지 안 봤는지 그것을 살필 겨를도 없었다. 승용차는 연달아 자동문 밖에 와서 멎고, 아버지와는 너무도 딴판인, 억수같이 퍼붓는 소나기 속을 물 한 방울 안 맞고 십 리도 가게 생긴 새앙쥐 같은 사내들이 그 속에서 내렸고 그때마다 아버지는 경의를 과장한 '경롓'을 올려붙였다.

넥타이 맨 새앙쥐 같은 사내들은 하나같이 아버지의 존재를 무시하고 점잖게 걸어 들어갔지만 실은 아버지의 존재를 강렬하게 의식하고 있다는 걸 나는 알 수가 있었다.

아버지의 당당한 거구와 비상식적인 화려한 옷은 실은 아버지의 것이 아니었던 것이다. 넥타이 맨 새앙쥐들의 우월감과 권위 의식을 충족시키기 위한 어릿광대의 의상이었던 것이다.

　　나는 그제서야 아버지의 방 유리창에 '수위실'이라고 써 있는 걸 읽을 수가 있었다. 그나저나 아버지는 왜 나에게 자기의 어릿광대질을 보여 주려고 했을까. 높은 분의 아침 마중을 끝낸 아버지가 수위실로 들어왔다. 그리고 별안간 낄낄댔다. 웃음이 사레가 들려 더 지독한 웃음이 되어, 아버지의 웃음은 좀체 멎지를 못했다. 그것은 *질자배기 깨지는 소리였으며, 동시에 나의 우상이 깨지는 소리였다.

　　나는 수위실을 뛰어나왔다. 내 앞을 가로막는 문이 다시 스르르 열렸다. 나는 어느 틈에 건물 밖으로 밀려나 있었다. 아버지는 나를 붙들지 않았다. 아니 또 한 번 팽개쳤던 것이다. 나는 도시의 인파 속에서 몇 년 전 풀 속에서 허위적대듯 허위적댔다. 그리고 풀 속에서 듣던 것과 똑같은 아버지의 웃음소리를 들었고, 풀 속에서처럼 고독했고 풀 속에서처럼 이를 갈며 아버지에게 앙심을 먹었다.

　　내가 고등학생이 되자 아버지도 많이 늙었다. 나는 그 나이가 되도록 그런 어릿광대스러운 양복을 입고 수위 노릇을 해야 하는 아버지에게 연민을 느낄지언정 앙심이 남아 있을 리 없었다.

　　나는 아버지를 우상처럼 섬기는 대신 사랑했고, 대신 새로운 우상을 섬기고 있었다. 새로운 우상은 전구라 선생이었다. 내 방에는 전구라 선생의 다섯 권 전질의 전구라 사상 전집이 있었고, 일곱 권 전질의 전구라 수필집이 있었고, 여섯 권 전질의 전구라 문학 전집이 있었고, 열 번도 넘게 읽어 종이가 *풀솜처럼 부드러워진 《청소년이여, 야망을 가져라》라는 전구라

호마이카　'가구 따위에 칠하는 합성수지 도료. 약품이나 열에 강하다. 상품명에서 나온 말'을 의미하는 '포마이카'의 비표준어.
질자배기　질흙으로 빚어서 구워 만든 둥글넓적하고 아가리가 넓게 벌어진 그릇.
풀솜　실을 켤 수 없는 허드레 고치를 삶아서 늘여 만든 솜. 빛깔이 하얗고 광택이 나며 가볍고 따뜻하다.

선생의 청소년을 위한 문집이 있었고 액자 속엔 전구라 선생의 사진이 있었다.

전구라 선생이야말로 내 흠모와 동경을 아무리 바쳐도 아깝지 않은 인격이었다. 그는 뛰어난 사상가요 문필가였을 뿐 아니라, 명교수였고, 정치에도 깊은 관심이 있어 높은 관직을 여러 번 거쳤고, 현재도 모 고위층의 *막후 인물로 널리 알려져 있었다. 간혹 그런 걸 갖고 그분의 인격의 옥에 티로 삼으려는 사람도 있었지만, 나는 오히려 그런 것으로 더 그분을 존경했다. 이론과 행동을 한 몸에 갖춘다는 것, 그건 아무나 할 수 있는 일이 아니기 때문이다. 그분은 이론과 행동뿐 아니라 한 몸에 지(知), 정(情), 의(意)가 원만히 조화된 전인이었다.

그는 《청소년이여, 야망을 가져라》의 서두에서 그의 생애를 지배해 온 세 가지의 정열에 대해 말하고 있다. 그것은 사랑에 대한 동경과, 지식의 탐구와, 고통받고 박해받는 약하고 가난한 이웃들에 대한 참을 수 없는 연민이라는 거였다. 그 대목은 늘 내 정결한 피를 끓게 했다. 그것이야말로 사람이 죽는 날까지 정열을 바칠 가치가 있는 거였다.

나의 이런 감동을 마음에 맞는 친구에게 나누려고 했을 때 그 친구는 시들하니 말했다. "야, 야, 웃기지 마라. 그 소리는 전구라가 하기 전에 이미 러셀이 써먹은 소리야."

나는 그 순간부터 그 친구를 경멸했다. 그 소리를 먼저 했느냐 나중 했느냐가 무슨 그리 큰 문젠가. 누가 정말 온몸으로 그렇게 살았느냐가 문제지. 나는 그의 그 소리가 결코 러셀의 메아리가 아닌 그의 육성임을 믿어 의심치 않았던 것이다.

나는 그의 생애를 지배해 왔다는 세 가지 정열 중 특히 버림받고 약한 이웃에 대한 연민에 깊이 공감하고 있었다. 노년으로 접어든 근래의 그를 지배하는 것 역시 그 세 번째 정열이라는 걸 나는 알고 있었다.

빼놓지 않고 읽은 그의 글 도처에 이 희생자들에 대한 연민과 이들에게 희생을 강요하는 악에 대한 분노의 괴로움이 진땀처럼 끈끈하게 배어 있었기 때문이다.

나는 그의 저서와 그의 사진이 있는 옹색한 내 방에서 그의 인격을 흠모하며 원대한 꿈을 키웠고, 그의 사상과 이념을 정신의 지주로 삼아 면학에 힘썼다.

어느 무더운 여름날이었다. 나는 더위를 무릅쓰고 교과서와 씨름하고 있었다. 친구들은 산으로 바다로 바캉스를 떠났지만 나는 조금도 그들이 부럽지 않았다. 친구들이 살을 태우고 기타를 치고 고고를 추고, 여학생을 꼬드길 동안 나는 내 내면에 보화를 축적하고 있다는 자부심이 있었다.

아버지가 내 방으로 들어왔다. 좀처럼 없는 일이었다. 비좁은 방을 아버지의 거구가 가득 채우니까 숨이 막혔다. 나는 아버지가 빨리 나가 주길 바랐다. 더위 때문만은 아니었다.

아버지는 마치 벽에 걸린 전구라 선생의 사진에 이끌려서 들어온 것처럼 그것만 바라보면서 나갈 척도 안 했고, 나는 아무리 내 아버지지만 전구라 선생을 그런 시선으로 바라보는 걸 참을 수 없었다.

아버지는 아마 그 사진이 내 또래의 고등학생이 흔히 좋아하는 가수나 배우의 사진인 줄 아는 모양이었다. 그럴 법도 했다. 내가 걸어 놓고 있는 사진은 전구라 선생의 저서에서 떼어 낸 사진으로 근영이 아니라 젊었을 적의 사진으로 상당한 미남이었으니까.

아버지는 배우 가수를 통틀어 딴따라라 불렀고, 무슨 근거로 그러는지 딴따라를 자기만 못한 유일한 직업으로 알고 경멸하는 버릇이 있었다. 젊은 애들 생각을 거의 무조건 추종하는 아버지였지만 그 낡은 생각만은 못

막후 겉으로 드러나지 않은 뒷면.

버리고 있었다.

　틀림없었다. 아버지는 전구라 선생을 딴따라로 알고 있었다. 그렇지 않고서야 저다지도 심한 경멸과 천대의 시선으로 바라볼 까닭이 없었다.

　나는 그 사진이 딴따라 사진이 아니란 걸 설명하기 전에 우선 그 사진을 모독으로부터 지키고 싶었다. 나는 그 사진과 아버지 사이를 가로막고 섰다.

　"비켜, 인석아. 신성한 공부방에 저따위 사진을 붙여 놓고 공부가 될 성싶으냐, 인석아."

　"아버지 이분은 딴따라가 아녜요."

　"알아, 인석아. 저 작자가 딴따라만도 못한 작자라는 걸."

　딴따라만도 못한 작자라니, 나는 화끈한 분노를 느꼈고 아버지 역시 나만 못지않은 분노에 떨고 있다는 걸 알 수 있었으나 그 분노를 이해할 수는 없었다.

　"아버지 말조심하세요. 이분은……."

　"알아. 그 작자 전구라 아니냐?"

　"아니 아버지가 어떻게 이분을……."

　"왜 아버진 그 작자 좀 알면 안 되냐? 한땐 그 작자가 아버지 발밑에 엎드려 살려 달라고 싹싹 빈 적이 있었느니라."

　아버지는 어느 틈에 분노를 가라앉히고 있었고, 싱글싱글 입가에 웃음마저 감돌고 있었고, 길게 얘기하고 싶은 모양으로 이불 개켜 놓은 걸 의자 삼아 편한 자세를 취하고 있었다.

　나는 어떤 예감으로 가슴이 고통스럽게 죄어 왔다. 그건 아버지가 또 한 번 낄낄거릴 것 같은 예감이었다. 나를 풀 속으로 팽개치고 나서, 또 자동문 밖으로 팽개치고 나서 낄낄대던 그 기분 나쁜 웃음을 뱃속 가득히 품고 있는 얼굴로 아버지는 나를 쳐다보고 있었다.

"그, 그럴 리가요. 아버진 뭔가 잘못 알고 계신 겁니다."

나는 허위적대듯이 가까스로 말했다.

"인석아, 서둘지 말고 남의 말을 좀 들어 봐."

아버지는 밉살머리스럽도록 유들유들했다.

"너도 알지? 우리가 저 녹번리 지나 구파발 살 때 놀러 다니던 사립 국민학교 수위 아저씨 말야. 그 사람 좋은 장씨 아저씨 생각나지? 우리가 지금 집으로 이사 오고 나서 몇 년 있다 일어난 일인데 어느 날 그 아저씨가 얼굴이 사색이 돼 가지고 우리 집으로 돈을 꾸러 왔지 않겠니. 그 아저씨 장가든 지 십 년이 넘도록 애가 없어서 이제 영 못 낳겠거니 하고 있던 차에 마누라가 애를 배게 되어 세상에 자기 혼자서만 애아범 되는 것처럼 열 달 내내 싱글벙글 입을 헤벌리고 산 것까지는 좋았는데 막상 달이 차고 나서도 배만 *들입다 아프지 그 빌어먹을 놈의 아새끼가 나와야 말이지. 산모, 장모, 애아범이 합세를 해서 이빨이 다 근덩근덩하도록 안간힘을 써도 이놈의 아새끼는 안 나오고 산모는 그만 숨이 넘어가려고 하더란 말이야. 그제서야 부랴부랴 병원으로 데리고 갔더니 한시바삐 수술을 안 하면 산모고 아기고 다 가망 없다고 하더라지 뭐냐. 이 친구 어서 수술을 해 달라고 의사한테 애걸을 하고는 나한테 수술비를 꾸러 달려왔더라. 나도 온 집 안에 있는 돈을 다 긁어모아 봐도 *텍도 없고, 생각다 못해 구파발 땅 판 돈에서 집 사고 남은 걸 장사하는 친구한테 주어 갖고 이자 몇 푼씩 받는 돈이라도 달래 볼까 해서 장씨 아저씨를 앞세우고 나섰지 뭐냐. 그런데 그때만 해도 택시 요금이 어찌나 싼지 어중이떠중이 택시 아니면 요기서 조기도 못 가는 줄 알던 때라 엔간한 재주 갖곤 당최 택시를 잡을 수가 있어야지. 참 환장하겠더라. 어쩌다 빈 택시가 오면 열 명 스무 명 달려드는데 하여튼 그땐 재빨리 손잡이를

들입다 세차게 마구.　　　　　　**텍도 없고** '턱도 없고'의 방언.

잡고 뛰는 놈이 임자였으니까. 별수 있니, 내가 차도로 나섰지. 손님이 내릴 듯이 속도를 늦추기 시작하는 택시 손잡이를 잡고 무작정 뛰었지. 거진 버스 한 정거장 거리는 되게 뛰고 나서 정말 택시가 서고 손님이 내리더라. 나는 우선 장씨 아저씨를 찾았다. 이 친구 고꾸라질 듯 고꾸라질 듯 하면서도 잘 뛰어오더군. 근데 그사이에 어떤 작자가 그야말로 꼭 새앙쥐같이 내 겨드랑 밑으로 쏙 빠지더니 택시 속에 들어앉는 거야. 그러더니 운전사 갑시다, 하며 제법 점잔을 떨잖아. 나나 장씨 아저씨나 눈에서 불이 안 나게 생겼냐 말이다. 그래도 우린 애걸을 했다. 통사정을 하면서 말이다. 근데 이 새앙쥐 같은 작자가 뭐랬는 줄 아니. 우리한테는 아예 대꾸도 안 하고 운전사한테, 어서 가잖구 뭘 하고 있어, 택시는 먼저 타는 게 임자야, 글쎄 이러더란 말야. 나는 암말 안 하고 이 새앙쥐 같은 작자를 내 이 단 두 손가락으로 끄집어냈지. 젓가락으로 간장 종지에 빠진 파리 집어내기보다 더 쉽더라니까. 근데 이 작자가 별안간 계집이나 지를 것 같은 비명을 지르더니 길바닥에 나자빠지는 거야. 그러더니 어디 대령하고 있었다는 듯이 순경이 달려오고 우린 어느 틈에 폭력*사범이 되어 있더란 말야. 장씨 아저씨가 자기가 쳤다고 순순히 폭력 사실을 인정해서 난 곧 풀려났지. 뭐 인석아, 내가 비겁하다구? 원 녀석도 눈치가 그렇게 없냐. 내가 우선 풀려나야 돈을 돌려다가 수술을 시켜서 산모고 아이고 살릴 거 아냐. 나는 그까짓 장씨 아저씨야 어찌 되든 간에 걸음아 날 살려라 그 자리를 비켜나 장사하는 친구네로 가서 돈을 마련해 갖고 병원으로 갔지. 그래도 병원 하나는 잘 만나 수술비도 내기 전에 수술을 해서 산모와 아기가 다 목숨을 건졌더라. 게다가 아이가 아들이야. 한숨 돌리고 경찰서로 달려갔더니 맙소사 그 새앙쥐한테 삼 주일의 상해 진단서가 떨어지고 장씨 아저씬 유치장이야. 그 새앙쥐가 고소를 취하하지 않는 한 재판받고 실형이 선고되기가 십중팔구라지 뭐니. 그 녀석 지지리도 복도 없는 놈이지, 장가가고 십사 년 만에 첫아들 보는 날 유치장엘 들어가다니 별수 없더구나. 그래서 솔직히 털어놓았지. 실상은 내가 그 새앙쥐에게 상해를 입힌 장본인이라구. 그러나 이미 장씨 아저씨가 범인이 되어 있는 게 엿장수 마음대로 번복될 수 있는 게 아니더라. 방법은 딱 하나 그 새앙쥐가 고소를 취하하는 방법밖에 없다는 거야. 나는 거의 매일같이 그 새앙쥐네를 드나들며 갖은 구차한 통사정을 다 하고 제발 우리 불쌍한 친구를 위해 자비를 베풀어 달라고 애걸을 했다. 그 새앙쥐 해 놓고 살기도 으리으리하게 해 놓고 살더라만 거만하긴 또 어찌나 거만한지. 나는 그때서야 그가 만만치 않은 세도가인 걸 알았지. 그는 내 애걸을 듣는 즉시 나를 거들떠도 안 보고 경찰서 누구누구, 검찰청 누구누구에다 대고 전화를 거는 거야. 여보게, 내 차가 보링하러 간 사이 생전 처음 택시를 이용하려다 내가 이만저만한 봉변을 당했으니 그놈은 중벌로 다스려 줘야겠네, 추상같은 법의 맛을 보여 줘야겠네, 이런 따위 전화 말야. 정말 미치고 환장하겠더라. 그런데 사람이 아주 죽으란 법은 없다구, 내가 그놈에게 고소를 취하시키든지, 그놈을 쳐 죽이든지 둘 중 안에 하나를 해야겠다는 비상한 각오로 간 날, 실로 요절복통한 일로 사건이 거꾸로 됐지 뭐냐. 나는 어떡하든 살인죄는 안 범하려고 덮어놓고 그 새앙쥐에게 손이 발이 되도록 빌고 또 빌었지. 새앙쥐는 끄덕도 안 하더군. 그러다가 나는 별안간 그 집 재떨이를 내 주머니에다 털어 넣고 *가가대소를 하며 일어섰지. 그놈이 새파랗게 질리면서 내 바짓가랑이를 붙들고 늘어지더군. 재떨이에 뭐가 있었냐구? 인석아, 재떨이에 뭐가 있긴, 꽁초가 있었지. 그 새앙쥐는 그때 켄트를 피우고 있었고, 그때 한창 양담배 단속이 심할 때였거든. 신분의 고하를 막론하고 양담배를 피우는 걸 들키면 오백만 원의 벌금을 물린다고 엄포를 놓을 때였으니까. 세상에 그 거만하던 새앙쥐가 일 초 간격으로 그렇게 비굴해질 수 있을까. 알고 보

사범 법적인 처벌을 받을 만한 불법 행위. 또는 그런 행위를 저지른 사람.
가가대소 소리를 내어 크게 웃음.

니 거만과 비굴은 종이 한 겹 사이도 안 되더라. 그 새앙쥐 내 바짓가랑이를 붙들고 뭐라더라. 응, 빠다제로 합시다, 이러더군. 빠다제가 뭔 소린지 알아들을 수가 있어야 말이지. 나는 아암 켄트 피우는 양반이니까 미제 빠다도 잡수셨겠지 어쩌구 하며 방바닥에 있는 그 작자의 켄트 갑까지 얼른 내 호주머니에 집어넣었지. 그 작자 떨리는 음성으로 그게 아니구 켄트 꽁초하고 고소 취하장하고 맞바꾸자고 하더군. 나는 얼씨구 고소 취하장에 도장 받고, 그래도 부족한 것 같아 전화로 높은 사람한테 고소 취하의 뜻까지 밝히게 하고 그제서야 주머니를 뒤집어 꽁초를 홀홀 털어 내고 나왔지. 꽁초도 미제 꽁초가 참 좋긴 좋더구나. 말이 꽁초지 끝만 조금씩 그슬린 장대 같은 꽁초였지만 말이다. 그 후 장씨 아저씨는 제꺼덕 풀려나서 아들 *생면하고 마누라 붙들고 울먹이고 그랬지 뭐. 그 새앙쥐가 누구냐구? 원, 녀석도 그걸 몰라서 물어? 바로 전구라였다, 이 말야."

　그러더니 아버지는 허리를 비틀면서 낄낄대기 시작했다. 낄낄낄, 낄낄낄, 낄낄은 연방 사레가 들리면서 새로운 낄낄낄을 불러일으켜 격렬하고 고통스러운 웃음은 좀체 끝나지를 않았다.

　나는 한꺼번에 여러 개의 질자배기가 깨지는 것 같은 웃음소리를 들으며 서 있는 땅이 자꾸 어디로 가라앉고 있는 것처럼 허전해진 채 허우적댔다.

　아버지가 나를 풀 속으로 팽개쳤을 때 허우적대다 땅바닥을 딛기까지는 순식간이었고, 아버지가 자신의 우상을 스스로 깨뜨리고 나를 자동문 밖으로 팽개쳤을 때 허우적대다가 설 자리를 찾기까지는 꽤 오랜 시간이 걸렸었다.

　그러나 지금의 이 허우적거림에서 설 자리를 찾고 바로 서기까지는 좀 더 오랜 시일이 걸릴 것 같다. 어쩌면 내가 외부에서 찾던 진정한 늠름함, 진정한 남아다움을 앞으론 내 내부에서 키우지 않는 한 그건 영원히 불가능한 채 다만 허우적거림만이 있는지도 모르겠다.

　내 홀로 늠름해지기란, 아, 아 그건 얼마나 고되고도 고독한 작업이 될 것인가.

　나는 고독했다. 아버지의 낄낄낄이 내 고독을 더욱 모질게 채찍질했다.

생면하다 처음으로 대하다.

내용 한눈에 보기

	첫 번째 배반	두 번째 배반	세 번째 배반
사건	- 누이동생이 물에 빠져 죽은 사건으로 '나'가 충격을 받아 물을 무서워하게 됨. - 학교 교정의 깊지 않은 풀장을 두려워함.	- 서울에서 취직한 아버지와 제복을 자랑스러워함. - 방학 때 아버지의 제안으로 직장에 함께 출근함.	- 고등학생이 되어 새로운 우상으로 전구라 선생을 존경함. - 무조건적으로 전구라를 흠모하고 정신적 지주로 삼음.
아버지의 행동	'나'를 풀장으로 던져 버림.	'나'에게 수위 생활의 모습을 보여 줌.	전구라의 이중적인 모습을 겪은 경험을 들려줌.
나의 반응	충격과 분노로 수영을 배우기로 마음먹고 도전해 물과 친해짐.	아버지를 우상화했던 마음이 깨지고 아버지에게 연민을 느낌.	늠름함을 외부에서 찾지 않고 자신에게서 찾아야 한다는 것을 깨달음.

작품 해설

〈배반의 여름〉에는 '나'가 유년기에서부터 청소년기에 이르기까지 경험한 세 가지 배반의 경험이 나열된다. 물에 빠져 숨진 동생 때문에 물을 두려워하던 '나'는 아버지에게 떠밀려 수영장에 빠진 뒤 물 공포증을 극복한다. 그 후, 다른 남성들보다 강해 보이는 아버지를 동경하던 '나'는 아버지의 직장에서 높은 지위의 사람들에게 아버지가 깍듯이 인사하는 모습을 보고 실망한다. 그리고 고등학생이 되어 명망 높은 지식인인 '전구라'를 동경하던 '나'는 아버지로부터 그의 비열하고 하찮은 실체를 듣게 된다. 세 사건을 통해 '나'는 진정한 늠름함을 외부에서 찾는 일은 실패로 이어질 수밖에 없다는 사실을 깨닫는다.

배반을 당할 때마다 '나'는 뼈아픈 고통을 겪지만 이는 성장으로 이어진다. 이것이 '나'가 스스로 세워 둔 맹목적 허상에서 빠져나오는 계기로 작동하기 때문이다. 세 차례의 배반을 통해 그는 물에 대한 공포, 아버지와 전구라에 대한 근거 없는 우상화에서 벗어난다. 재미있는 점은 세 가지 배반 모두 아버지를 통해 겪게 되는 경험이라는 사실이다. 이때마다 질자배기 부딪치는 소리처럼 기분 나쁘게 들리는 아버지의 웃음은 실제로는 소년이 정신적으로 성숙해 가는 과정을 돕는 역할을 한다.

질문으로 시작하는 소설 감상

소설이 여동생의 죽음 이야기로 시작되는 이유는 무엇일까?

　소설에서 '나'는 세 차례 배반을 당합니다. 이를 통해 '나'는 믿음과 현실이 일치할 수 없다는 진리를 깨닫습니다. 확신이 부서지는 것은 언제나 뼈아픈 일이므로, 배반의 경험을 마주할 때마다 '나'는 큰 고통을 느낍니다. 세 경험 모두 배반을 안겨 준 인물은 다름 아닌 아버지입니다. 아버지는 '나'가 다른 존재에게 맹목적인 두려움 혹은 추앙의 마음을 품는 순간에 등장해 대상의 실체를 폭로합니다. 이런 경험이 반복되다 보면 맹목적인 확신, 추종의 마음 갖기를 포기할 법도 한데 '나'는 꿋꿋하게 새로운 믿음의 대상을 만듭니다.

　유년기에 경험한 여동생의 죽음에서 그 이유를 찾을 수 있겠습니다. 이 죽음은 '나'에게 거대한 슬픔과 죄책감을 안겨 줍니다. 동생을 잠시 따돌린 사이에 익사 사고가 일어나기 때문입니다. 시간이 흐른 후에도 '나'의 마음에는 죄책감을 동반한 상실감이 남아 있습니다. 그런 이유로 '나'는 닮고 싶은 우상을 재차 자신의 바깥에서 찾습니다. 자신이 여동생 죽음의 원인이라고 믿는 상황에서 스스로의 힘과 능력, 가치를 쉽게 인정할 수 없기 때문입니다. 그래서 '나'는 자신의 내면을 들여다보기보다 추종하고픈 타인에게로 시선을 돌립니다. 유년기에는 당당한 거구로 화려한 제복을 입은 아버지를 동경했고, 청소년기에는 뛰어난 사상가이자 문필가인 전구라를 우상으로 삼습니다.

　누이동생은 소설의 중심 인물이 아닙니다. 그럼에도 불구하고 도입에서 누이동생의 죽음이라는 사건이 중요하게 언급되었다는 사실은 앞으로 이 소설에서 그려지는 일들이 모두 누이동생과 관련한 경험, 즉 그의 죽음과 밀접한 관련이 있다는 의미로 해석할 수 있습니다. 이처럼 도입부를 눈여겨보면 주제 의식의 실마리를 찾을 수도 있습니다. 내용을 한 흐름으로 꿰어 이해할 때 해석의 열쇠가 첫머리에 담긴 경우가 많기 때문입니다.

질문으로 시작하는 **소설 감상**

아버지가 '나'를 자신의 직장으로 데리고 간 이유는 무엇일까?

먼저, 장래 희망을 '아버지'로 정해 둘 정도로 자신을 우상처럼 섬기는 아들에게 직장에서 열심히 일하는 멋진 모습을 보여 주고 싶었으리라 추측할 수 있습니다.

이와는 정반대의 두 번째 이유를 추측해 볼 수도 있습니다. 아들이 자신에게 품고 있는 환상을 깨뜨리기 위해 의도적으로 빌딩 사무실을 찾았다는 해석입니다. 이 해석의 근거는 '나'를 데리고 출근하겠다는 아버지를 어머니가 완강히 반대하는 장면에서 찾을 수 있습니다. 아버지의 직업이 '나'에게 자긍심을 일으킬 만한 것이었다면 어머니가 그 정도로 크게 반대하지 않았을 것이기 때문입니다. 완력에 의해 '나'를 빼앗기고 나서도 몇 번이나 안 된다고 부르짖을 정도로 어머니는 '나'가 아버지의 직장에 가는 것을 말리고 싶어 합니다. 이를 바탕으로 추론하자면 아버지는 자신이 지위 높은 방문자 앞에서 과장된 "경롓!" 소리로 인사를 하는 직업을 가지고 있다는 사실을 보여 줌으로써 '나'가 상상으로 쌓아 올린 환상에서 벗어나게 하려 했다고 볼 수 있습니다. 이런 전제를 세운 채 소설을 읽으면, 빌딩 이용객들의 아침 마중을 마친 뒤 아버지가 보인 지독한 웃음의 의미가 선명해집니다. 아들에게 남루한 모습을 보인 것은 씁쓸하지만, 목표 달성에는 충분히 성공했다는 의미의 웃음 아니었을까요? 이 해석에 근거해 아버지의 웃음을 떠올리면, 질자배기 깨지는 소리가 마냥 시끄럽게만 느껴지는 것은 아닙니다. 그 속에 아버지의 애틋한 마음을 느낄 수 있습니다.

전구라에 대한 환상이 깨진 뒤, '나'는 어떻게 될까?

'나'는 전구라를 약한 이웃에 대한 연민을 가진 이라고 믿고 새로운 우상으로 삼습니다. 전구라의 사진을 벽에 걸고 지낼 정도로 그를 흠모하던 '나'는 이번에도 아버지에 의해 환상이 깨어지는 쓰디쓴 배반을 경험합니다. 아버지가 직접 만난 전구라는 '나'의 환상과는 전혀 다른 인물이었습니다.

수술비를 겨우 마련해 병원으로 가려는 아버지와 정 씨를 훼방한 인물은 다름 아닌 전구라였습니다. 실상 전구라는 인물은 '나'가 그를 흠모한 이유와 정반대의 인성을 지닌 인물이었던 것입니다. 그는 스스로를 잘 포장한 인간에 지나지 않았습니다.

전구라는 정 씨와 아버지의 상황을 알면서도 정 씨를 폭력 사범으로 고소합니다. 그는 고소를 취하해 달라고 애걸하는 아버지 앞에서 경찰서와 검찰청에 전화를 해 자신이 봉변을 당한 만큼 정 씨와 아버지를 중벌로 다스려 달라고 말합니다. 하지만 기세등등하던 전구라는 양담배를 소지했다는 사실을 들키자마자 비굴한 태도를 취합니다. 양담배를 피운 사람은 큰 벌금을 내야 하기 때문이었습니다. 전구라가 아버지에게 신고하지 말아 달라고 애걸하는 장면은 독자에게 큰 쾌감을 줍니다.

배반의 경험을 통해 타인을 향한 환상이 깨어지는 아픔을 겪으며, 즉 우상으로 삼던 이들이 죄다 기대를 배반하는 인물이었다는 사실을 깨달으며 '나'의 시선은 점차 자신의 내면으로 향하게 될 것입니다. 자신보다 특별히 빼어나게 훌륭한 사람이 존재하지 않는다는 사실을 '나'는 아버지로 인해 매 순간 깨닫습니다. 사람은 쉽게 변하는 존재가 아닌 만큼 '나'가 단박에 외부에서 우상을 찾는 습관을 버리지는 못하겠지만, '나'가 조금씩 스스로에 대한 확신을 다져 나갈 것이란 추측을 해 볼 수는 있습니다. 그렇지 않다면 아버지가 또 질자배기 부딪치는 소리로 웃으며 주인공을 배반할 계획을 세울 테니까요.

아홉 켤레의
구두로 남은 사내

윤흥길(1942~)　　1968년 《한국일보》 신춘문예에 단편 〈회색 면류관의 계절〉이 당선되며 등단하였다. 그의 작품은 절도 있는 문체로 왜곡된 역사 현실과 삶의 부조리 그리고 이를 극복하려는 인간의 노력을 묘사하고 있다는 평가를 받고 있다. 대표작으로 〈아홉 켤레의 구두로 남은 사내〉, 〈장마〉, 〈완장〉 등이 있다.

감상의 초점

    이 작품은 현실에 적응하지 못하고 변두리 인생으로 전락한 '권 씨'의 모습을 '오 선생'의 시선을 통해 보여 줍니다. 소외된 이웃의 모습을 통해 당대 사회가 지닌 현실적 문제를 지적하고 있습니다.
    어려운 삶을 살아가는 중에도 권 씨는 '대학'과 '구두'에 집착하며 끝까지 자존심을 잃지 않으려고 노력합니다. 서술자인 '나(오 선생)'는 이러한 이웃을 어떻게 대하면 좋을지 생각합니다. '나'와 함께 우리 주변의 소외된 인물과 어떻게 지내면 좋을지 고민해 보세요.
    또한 이 작품은 급격한 산업화와 도시화가 이루어진 우리나라의 1970년대 모습을 보여 줍니다. 1971년 정부의 무계획적인 도시 정책과 졸속 행정에 반발하여 일어난 사건인 '광주 대단지 사건'에 대해 알고 소설을 읽으면 내용을 이해하기 더 쉬울 것입니다.

아홉 켤레의 구두로 남은 사내

윤흥길

　워낙 *개시부터가 기대했던 바와는 달리 어긋져 나갔다. 많이 무리를 해서 성남에다 집채를 장만한 후 다소나마 그 무리를 *봉창해 볼 작정으로 셋방을 내놓기로 결정했을 때, 우리 내외는 세상에서 그 쌔고 쌘 집주인네 가운데서도 우리가 가장 질이 좋은 부류에 속할 것으로 자부하는 한편, 우리 집에 세 들게 되는 사람은 틀림없이 용꿈을 꾸었을 것으로 단정해 버렸고, 이와 같은 이유로 문간방 사람들도 최소한 우리만큼은 질이 좋기를 당연히 요구했던 것이다. 그런데 우리의 기대는 어쩐지 처음부터 자꾸만 빗나가는 느낌이었다. 특히 사복 차림으로 학교까지 찾아온 이 순경이 주민등록부에 우리의 동거인으로 기재되어 있는 안동 권씨에 관해 얘길 꺼냈을 때 내가 느낀 배반감은 절정에 달했다.

　"…… 조금도 부담감 같은 걸 가질 필요는 없습니다. 매일매일 무슨 보고 형식을 취할 것을 의무적으로 요구하는 건 아니니까요. 약간 특별한 동태

개시 행동이나 일 따위를 시작함.　　　**봉창하다** 손해 본 것을 벌충하다.

가 보일 때, 가령 멀리 여행을 떠나게 되었다든가 좀 이상한 손님이 찾아왔다든가 쌀이나 연탄이 떨어져서 굶는다든가 갑자기 많은 돈이 생겨서……."

부담감이란 것에 대해 이 순경은 매우 그릇된 견해를 가지고 있음이 분명했다. 적어도 내가 알기로 그것은 갖고 싶다고 가져지고 갖기 싫다고 안 가져지는 그런 임의의 선택물이 아니었다. 더구나 그것은 스스로 원해서 어떻게든 가져 보려고 안달할 정도의 그런 기호물은 절대 아니었다.

"나더러 이제부터 당신 밀대 노릇을 하라는 얘깁니까?"

"무슨 그런 거북한 말씀을!"

우리 학교 담당인 하사 출신의 이 순경은 한바탕 너털웃음을 한 다음 곧장 진지한 표정이 되었다. 그는 이렇게 말했다.

"오 선생님 앞에서 한 사람의 시민으로서의 의무를 강조할 생각은 없습니다. 다만 친절한 이웃이 돼 주십사고 부탁드리는 겁니다."

"권 씨의 동태를 일일이 사직 당국에 고자질해야만 권 씨의 친절한 이웃이 되는군요."

"그렇다마다요."

하고 말하면서 이 순경은 다시 너털웃음을 터뜨렸다.

"밀대니 고자질이니 하는 말은 우리 쏙 빼기로 합시다. 두고 보면 오 선생님도 알게 됩니다. 권 씨에 관계되는 한 그런 말들이 얼마나 적절치 못한 표현인가를 말입니다. 오 선생님한테 권 씨네가 지나치게 폐를 끼치는 건 아닙니까? 혹시 그 사람을 미워하는 건 아닙니까?"

"뭐 벌써부터 미워할 것까지야 있을까마는……."

"쌀이 떨어졌는지 연탄이 떨어졌는지도 살펴보고 말입니다, 힘닿는 대로 그 사람을 도와주시기 바랍니다. 도무지 제가 표면에 나설 수가 없는 입장입니다. 물론 권 씨를 고용하는 기업주 쪽 탓도 있죠. 사찰 대상자를 즐겨 고용하는 기업은 없을 테니까요. 허지만 그것보다는 권 씨 자신이 더 큰 문젭니다. 자신이 법에 따라서 내사당하고 있다는 사실을 다른 누구보다도 유별나게 못 견디는 체질입니다. 내 전임 담당자 때는 여러 번 그런 일이 있었어요. 내사당하고 있다는 걸 일단 눈치만 채고 나면 직장도, 생활도, 심지어는 처자식까지도 다 포기해 버리는 성미죠. 숫제 드러누워서 며칠씩이고 굶고, 밥 대신 허구한 날 깡술만 들이켠다거나 짐승처럼 난폭해져 가지고 발광 그 직전까지 갑니다. 그렇게 착하고 양순한 사람이 말입니다. 이제 제 말뜻은 이해하셨을 줄 믿습니다. 제 임무를 감쪽같이 수행할 수 있도록 저를 도와만 주신다면 오 선생님은 어김없는 친절한 이웃이 될 수 있습니다. 솔직히 말씀드려서 전 경찰관 입장을 떠나서 한 사람의 인간으로서 권 씨를 사랑합니다. 가능하다면 그를 돕고 싶은 심정입니다. 아마 *불원간에 오 선생님도 그렇게 되고 말 겁니다. 부디 친절한 이웃이 돼 주십사고 다시 한번 간곡히 부탁드리는 바입니다."

내가 권 씨를 사랑하게 되다니, 생각만 해도 끔찍한 일이었다. 차라리 듬뿍 사례금을 얹어서 다른 누구로 하여금 나 대신 그를 사랑하도록 만드는 편이 훨씬 나았다. 애당초 우리 내외가 방을 내놓기로 결심하게 된 동기는 인정보다는 현금이 그리워서였다.

권 씨네가 우리 집 문간방으로 이사 오던 날은 그 풍경이 가관이다 못해 장관이었다. 마침 일요일이었다. 그래서 모처럼 게으른 아침을 먹는 중인데 댕동 소리가 났다. 아내가 나가서 대문을 열어 보더니 무척이나 놀라는 기척이 안방에까지 들렸다. 무슨 일인가 하고 나가 보고 나서 나는 아내의 호들갑을 이해했다. 나 역시 어지간히 놀랐던 것이다. 웬 아낙네 하나가 자기 몸무게만큼은 나갈 커다란 보통이를 머리에 인 채 땀을 뻘뻘 흘리면서 숨이 턱에 닿아 있었다. 그리고 대문에서 약간 떨어진 곳에 아홉 살쯤 먹어

불원간 앞으로 오래지 아니한 동안.

보이는 계집애 하나가, 다시 그 계집애로부터 몇 걸음 떨어져 세 살가량의 사내애의 모습이 얼핏 보았다. 일가의 가장은 가파른 언덕길 저 아래에다 보퉁이를 내려놓은 채 숨을 돌리면서 마악 담배를 꺼내 무는 참이었다. 나를 보더니 사내는 일껏 입에 물었던 담배를 도로 호주머니에 쑤셔 넣은 다음 퍽이나 힘에 겨운 동작으로 보퉁이를 들어 어깨에 메는 것이었다. 그런 다음 짐 무게에 압도되어 중심을 못 잡고 이리저리 휩쓸리면서 근근이 언덕배기를 올라오고 있는 그 사내가 우리 집에 세 들기로 된 권 씨임에 틀림없다면, 그는 예정보다 나흘이나 앞당겨 사전에 주인인 우리의 양해도 구함이 없이 일방적이며 기습적으로 이사를 단행하는 셈이었다. 사내가 금방이라도 짐에 눌려 쓰러질 것만 같았으므로 나는 빼앗다시피 보퉁이를 받아 들었다. 생각했던 것보다 짐은 아주 가벼웠다. *북데기만 요란했지 실은 느슨하게 묶어진 이불 보따리였다. 다소 겁을 먹은 눈으로 애들이 나를 깊숙이 올려다보고 있었다. 그 애들은 배가 불룩한 비닐 가방 따위를 양손에 나눠 든 채 무척 힘든 표정이면서도 잠자코 잘들 견디고 있었다. 아내는 아직도 놀라움이 가시지 않은 얼굴로 힘을 거들어 보퉁이를 받아 내릴 생심도 못하면서 저울질하듯이 언제까지고 권 씨 부인을 위아래로 찬찬히 훑어보고 있었다. 권 씨는 키가 작았다. 보통 키 정도밖에 안 되는 나지만 그래도 권 씨에 비기면 거인이나 다름없었다. 슬리퍼를 걸치고 나온 내 발만을 유심히 들여다보면서 권 씨는 침묵을 지켰기 때문에 내가 먼저 입을 열지 않으면 안 되었다.

"이삿짐은 차로 옵니까?"

"아닙니다."

그는 피로에 지친 눈을 들어 자기 아내의 머리에서 시작하여 아이들 손을 거쳐 이제 방금 내가 대문간에 부려 놓은 보퉁이에 이르는 기다란 활을 그렸다.

"이게 전부 답니다."

멋쩍은 듯이 그는 어설프디 어설프게 웃었다. 보자기 바깥으로 비죽비죽 내민 것으로 보아 권 씨의 아내가 이고 온 짐은 취사도구일 것이었다. 그게 농담이 아니고 진담이었다면 결국 쌀을 익히고 빨래하고 그리고 깔고 덮는 데 쓰는 몇 점 *세간이 이삿짐의 전부인 셈이었다. 아무리 셋방으로 나도는 살림이라지만 그쯤 되고 보면 해도 너무했다. 내가 어안이 벙벙해 있는 동안에 사내는 슬그머니 한쪽 발을 들더니 다른 쪽 다리 바짓자락에다 구두 코를 쓰윽 문질렀다. 이어서 이번엔 발을 바꾸어 같은 동작을 반복했다. 먼지가 닦여 반짝반짝 광이 나는 구두를 내려다보면서 비로소 그는 자기 구두코만큼이나 해맑은 표정이 되었다. 아마 모르긴 몰라도 틀림없이 재고 정리 바겐세일 바람에 하나 주워 걸쳤을, 지그재그 무늬의, 때 이르고 유행 지난, 후줄근한 여름옷과는 영 안 어울리게 그의 구두는 제법 신품이었고 알맞게 길이 난 호사품이었다.

"아무래두 약속이 틀려요."

내외 둘만이 되었을 때 아내가 내 귀에 대고 속삭였다.

"먼젓번 살던 방을 오늘 꼭 비워야만 할 형편이었다잖아. 약속이 틀려도 별수 없지. 그리고 어차피 안 쓰는 방이니까 나흘쯤 앞당겨 들어왔대서 뭐……."

"그게 아녜요."

"걱정 마. 수일 내로 마저 다 챙기겠다고 약속했어. 자기네도 사람인데 설마 절반만 내고 입 싹 씻진 않을 테지."

"계약금 받을 때만 해도 그렇게 안 봤는데 사람들이 여간 뻔뻔하지 않아요. 이십만 원이면 시세보다 훨씬 싸게 내놓은 줄 자기네도 눈이 있고 귀

북데기 짚이나 풀 따위가 함부로 뒤섞여서 엉클어진 뭉텅이.
세간 집안 살림에 쓰는 온갖 물건.

가 있으니까 잘 알 거예요. 그런데 단돈 십만 원만 쥐고 한마디 상의도 없이 불쑥 쳐들어오다니, 생각할수록 괘씸하다니까요. 그런 기본적인 약속마저 어기는 사람들이라면 이담엔 무슨 약속인들 못 어기겠어요. 당신이 그러라고 했으니까 나머지 전셋돈 받아 내는 거 당신이 책임지세요."

"무슨 소리야? 기본적인 약속마저 안 지키는 그런 사람을 고른 건 바로 당신이잖아?"

"겉 다르고 속 다른 사람인 줄 누가 알았나요. 감쪽같이 속이려구 뎀비는데야 도리 있어요? 인제 두구 보세요. 우릴 속인 게 한 가지 더 드러날 거예요."

"건 또 무슨 뜻이지?"

"여자가 애를 가졌어요. 다 속여두 내 눈만은 못 속여요. 오륙 개월은 될 거예요. 어쩌면 육칠 개월인지두 몰라요. 접때까진 한복을 입어서 몰랐는데 오늘 보니 대뜸 알겠어요."

"퍽도 일찍 알아차렸군."

며느리 늙은 것이 시어미라던가, 아내는 어느새 집주인 행세를 쫀쫀히 하려 들었다. 우리가 셋방에서 셋방으로 전전하며 다리 오그리고 지내던 시절을 아내가 벌써 잊었을 리 없다. 그러나 아내는 벌써 깡그리 잊어 먹은 척 행동했다. 적어도 겉으로는 그랬다. 그리 오래지도 않은 과거를 얘기하면서 꿈만 같다는 말로 시간의 단위를 한없이 *늘퀴 잡는 버릇이 생겼으며, 말끝마다 "이게 어떻게 장만한 집인데……." 하면서 혀를 차곤 했다.

하긴 그렇다. 도대체 이게 어떻게 장만한 집인가. 나보다는 아내 쪽에서 대답할 때의 자세가 훨씬 당당해질 법한 물음이었다.

시청 뒷산 은행 주택으로 이사 오기 전까지 우리는 단대리 시장 근처에서 살았다. 숨통을 죄듯이 다닥다닥 엉겨 붙은 20평 균일의 천변 *부락이었다. 집주인은 자칭 한의사였다. 간판도 없이 영업 행위를 하는데, 드문드

문 찾아오는 환자들의 외모로 봐서 피부병이 전문인 듯했고, 그 효험이 매우 의심스러운 자가 *조제의 연고만 팔아 가지고는 생활이 어려울 성싶었다. 자칭 한의사 김 씨의 낮 시간은 거의 낮잠이 일과였다. 그리고 해가 설핏할 무렵부터 마시기 시작하는 술이 통금을 예사로 넘겨 늘 새벽녘까지 동네가 들썩이도록 주사를 떨게 만들었다.

우리가 이사를 들던 날도 김 씨는 나우 취해 있었다. 그는 녹슨 기계처럼 톱니바퀴가 잘 물리지 않는 소리로 초면의 나에게 *수인사를 청한 다음 곧장 내 겨드랑이를 끼더니 자기네 안방 아랫목까지 납치하다시피 나를 질질 끌고 갔다. 그는 내 아내가 문간방에서 듣기엔, 거의 협박조의 말투로 밤이 이슥할 때까지 자기가 현재 살고 있는 그 집을 불과 한 주일 동안에 지은 걸 자랑했으며, 역시 내 아내가 마당가 펌프 우물 곁을 애가 타서 서성거리며 듣기엔, 신음 혹은 비명을 지르다시피 "핵교 선상님 내외분을 문깐빵에다 뫼셔서 즈이는 인자 아모 근심 걱정 없쇠다."라고 반가워했다. 마지막으로 그는 "집안에 혹 옴이나 뾰루치나 등창, 아구창, 연주창 같은 걸루다 고생허시는 분 기시면 모다 저한테 맽겨 줍시오." 하는 말과 함께 나를 불안에 떠는 내 아내 곁으로 돌려보내 주는 것이었다.

이렇게 해서 집주인 김 씨와의 첫 대면은 무사히 지났다. 그러나 우리가 대지 20평, 건평 15평 세멘블록 *와가의, 김 씨 혼자 힘으로 꼬박 일주일 걸려 거짓말처럼 완공했다는 그 날림 중의 날림 집에 보증금 3만 원, 월세 3,000원으로 문간방 하나를 세 듦으로써 어째서 김 씨의 근심 걱정이 없어지는 건지는 여전히 의문이었다. 그 말뜻을 제대로 이해하기엔 다소 시일이 걸렸다.

늘쿠다 '늘이다'의 방언(경남, 평북). **부락** 시골에서 여러 민가(民家)가 모여 이룬 마을.
조제 여러 가지 약품을 적절히 조합하여 약을 지음. 또는 그런 일.
수인사 인사를 차림. **와가** 지붕을 기와로 인 집.

당장 그 이튿날부터 김 씨는 자기네 문간방에 세 든 사람이 누구도 아닌 바로 선생 내외(그렇다, 선생 내외였다.)라는 사실을 일삼아 동네방네 외고 다녔다. 성남시 전체를 통틀어 불과 얼마 안 되는 선생에 비해 집들은 부지기수인데 바로 그 선생 중의 하나가 자기 집에 사글세를 들었다는 것이었다. 그리고 그는 매일 봉급날 저녁만 되면 우리가 당연히 지불해야 할 *제반 사용료 외에 금방 앉았다 일어나면서 갚는다는 조건으로 소홀찮은 돈을 꾸어 가곤 했다. 봉급날뿐만이 아니라 길거리에서건 집안에서건 얼굴을 마주치기만 하면 번번이 손을 내밀어 여러 푼돈을 강탈하다시피 알겨 갔다. 누구보다 못 할 노릇이기는 아내 쪽이었다. 김 씨가 나한테서 돈을 꾼 다음이면 꼭 그의 부인이 방을 건너와서 한나절씩이나 징징 울다 간다는 것이었다. 제 여편네 속곳마저 술로 바꾸어 마실 인간이라면서, 무슨 수로 받아 내려고 그렇게 덥석덥석 꾸어 준다냐고 원망이라는 것이었다.

처음엔 제법 들척지근하게 받아들이던 '선생 부인'에 아내는 쉬이 넌덜머리를 내기 시작했다. 단순히 선생 부인이라는 그 이유만으로 이웃 아낙네와 조무래기 들이 아내를 잠시도 마음 편히 거처하도록 내버려두지 않았다. 단대리 시장 근처 20평 부락에서 우리는 완연한 별종의 인간으로 취급당했다. 김 씨가 열심히 나발 불어 준 덕분이었다. 선생네가 먹는 저녁 밥상 위엔 무슨 반찬이 오르나를 확인하려고 아낙네들은 우리 부엌문 앞을 떠날 생각을 안 했고, 선생 마누라가 얼굴에 뭣뭣을 찍어 바르는지 구경하려고 별로 어려워하는 기색도 없이 불시에 방 안을 기웃거렸다. 그리고 선생 아들은 주로 무엇을 간식으로 먹나 보려고 *때꼽재기 아이들이 눈을 *화등잔만 하게 해 가지고는 문간방 안팎을 연락부절로 오락가락했다. 심지어는 빨래만 해도 그랬다. 펌프 우물에서 아내가 옷가지를 내다 빨고 있을라치면, 동네 아낙들이 떼로 모여들어 합성 세제를 물에 풀었을 때 거품이 이는 그 초보적이고도 너무 당연한 화학 작용을 무슨 요술이나 되는 듯이 신기한 눈으로 지켜보았다.

"아무래도 여길 떠야 할까 봐요."

보충 수업까지 마치고 좀 늦게 퇴근한 나에게 어느 날 아내가 심각한 표정을 했다.

"왜 또 무슨 일이 있었어?"

"무슨 일이 있는 건 아니지만 어쩐지 이 바닥 사람들이 무서워요. 꼭 무슨 일을 저지를 것만 같은 눈빛들예요."

"고물 장수 여편네 얘긴가?"

"그래요. 오늘두 시장까지 뒤를 밟아 왔어요."

아내한테 가장 두려운 상대는 골목길 맞은편 천막 반 흙벽돌 반의 오두막에 사는 고물 장수 마누라였다. 골목이 시끄러워서 슬그머니 들창을 열고 내다보면 틀림없이 그 여자가 누군가를 상대로 대판 싸움을 벌이고 있었다. 대개는 동네 사람들하고서였고 더러는 자기 남편이거나 아니면 여섯 살배기 자기 아들과였다. 상대가 자기 식구건 동네 사람이건 어느 경우를 막론하고 여자의 입에서는 개와 도야지가 끊일 새 없었으며 이빨과 손톱을 동시에 사용하면서 웬만한 작두 푼수는 되는 어마어마한 고물 장수 가위로 인체의 어느 특징 부위를 싹둑 잘라 버리겠다고 말끝마다 씹어뱉곤 했다.

고물 장수 마누라가 내 가족에게 직접적인 위해를 가한 적은 아직 한 번도 없었다. 다만 궁둥이 근처에 대롱대롱 매달리게 딸애를 들쳐 업고 나와서는 일정한 거리를 두고 내 가족을 잠자코 뚫어지게 쏘아볼 뿐이었다. 그러나 아내의 기를 팍 죽이기엔 그런 정도만으로도 충분했다.

어느 일요일 오후에 찬거리를 사겠다고 시장바구니를 들고 나갔던 아

제반 어떤 것과 관련된 모든 것.
때꼽재기 더럽게 엉기어 붙은 때의 조각이나 부스러기.
화등잔 놀라거나 두려워 커다래진 눈을 비유적으로 이르는 말.

내가 예상보다 너무 빨리 돌아왔다. 아내는 고무신 한 짝을 대문간에, 그리고 나머지 한 짝은 펌프 옆에 아무렇게나 벗어 팽개치면서 헐레벌떡 뛰어 들어오더니만 멀쩡한 대낮인데 방문을 꼭꼭 걸어 닫는 법석을 떨었다. 바구니가 비어 있었다. 아내는 하얗게 질린 얼굴에 가슴마저 할딱거리고 있었다.

"고물 장수 여편네가 따라왔어요"

훅훅 단내가 치미는 입김을 아내가 내 귓전에 쏟았다.

"그래서?"

하도 어이가 없어 나는 웃을 수밖에 없었다.

"기분 나쁘게 빈정대지 말아요! 시장까지, 시장에서 집에까지 쫓아다녔다니깐요. 푸줏간에 들려서 돼지고길 살까 쇠고길 살까 생각하는 참인데 왠지 모르게 뒤쪽이 이상해서 얼핏 돌아다봤더니, 아 글쎄, 저만치에 여편네가 서 있질 않겠어요. 앨 둘러업구 그 우묵한 눈으로 뚫어지게 쏴보는 거예요. 내가 집을 나설 때 분명히 골목 안쪽에 있었는데 어느새 예꺼정 뒤밟아 왔나 싶어서 갑자기 섬뜩한 생각이 들더군요"

"당신 시장바구니 보고 생각난 김에 그 여자도 돼지고긴지 쇠고긴지 사고 싶었던 게지. 고물 장수라고 반드시 팔다 남은 강냉이튀밥이나 별식으로 먹으란 법은 없을 테니까."

"그게 아니래두요! 어찌나 가슴이 발랑거리던지 집어삼킬 것같이 노려보는 그 시선 앞에선 차마 고길 살 수가 없었어요. 그래 푸줏간을 그냥 나오고 말았죠. 생선전으로 들어서려니까 여편네가 또 소리 없이 뒤를 밟잖아요. 무서워서 아무것도 살 수가 없었어요. 곧장 집으로 종종걸음을 쳤지요. 이만하면 이젠 안 따라오겠지 하고 뒤를 돌아보니까 꼭 고만한 간격을 유지하면서 계속 따라붙어요. 그래서 마구 뛰었어요. 뛸 수밖에요. 뛰면서 뒤돌아봤더니 여편네두 같이 뛰어요. 애를 업었는데두 나보담 뜀질을 잘하는 것 같애요. 애가 놀래가지고 울어 보채는데두 대문 앞꺼정 이를 악물구 뒤쫓아

왔어요."

　나는 살그머니 일어나 들창을 연 다음 고개를 빼고 대문이 있는 골목 쪽을 살펴보았다. 고물 장수 마누라가 딸애를 궁둥이에 매단 채로 골목길 한복판에 버티고 서 있었다. 나하고 시선이 딱 마주쳤다. 여자는 내 눈을 피하지 않았다. 오히려 한 외간남자의 시선을 처억 하니 받아넘기면서 아무 때라도 이쪽에서 물러설 때까지는 눈싸움을 계속할 작정임이 분명했다. 나는 엉겁결에 내밀었던 고개를 잽싸게 수습한 다음 들창을 닫아 버렸다.

　"도대체 이유가 뭐죠? 무슨 생각으로 그럴까요?"

　아내가 나한테 따지는 기세로 물었다.

　"아마 당신하고 친해지고 싶은 거겠지."

　나는 이렇게 대꾸했다.

　"모르긴 몰라도 선생 부인하고 친하게 지내고 싶어서 그럴 거야."

　두 번째 때도 나는 이렇게 얘기할 수밖에 없었다.

　"선생 마누라, 선생 부인, 선생 사모님…… 인젠 말만 들어두 신물이 나요. 어쩌다 내 꼴이 선생 부인이 되었는지! 오나가나 원!"

　넨장맞을, 이건 뭐 얼어 죽고 데어 죽는 꼬락서니였다. 고향을 벗어나 타관살이를 하면서 한때 좀 잠잠해지는가 싶던 아내의 고질병이 어느새 또 도지려 하고 있었다. 그것은 또한 나 자신의 고질병이기도 했다. 아내가 선생한테 시집온 팔자를 그리 자랑스럽게 여기지 않는 이유는 전적으로 여학교 시절의 에델바이스 클럽 회원들 *거개가 선생보다는 훨씬 수입이 좋은 직업의 남자와 결혼한 데 있었다. 아내는 학교 때 성적이나 얼굴이 자기보다 훨씬 처지던 계집애들이 서로 음모라도 꾸민 것처럼 집안 좋고 학벌 좋고 직장 좋은, 이를테면 삼박자가 척척 맞는 배필로만 달칵달칵 물어 가는

거개 거의 대부분.

그 점이 아무래도 이해할 수 없었고, 이해할 수 없기 때문에 용서할 수도 없었고, 박봉에서 오는 생활의 불편이나 어려움보다는 영원토록 변치 말자면서 지금도 일 년에 두 차례씩 만나는 에델바이스들의 동정 섞인 우정 때문에 정기적으로 자존심을 상하곤 했다.

나 역시 그랬다. 젊은 나이에 이미 출세했거나 적어도 머잖은 장래에 출세할 조짐이 농후하거나 아니면 치부를 한 동창들을 접할 적마다 속이 뒤숭숭해서 견딜 수가 없었다. 기껏해야 교육 위원회 장학사나 교감 교장인데, 그걸 바라고 삼사십 년씩 근속하기엔 너무 억울하다는 느낌을 어쩔 수가 없었다. 적어도 내게는 여러모로 미루어 많이 불공평한 세상에서 어쩌다 잘못 얻어걸려 하는 직업이 바로 선생이었다.

그런데 그 선생을 대단하게 알고 별종으로 취급하는 사람들이 다른 한편에는 또 있는 것이다. 동그라미를 그릴 생각이었는데 네모가 되었대서 세모가 되지 않은 것만을 다행으로 여길 수는 없다. 나를 대단한 인물로 보아 주는 단대리 사람들 앞에서 나는 한 번도 큰기침을 한 적이 없음은 물론 그들을 쓰다듬어 주고 싶지도 않았다.

이 순경한테서 들은 안동 권씨의 과거에 관해서 나는 아내에게 아무런 귀띔도 해 주지 않았다. 은경이와 영기 사이가 여섯 살이나 터울이 지기까지 그 아비 되는 권기용 씨가 어디서 뭘 했는지 나는 얘기하지 않았다. 권 씨가 싫고 좋은 걸 떠나 앞으로도 나는 계속 비밀을 지킬 작정이었다. 그렇잖아도 벌써 아내의 눈 밖에 난 사람들인데, 만약 권 씨가 전과자란 걸 알게 된다면 아내는 필경 까무러치고 말 것이었다. 더구나 다른 것도 아니고 사회의 안녕과 질서를 파괴했다는 죄로 여러 해를 복역하고 나와서는 시방도 경찰의 감시를 받고 있는 위험 인물임을 알아차리게 된다면 단 하루도 한 지붕 밑에서 살지 않으려 할 것이었다.

아내 말마따나 권 씨네가 시초부터 어기고 들어온 약속 외에 전세 입주자로서 상식적으로 지켜야 할 제반 의무를 빈번히 이행하지 않는 건 사실이었다. 하지만 그런 따위 자지레한 이유들로 당장 권 씨네를 쫓아낼 수는 없는 노릇이었다. 그들이 결정적인 실수를 범할 때까지 당분간은 더 두고 보는 수밖에.

그리 오래지도 않아 아내의 짐작은 사실로 드러나기 시작했다. 마침내 아내는 권 씨 부인으로부터 임신 6개월째라는 자백을 받기에 이르렀다. 아내한테는 어느덧 장독대 밑 광속에 쌓인 연탄 수를 아침저녁으로 점검해야만 직성이 풀리는 버릇이 생겼다. 그리고 무엇보다도 아이들 문제가 항상 말썽이었다. 애들은 왜 제 부모의 입장 같은 건 조금도 생각해 주지 않는 것일까. 우리 집 동준이 녀석만 해도 그랬다. 우리가 셋방으로 돌 적엔 녀석이 늘 주인집 아이를 때려 나나 아내가 행세를 못하도록 만들곤 했다. 그랬는데 지금은 녀석이 권 씨의 오뉘로부터 늘 손찌검을 당함으로써 우리를 속상하게 만들고 또 권 씨 내외를 난처한 입장에 빠뜨리는 것이었다.

동준이가 마당에서 커다란 풍선을 가지고 뛰어놀고 있었다. 같이 놀고 싶어서 권 씨네 애들이 치근치근 *따리를 붙이는 기색이었다. 아무리 따릴 붙여 봐도 반응이 없으니까 애들은 동준이를 한 대 쥐어 박았는지 할퀴었는지 해서 울리고는 문간방에 들어가더니 제 어미를 조르는 눈치였다. 이때부터 아내는 벌써 속이 뒤집혀 있었다. 잠시 후에 동준이가 헐레벌떡 뛰어 들어와서는 떼를 쓰기 시작했다. 들이 당장 막무가내로 영기네 것하고 똑같은 풍선만 사 내라는 것이었다. 녀석은 기어코 제 어미의 손을 이끌고 마당으로 나갔다. 밖에 나갔던 아내가 얼굴이 벌게져 가지고 들어오더니만 이번엔 내 손을 답삭 움켜쥐고는 마당으로 끌고 나갔다. 나는 보았다. 권 씨네 애들이 손에손에 여러 개의 풍선을 나눠 들고 마냥 희희낙락해 있었다. 셋방살

따리를 붙이다　남의 마음을 사려고 아첨하다.

이 아이들이 즐거워하는 걸 탓하고 싶지는 않았다. 다만 문제는 바로 그 풍선의 정체였다. 커다란 오이처럼 생긴 해괴한 모양의 풍선들이었다. 무엇이 재료로 쓰였는지 나는 한눈에 알아볼 수 있었다. 그것은 의심의 여지 없는 콘돔이었다. 아내는 말할 수 없이 분개했다. 아이의 가정 교육을 위해서 도저히 묵과할 수 없는 중대사라는 것이었다. 일요일이긴 하지만 다행히도 권씨가 출근해서 집에 없는 줄 알기 때문에 나는 안심하고 애들 가정 교육 문제를 아내에게 일임해 버렸다. 벼르고 별러 온 끝이라서 아내는 당장에 권씨 부인에게 달려가 이성을 가진 어른으로서 품위를 지켜 줄 것을 강경히 요구했다.

참담한 고생 끝에 성남에서는 *기중 고급 주택가로 알려진 시청 뒷산 은행 주택을 산 다음 자그마치 100평 대지 위에 세운 *슬래브 집의 안주인으로서 아내가 전세 입주자에게 내세운 조건은 사실 그리 까다로운 게 아니었다. 첫째, 자녀가 둘 이하라야 한다. 둘째, 집 안에서는 언제나 정숙을 유지해야 한다. 이상 두 가지 조건만 지켜 준다면 여타의 일, 예컨대 전열기의 사용이나 담요의 물빨래 같은 것에 야박하게 굴지 않을 것이며 오물 수거료나 *야경비 따위 제반 공과금 지불에 억울하지 않게끔 선처할 생각이었다. 자녀가 반드시 둘을 넘어서는 안 될 이유는 무엇인가. 아내가 복덕방 영감을 앞세우고 셋방을 구하러 다니면서 귀에 못이 박이도록 들어온 소리였고, 때문에 그 소리가 가슴에 사무쳐서 아내는 변변한 집주인이라면 당연히 그런 조건은 내세우는 것이려니 믿고 있었다. 집 안에선 왜 정숙을 유지해야만 하는가. 그것은 돈을 못 버는 이유가 순전히 공부에 있고 공부는 평생을 계속해야만 하는 것으로 폼을 잡아 온 자칭 선비 남편을 의식한 조처였다. 아내는 꿈에 그리던 내 집을 장만했는데도 여전히 남의 식구를 둘 수밖에 없는 현실을 슬퍼했다. 하지만 그것은 남의 식구를 둠으로써 주인의 권리를 행사할 수 있는 기쁨을 다분히 염두에 둔 그런 슬픔임이 분명했다. 그리고 더욱 분명한 것은 20평 부락에 사는 사람과 100평 부락에 사는 사람과의 차이였다. 그것은 바로 20평의 마음과 100평의 마음의 격차였던 것이다. 시청 뒤로 이사한 그 이후부터 아내에겐 누구하고 현주소에 관한 얘길 나누는 기회마다 *언필칭 우리가 은행 주택에 살고 있음을 힘주어 말하는 버릇이 생겼다.

이른 아침이었다. 문간방 툇마루에 앉아서 권 씨가 구두를 닦고 있었다. 누구나 그렇듯이 그가 솔로 먼지나 터는 정도의 일을 하고 있었다면 나는 그냥 지나쳤을지도 모른다. 바탕과 빛깔이 다르고 디자인이 다른 갖가지 구두를 대여섯 켤레나 툇마루에 늘어놓은 채 그는 털고 바르고 닦는 데 여념이 없었다.

"그거 팔 겁니까?"

아침 인사 겸 농담 삼아 나는 그에게 말을 걸었다.

"팔 거냐구요?"

갑자기 일손을 멈추더니 그는 내 발을 내려다보았다. 아니, 내가 신고 있는 구두를 유심히 쏘아보는 것이었다. 이윽고 내 바짓가랑이와 저고리 앞섶을 타고 꼬물꼬물 기어 올라오는 그의 시선이 마침내 내 시선과 맞부딪치면서 차갑게 빛났다. 그는 얼굴이 시뻘겋게 달아오르는가 싶더니 어느새 입가에 냉소를 머금고 있었다.

"어떻게 보고 하시는 말씀인지는 모르지만……."

"제가 이거 실례했나 봅니다. 달리 무슨 뜻이 있어서가 아니고…… 다만 구두가 하두 여러 켤레라서…… 전 그저 많다는 의미루다…….."

입을 꾹 다물고는 권 씨가 더 이상 나를 상대하지 않으려는 의사를 분

기중 그 가운데.
슬래브 콘크리트 바닥이나 양옥의 지붕처럼 콘크리트를 부어서 한 장의 판처럼 만든 구조물.
야경비 밤사이에 화재나 범죄가 없도록 살피고 지키는 사람에게 주는 비용.
언필칭 말을 할 때마다 이르기를.

명히 했으므로 내겐 아무 할 말이 없어져 버렸다. 그는 손질을 마친 구두를 자기 오른편에 얌전히 모시고는 왼편에서 다른 구두를 집어 무릎 새에 끼더니만 헌 칫솔로 마치 양치질하듯 신중하게 고무창과 가죽 틈에 묻은 흙고물을 제거하기 시작함으로써 내게서 사과할 기회를 아주 앗아가 버렸다. 나는 주번 교사를 맡아 다른 날보다 일찍 출근하려던 것도 까맣게 잊은 채로 권 씨 앞에서 오래 뭉그적거렸다. 그러나 권 씨를 향한 그 찜찜한 마음 덕분에 비로소 권 씨를 자세히 관찰할 기회를 얻었다. 여러 날 함께 살면서도 피차 밖으로 나돌며 빡빡하게 지내다 보니 이사 오던 그날 이후로 변변히 대면조차 할 기회가 없었던 것이다.

    보아하니 권 씨의 구두닦이 실력은 보통에서 훨씬 벗어나 있었다. 사용하는 도구들도 전문 직업인 못잖이 구색을 맞춰 일습을 갖추고 있었다. 그리고 무릎 위엔 앞치마 대용으로 헌 내의를 펼쳐 단벌 외출복의 *오손에 대비하고 있었다. 흙과 먼지를 죄 떨어 낸 다음 그는 손가락에 감긴 헝겊에 약을 묻혀 퉤퉤 침을 뱉어 가며 칠했다. 비잉 둘러 가며 구두 전체에 약을 한 벌 올리고 나서 가볍게 솔질을 가하여 웬만큼 윤이 나자 이번엔 *우단 조각으로 싹싹 문질러 결정적으로 광을 내었다. 내 보기엔 그런 정도만으로도 훌륭한 것 같은데 권 씨는 거기에 만족하지 않고 계속해서 같은 동작을 반복했다. 그만한 일에도 무척 힘이 드는지 권 씨는 땀을 흘렸다. 숨을 헉헉거렸다. 침을 퉤퉤 뱉었다. 실상 그것은 침이 아니었다. 구두를 구두 아닌 무엇으로, 구두 이상의 다른 어떤 것으로, 다시 말해서 인간이 발에다 꿰차는 물건이 아니라 얼굴 같은 데를 장식하는 것으로 바꿔 놓으려는 엉뚱한 의지의 소산이면서 동시에 신들린 마음에서 솟는 끈끈한 분비물이었다. 권 씨의 손이 *방추(紡錘)처럼 기민하게 좌우로 쉴 새 없이 움직이고 있었다. 마침내 도금을 올린 금속제인 양 구두가 번쩍번쩍 빛이 나게 되자 권 씨의 시선이 내 발을 거쳐 얼굴로 올라왔다. 그는 활짝 웃고 있었다. 그의 눈이 자기 구두

코만큼이나 요란하게 빛을 뿜었다. 사실 그의 이목구비 가운데 가장 높이 사 줄 만한 데가 바로 그 눈이었다. 그는 *조로한 편이었다. 피부는 거칠고 수염은 듬성듬성하고 주름이 많았다. 이마가 나오고 광대뼈가 솟은 편이며 짙은 눈썹에 유난히 미간이 좁은 데다가 기형적으로 덜렁한 코가 신통찮은 권투 선수의 그것처럼 중동이 휘었고, 입은 내가 근무하는 학교의 '썰면' 선생과 맞먹을 만했다(입술이 하 두툼해 썰면 한 접시는 되겠대서 학생들이 붙인 별명이었다.). 오직 눈 하나로 그는 구제받고 있었다. 보기 좋게 큰 눈이 사악하다거나 난폭한 구석은 전혀 찾아볼 수 없게 맑고 섬세했다.

이 순경이 또 찾아왔다. 지나는 길에 잠깐 들렀다지만 반드시 그런 것 같지만도 않은 것이, 대뜸 책망 비슷한 투로 나왔다.

"그러면 못써요, 못써"

"뭐 보고 드릴 게 있어야 전화라도 걸든지 하죠"

"보고가 아니고 협조겠죠. 그건 그렇고, 협조할 만한 게 없었다구요?"

"전혀!"

"이거 보세요, 오 선생. 권 씨가 닷새 전에 직장을 그만뒀는데두요?"

"직장을 그만두다니, 그럼 또 실직했다는 얘깁니까?"

"출판살 때려치웠어요. 전번하곤 사정이 좀 달라요. 책을 만드는 데 저자들 요구대로 고분고분 따르는 게 아니라 틀린 걸 지적하고 저잘 자꾸만 가르치려 드니깐 사장이 불러다가 *만좌중에 주의를 주었대요. 네가 저자냐고, 네가 뭔데 감히 *고명하신 저자님 앞에서 대거리질이냐고 말이죠. 그랬더니 그담 날부터 출근을 않더라나요."

오손 더럽히고 손상함.
방추 물레에서 실을 감는 가락.
만좌중 사람들이 모든 좌석에 가득 앉은 가운데. 또는 그 사람들.
고명하다 이름이나 평판이 높다.

우단 거죽에 곱고 짧은 털이 촘촘히 돋게 짠 비단.
조로하다 나이에 비하여 빨리 늙다.

"오늘 아침만 해도 정상적으로 출근하는 것 같았는데…… 어제도 그랬고……."

"그러니까 주의 깊게 잘 좀 살펴봐 달라는 거 아닙니까."

"이 순경이 그렇게 앉아서 구만린데 내가 구태여 협조할 필요가 있을까요?"

그러자 하사 출신 이 순경이 빙긋 웃었다.

"권 씨가 드디어 실직했다는 그 점이 중요합니다. 이제부터 슬슬 오 선생이 맡아야 할 역할이 무엇인지 분명해질 *성부릅니다. 권 씨가 다시 다른 직장을 붙잡을 때까진 저나 오 선생이나 맘을 놔선 안 됩니다"

내가 꼭 권 씨를 감시하고 보호해야 할 이유가 없음을 주장하기에 나는 벌써 지쳐 있었다. 죄가 있다면 셋방을 잘못 내준 죄밖에 없는 줄 누구보다도 이 순경이 잘 알고 있기 때문이었다. 이런저런 이야기 끝에 화제가 다시 권 씨에 미쳤다.

"사건 당시 권 씨는 주모자급이었습니까?"

"제가 경찰관이 되기 전 일이니까 자세한 건 몰라요. 하지만 권 씨가 주모자라기보다 주동자였던 것만은 분명합니다. 거의 완벽할 만큼 증거를 남겼으니까요. 경찰 백차를 뒤엎고 불을 지르고 투석을 하고 시내버스를 탈취해 가지고 시가를 질주하는 사람들 사진 속에서 권 씨는 항상 선두를 서고 있었습니다."

"도무지 믿을 수가 없군요. 이불 보따리 하나 제대로 못 메는 사람이 그런 엄청난 일에 선봉을 서다니!"

"하지만 일단 실직만 했다 하면 굶기를 밥 먹듯 한다는 사실만은 믿어도 좋습니다."

"굶지 않을 능력이 있으면서도 굶는 사람은 아마 굶어도 배고프지 않을 겁니다."

"오 선생님, 너무 그렇게 뻣뻣한 척 마십쇼. 접때두 내 얘기했잖아요, 틀림없이 오 선생도 권 씰 사랑하게 될 거라구요."

누가 누구를 사랑한다는 일이 얼마나 어렵고 피곤한 것인가를 전혀 모르는 사람처럼 이 순경은 자신만만하게 웃으면서 갔다. 사랑 중에서도 특히 *근린애(近隣愛)를 주머니 속에 든 동전이라도 꺼내듯이 그렇게 손쉬운 것인 줄 아는 모양이었다. 나 역시 한동안은 혼자 있을 때 공중으로부터 울리는 무거운 음성을 들은 적이 있었다. 네 이웃을 사랑하라, 단대리 사람을 사랑하라, 20평 부락 주민을 사랑하라…….

내가 단대리를 떠나기로 결심한 것은 그 사건이 있은 직후였다. 맞다. 그것은 분명히 내게 있어서 하나의 충격적인 사건이었다.

퇴근해서 집으로 돌아가는 길이었다. 집 근처에 이르러 나는 한 떼의 아이들이 천변에서 놀고 있는 걸 보았다. 와자하게 떠드는 조무래기들 틈에 동준이 녀석도 끼여 있었다. 녀석이 어느새 저렇게 커서 이웃에 친구까지 사귀었나 싶어 나는 먼발치에서 대견스럽게 지켜보았다. 내 아이만 유난히 얼굴이 희었다. 다른 애들이 지나치게 까만 탓인지도 모른다. 특히 그중에서도 고물 장수의 아들은 방금 굴뚝 속에서 기어 나온 꼴이었다. 동준이가 고물 장수 아들에게 뭐라고 소리쳤다. 그러자 깜장이 그 아이가 땅바닥에 양팔을 짚고 개구리처럼 폴짝폴짝 뛰기 시작했다. 동준이가 그 애 앞에다 뭘 던졌다. 그러고 보니 동준이 녀석은 쿠킨지 뭔지 하는 과자 상자를 가슴에 끌어안고 있었다. 고물 장수 아들이 땅에 떨어진 과자를 입으로 물어 올리더니 흙도 안 떨고는 그대로 아삭아삭 씹어 먹었다. 먹는 일이 끝나자 고물 장수 아들은 하얗게 이빨을 드러내며 웃고는 다시 스타팅 블록에 들어선 것 같은 자세를 취했다. 동준이가 뭐라고 또 소리쳤다. 깜장이가 이번엔 한

성부르다 앞말이 뜻하는 상태를 어느 정도 느끼고 있거나 짐작함을 나타내는 말.
근린 가까운 이웃.

쪽 팔로 땅을 짚고 그 팔과 가슴 사이로 다른 팔을 넣어 꺾어 올려서 코를 틀어쥔 다음 열나게 뺑뺑이를 돌기 시작했다. 그 애는 대여섯 바퀴도 못 돌아 픽 고꾸라졌다. 일어나서 다시 돌다가는 또 고꾸라졌다. 몇 차례고 반복해서 기어이 지시받은 횟수를 다 채우는 모양이었다. 몇 바퀴나 돌았는지 아이는 다 돌고 나서도 어지러워서 바로 서지를 못했다. 동준이가 과자에다 침을 퉤 뱉어서 땅바닥에 던졌다. 동준이는 삐잉 둘러서서 구경하는 다른 애들한테도 똑같은 방식으로 놀이에 가담할 것을 종용하는 눈치였으나 갈수록 가혹해지는 녀석의 요구 조건에 기가 질려 엄두를 못 내고 군침만 삼키는 듯했다. 동준이가 과자를 쥔 오른팔을 높이 올려 개울 쪽을 겨냥하고 힘껏 팔매질을 했다. 그러자 조금의 주저도 없이 고물 장수 아들이 석축을 타고 제방 아래로 뽀르르 달려 내려갔다. 나는 그 개울에 관해서 일찍부터 잘 알고 있었다. 그것은 공장에서 흘러나오는 폐수와 집집마다 버리는 오물을 한데 모아 탄천(炭川)으로 실어 나르는 거대한 하수도였다.

    내가 뒷전에 서서 구경하기 전에는 그와 같은 놀이가 얼마나 길었는지 모른다. 그러나 내가 목격한 것은 그것이 전부였다. 나는 동준이 녀석으로부터 과자 상자를 빼앗아 개울 속에 집어던졌다. 그러고는 녀석의 따귀를 마구 갈겼다. 마음 같아서는 고물 장수 아들을 흠씬 두들겨 주고 싶었는데 손이 자꾸만 내 자식놈 쪽으로 빗나갔다. 동준이 녀석을 한참 때리다가 퍼뜩 생각이 미쳐 뒤를 돌아다보니 고물 장수 아들은 칙칙한 개울물을 따라 천방지축 과자 상자를 쫓아가는 중이었다.

    무슨 수를 써서든 이놈의 단대리를 빠져나가자고 아내에게 소리치던 그날 밤엔 영 잠이 오질 않았다. 줄담배질로 밤늦도록 이리 뒤척 저리 뒤척하면서 내가 생각한 것은 *찰스 램과 *찰스 디킨스였다. 나하고는 전혀 인연이 안 닿는 땅에서 동떨어진 시대를 살았던 두 사람이 갈마들이로 나를 깨어 있도록 강제한 것이었다.

똑같은 이름을 가진 점 말고도 그들 두 사람은 공통점이 많은 것으로 알려져 있다. 우선 불우한 유년 시절을 보낸 점이 그렇고, 문학 작품을 통해서 빈민가의 사람들에 대한 동정과 연민을 쏟은 점이 그런 모양이었다. 하지만 그들의 성(姓)이 각각이듯이 작품을 떠난 실생활에서의 그들은 성격이 딴판이었다 한다. 램이 정신 분열증으로 자기 친모를 살해한 누이를 돌보면서 평생을 독신으로 지내는 동안 글과 인간이 일치된 삶을 산 반면에, 어린 나이에 구두약 공장에서 노동하면서 독학으로 성장한 디킨스는 훗날 문명을 떨치고 유족한 생활을 하게 되자 동전을 구걸하는 빈민가의 어린이들을 지팡이로 쫓아 버리곤 했다는 것이다. 램이 옳다면 디킨스가 그른 것이고, 디킨스가 옳다면 램이 그르게 된다. 가급적이면 나는 램의 편에 서고 싶었다. 그러나 디킨스의 궁둥이를 걷어찰 만큼 나는 떳떳한 기분일 수가 없었다.

나도 그랬다. 내 친구들도 그랬다. 부자는 경멸해도 괜찮은 것이지만 빈자는 절대로 미워해서는 안 되는 대상이었다. 당연히 그래야만 옳은 것으로 알았다. 저 친구는 휴머니스트라고 남들이 나를 불러 주는 건 결코 우정에 금이 가는 대접이 아니었다. 우리는 우리 정부가 베푸는 제반 시혜가 사회의 밑바닥에까지 고루 미치지 못함을 안타까워했다. 우리는 거리에서 다방에서 또는 신문 지상에서 이미 갈 데까지 다 가 버린 막다른 인생을 만날 적마다 수단 방법을 안 가리고 긁어모으느라고 지금쯤 빨갛게 돈독이 올라 있을 재벌들의 눈을 후벼 파는 말들로써 저들의 딱한 사정을 상쇄해 버리려 했다. 저들의 어려움을 마음으로 외면하지 않는 그것이 바로 배운 우리들의 의무이자 과제였다.

찰스 램(1775~1834) 영국 수필가. 〈엘리아의 수필〉은 영국 수필의 걸작으로 평가받고 있다.
찰스 디킨스(1812~1870) 영국 소설가. 대표작으로 〈위대한 유산〉, 〈올리버 트위스트〉, 〈크리스마스 캐럴〉 등이 있다.

그러나 그것은 어디까지나 이론에 불과한 것이었다. 자기 자신을 상대로 사기를 치고 있는 것임을 나는 솔직히 자백하지 않을 수 없다. 우리의 분노란 대개 신문이나 방송에서 발단된 것이며 다방이나 술집 탁자 위에서 들먹이다 끝내는 정도였다. 나는 그랬다. 내 친구들도 그랬다. 껌팔이 아이들을 물리치는 한 방법으로 주머니 속에 비상용 껌 한두 개를 휴대하고 다니기도 하고, 학생복 차림으로 볼펜이나 신문을 파는 아이들을 한목에 싸잡아 가짜 고학생이라고 간단히 단정해 버리기도 했다. 우리는 소주를 마시면서 양주를 마실 날을 꿈꾸고, 수십 통의 껌값을 팁으로 던지기도 하고, 버스를 타면서 택시 합승을, 합승을 하면서는 자가용을 굴릴 날을 기약했다. 램의 가슴을 배반하는 디킨스의 머리는 매우 완강한 것이었다. 우리의 눈과 귀와, 우리의 입과 손발 사이에 가로놓인 엄청난 괴리는 우리로서는 사실 어쩔 수 없는 것이어서 도리어 나는 그날 밤새껏 램의 궁둥이를 걷어차면서 잠을 온전히 설치고 말았다.

이 순경이 재차 다녀간 날 밤에 우리 집 문간방에서는 이상하게도 세 살짜리 아이의 칭얼거림이 그치지 않았다. 전에는 없던 일로 영기가 자주 잠을 깨는 눈치였고 이부자리에 지도를 그렸다고 야단을 맞는 모양이었다. 영기의 울음소리가 웬만큼 높아질 때까지는 가만 내버려 두다가 안방에까지 훤히 들릴 정도가 되면 권 씨의 위협적인 목소리가 제꺼덕 천장을 타고 내 귀에까지 건너왔다. 그러면 그럴수록 영기 녀석은 울음 속에 세 살답지 않은 보복 의지 같은 걸 담아 비수처럼 휘둘러 대는 것이었다. 급기야는 아내를 비롯한 우리 가족 전부가 잠을 깰 지경이 되었다. 저렇게 처마 끝을 들고 서는 애를 달랠 생각도 않는다고 아내가 졸음 겨운 소리로 투덜거렸다. 아닌 게 아니라 권 씨 부인은 한마디 말이 없었다. 권 씨네가 이사 온 이후로 나는 지금까지 권 씨 부인이 하다못해 아야 소리 한마디 하는 걸 듣지 못했다.

"나가 버릴까 부다, 차라리 아빠가 멀리 나가 버리고 말까 봐!"

부르짖음에 가까운 권 씨의 비통한 소리가 들렸다. 그러자 어린것의 귀에도 그 말만은 놀라운 효험을 보인 모양이었다. 자지러지던 울음이 갑자기 뚝 그쳤다. 그래도 여전히 빨랫줄마냥 뻗으려던 울음의 꼬리를 아이는 도막도막 잘라 숨 돌릴 겨를 없이 삼키느라고 잦추 사레가 들렸다.

아침이 되어 보니 권 씨는 또 구두를 닦고 있었다. 구두 닦이에 권 씨는 여느 날보다도 유난히 더 열심이었다.

"간밤엔 죄송했습니다."

권 씨가 슬리퍼를 신은 내 발을 상대로 정중히 사과를 했다. 이상한 일이었다. 권 씨의 새삼스러운 사과가 내 귀엔 어쩐지, 간밤의 내 솜씨가 과연 어떻더냐고 묻는 성싶게만 들려 두고두고 떨떠름했다.

학교에서 실시하는 가정 방문 주간이 이틀째로 접어드는 날이었다. 학생 하나를 *향도로 세워 '별나라' 부락에 거주하는 학부형들을 차례로 찾아다니는 중이었다. 나는 때마침 어느 학교 신축 공사장 근처를 지나가고 있었다. 콘크리트 골조를 빙 둘러 얼키설키 엮어 지른 비계가 머리 위로 높다랗게 보였고, 시멘트 벽돌을 등에 진 사내들이 흔들거리는 널다리를 줄지어 오르내리고 있었다. 모두들 걷어붙이고 벗어젖힌 몸들이 무척이나 탐스럽고 강인해 보였는데, 그중에서 유독 한 사내가 내 눈길을 끌었다. 그는 흡사히 널벅지들 틈에 낀 간장 종지로 왜소해 가지고는 후들거리는 다리를 간신히 옮기는 것이었으며, 그토록 험한 일을 하면서 놀랍게도 완연한 사무원 복장이었다. 비계 바투 밑까지 접근해서 사내의 얼굴을 재삼 확인한 다음 나는 이렇게 외쳤다.

"권 선생, 거기 있는 게 권 선생 아니우?"

그 순간 벽돌장 하나가 똑바로 내 머리를 겨냥하고 무서운 속도로 낙

향도 길을 인도함. 또는 그런 사람.

하해 왔다. 잽싸게 몸을 피했기 때문에 다치지는 않았다. 서둘러 널다리를 내려온 권 씨가 내 앞에 섰다. 정말 권 씨였다. 그의 얼굴에 석고처럼 굳게 새겨진 경악을 보고 나는 그가 나를 죽일 작정으로 그러지 않았음을 알았다. 그는 전신이 땀과 먼지 범벅이었다. 가까이서 보니 베이지색 와이셔츠 위에 받쳐 입은 춘추용 해군 기지 잠바는 작업에서 얻은 오손과 주름으로 말씀이 아니었다. 그러나 구두만은 여전해서 칠피 가죽에 공들여 올린 초콜릿 빛 광택이 권 씨의 가장 권 씨다움을 외롭게 지켜 주고 있었다.

"내가 여기 있는 줄 어떻게 알았죠?"

마치 내가 자기 행방을 일부러 수소문해서 찾아오기라도 했다는 듯이 그는 물었다.

"학생들 가정 방문을 다니다 지나는 길에 우연히……."

그는 가득 의심을 담은 눈으로 나와 내 반 학생을 번갈아 노려보았다. 증거까지 손에 쥐어 주는데도 그의 의심이 쉬이 풀릴 기색이 아니었으므로 나는 서둘러 신축 공사장을 뒤로해 버렸다.

밤이 꽤 늦어 권 씨는 귀가했다. 그는 문간방을 거치지 않은 채 내가 들어 있는 안방으로 직행해 와서 두 홉들이 소주병 하나를 푹 꽂는 기세로 방바닥에 내려놓았다. 이미 어지간히 취해 있었다.

"이래 봬도 나 안동 권씨요!"

피곤에 짓눌렸던 몸뚱이가 이번엔 술에 흠씬 젖어 갱신 못 할 지경인데도 목소리만은 제법 또렷했다.

"물론 잘 아시리라 믿지만 안동 권씨 하면 어딜 가도 그렇게 괄신 안 받지요. 오 선생은 본이 해주던가요?"

내 구두가 자기 구두보다 항상 추저분하고 또 단벌임을 매번 확인하듯이 이참에는 성씨로써 일종의 길고 짧음을 대 볼 작정인 듯했다. 나는 그저 웃어 보였다. 웃으면서도 사람 좋게 보이려는 내 노력이 취중을 뚫고 그의 흔들리는 뇌수 깊이에까지 제대로 전달되기를 바랐다.

"권 선생, 많이 취하신 모양인데 얘긴 우리 나중에 하고 들어가서 쉬시죠."

팔짱을 낀 채 문지방 너머 마루에 잔뜩 부어터진 얼굴로 서 있는 아내를 흘끔흘끔 곁눈질하면서 나는 권 씨를 편히 쉬게 하려는 생각이 순전히 자발적이며 선의에 찬 것임을 행동으로 강조해 보였다. 권 씨가 내 선의를 홱 뿌리쳤다. 그는 반쯤 강제로 일으켜졌던 엉덩이를 도로 털썩 주저앉히더니 병뚜껑을 이빨로 물어 단숨에 깠다.

"전과자허군 벗하기 싫다 이겁니까? 허지만 어림두 없어요. 오늘은 내 기필코 헐 말 다허고 물러가리다."

"전꽈자라구요?"

눈이 벌어진 입만큼이나 되어 가지고 거의 이성을 잃을 정도로 냉큼 뛰어 들어왔으므로 아내의 음성은 자연히 깜짝 반기는 투와 구별할 수 없게 되었다. 그러나 결코 반기는 투가 아님이 다음 말로써 곧 분명해졌다.

"원 세상에, 세상에나! 방금 전꽈자라구 하셨죠? 지끔 두 분이서 누구 얘길 하시는 거예요? 세상에, 세상에나……."

"아주머닌 모르고 계셨습니까? 오 선생이 얘기하지 않던가요? 바루 제 얘깁니다. 왜요, 제 눈빛이 어쩐지 이상해 보입니까? 아주머니 문짜대로 전꽈자허고 사람—그렇지, 사람이지—사람하고 이렇게 가차이 앉은 게 신기합니까?"

뛰어들 때와 똑같은 기세로 아내는 냉큼 몇 발짝 물러섰다. 빤히 올려다보는 권 씨 앞에서 아내는 새파랗게 질려 가지고 단박 고분고분해졌다. 권 씨가 앉으라면 앉고 들으라면 듣는 자세를 취했다.

"모기 앞정갱이 하나 뿌지를 힘도 없는 놈입니다. 뭐 조금도 겁내실 거 없습니다. 편안한 맘으로 내외분이서 제 얘기 들어 주십시오. 잠깐이면 됩니다."

　그때까지도 나는 적당히 권 씨를 구슬러 문간방으로 돌려보낼 기회만을 노리고 있었다. 그러나 그의 입에서 모기 앞정강이 부러뜨릴 힘도 없다는 고백이 나오고부터는 생각이 달라지지 않을 수 없었다. 그가 하는 말을 듣다 보면 모기 앞정강이 하나 어쩌지 못하는 주제에 감히 사회의 안녕과 질서를 뚝뚝 부러뜨린 그 불가사의가 다소 풀릴 것도 같았다.
　"아마 *프로이트가 한 말일 겁니다."
　그는 병째 기울여 소주를 꿀꺽꿀꺽 들이켰다.
　"성자와 악인은 종이 한 장 차이랍니다. 악인이 욕망을 행동으로 표현하는 대신에 성자는 그것을 꿈으로 대신하는 것에 불과하답니다."
　그가 또 소주병을 기울이려 했으므로 나는 병을 빼앗은 다음 아내를 시켜 간단한 술상을 보아 오게 했다.
　"내 입장을 그럴듯하게 꾸미기 위해서 성현을 깎아내릴 생각은 없습니다. 그렇지만 프로이트한테 커다란 위로를 받고 있는 건 사실입니다. 내가 전과자가 될 줄 미리 알구서 일찍이 그런 위로의 말을 준비해 둔 성싶거든요"
　술상이 들어왔다. 저녁에 먹다 남긴 돼지찌개 재탕에다 끼니때마다 보는 밑반찬 두어 가지가 전부였다. 우리는 일차로 주거니 받거니 했다. 그는 말했다.
　"물독에 빠진 생쥐처럼 잔뜩 비를 맞던 저 화요일이 있기 전까지 나 역시 오 선생 이상으로 선량한 시민이었지요. 물론 내 안사람도 아주머니만큼이나 착하고 선량했을 겁니다. 불만이 있고 억울한 일이 있어도 기껏 꿈속에서나 해결할 뿐이지 행동으로 나타낼 줄은 몰랐으니까요."
　아내더러 술을 더 사 오도록 했다. 술이 들어갈수록 그는 더욱 창백해졌으며, *너름새가 좋아졌다. 술이 그를 지껄이도록 시키고 있음이 분명했다. 그는 말했다.

"모든 게 무리였지요. 우선 나 같은 인간이 태어난 그 자체가 무리였고, 장질부사나 복막염 같은 걸로 죽을 기회 다 놓치고는 아등바등 살아나서 처자식까지 거느린 게 무리였고, 광주 단지에다 집을 마련한 게 무리였고, 이래저래 무리 아닌 일이 하나도 없었습니다."

지상 낙원이 들어선다는 소문이 특히 없이 사는 사람들 사이에 굉장한 설득력을 지닌 채 퍼지고 있었다. 꼭 그걸 믿어서가 아니었다. 외려 그는 처음부터 낙원이란 게 별게 아님을 믿는 편이었다. 다만 차제에 내 집을 마련할 수 있다는 유혹의 손에 덜미를 잡혀 서울에서 통근 거리 안에 든다는 그 이점을 너무 과대평가했던 과오는 인정하지 않은 바 아니다. 결국 그는 당시 형편으로는 거금에 해당하는 20만 원을 변통해서 복덕방 영감장이를 통하여 철거민의 입주 권리를 손에 넣었다.

"난생처음 이십 평짜리 땅덩어리가 내 소유로 떨어진 겁니다. 내 차지가 된 그 이십 평이 너무도 대견해서 아침저녁으로 한 뼘 한 뼘 애무하다시피 재고 밟고 하느라고 나는 사실은 나 이상으로 불행한 어느 철거민의 소유였어야 할 그것이 협잡으로 나한테 굴러 떨어진 줄을 전혀 잊고 지낼 정도였습니다. 당시의 나한테는 이 세상 전체가 끽해야 이십 평에서 그렇게 많이 벗어나게 커 보이지는 않았습니다."

가까스로 대지는 마련되었으나 그 위에 기둥을 세우고 비바람을 가릴 여유는 아직 없어 땅을 묵히다가 또 간신히 낡은 텐트 하나를 구해서 버티기를 몇 달이나 했다. 선거철이었다. 지상 낙원 건설의 청사진에 갖가지 공약들이 한 획 한 획 첨가되었다. 곳곳에서 기공식들이 화려하게 벌어지고

프로이트(1856~1939) 오스트리아의 심리학자·신경과 의사. 정신 분석학의 창시자로, 정신 분석의 방법을 발견하여 잠재의식을 바탕으로 한 심층 심리학을 수립하였다.
너름새 너그럽고 시원스럽게 말로 떠벌려서 일을 주선하는 솜씨.

건설 붐이 일었다. 당장 막벌이 날품팔이들의 천국이 눈앞의 현실로 바싹 당겨졌다. 갈수록 선거 열풍이 거세짐과 더불어 지가가 열나게 뛰고 사람값이 종종걸음을 치고 하는 그 사이를 부동산 투기업자들이 훨훨 날아다녔다. 그는 생각하기를, 이와 같은 움직임 모두가 자기하고는 하등 상관이 없는 것이려니 했다. 그런 생각이 얼마나 잘못되었나를 그는 선거가 끝났을 때 이십 촉짜리 전등 밑에서 벼락이 머리에 닿듯이 아찔하게 확인했다.

"국회의원 선거가 끝난 바로 그다음 날이었습니다. 이틀만 지났어도 두말 않겠어요. 어제 끝났으면 오늘 그런 겁니다."

한 장의 통지서가 배부되어 왔다. 6월 10일까지 전매 소유한 땅에다 집을 짓지 않으면 불하를 취소하겠다는 내용이었다. 보름 후면 6월 10일이었다. 보름 안에 집을 지으라는 얘기였다. 자기가 날품팔이가 아니래서, 자기 생계의 근원이 여전히 서울이래서 대단지의 부산스런 움직임과는 무관한 것처럼 처신해 온 그는 뒤늦게 사타귀에서 방울 소리가 나도록 뛰어다니지 않으면 안 되었다. 우선 며칠씩 출판사를 무단결근하면서 닥치는 대로 돈을 변통하기에 급급했다. 돈이 되는 대로 시멘트와 블록과 각목을 사서 마누라와 함께 한단 한단 쌓아 올리기 시작했다. '저나 내나' 건축엔 눈꼽만큼의 지식도 없었지만 그저 본능이 시키는 대로 이렇게 하면 최소한 넘어지지는 않겠거니 하는 어림 하나로 소위 집을 짓는 엄청난 일을 겁 없이 감행했다. 지상 낙원이란 구호에 합당할 그럴듯한 가옥을 당국에서 요구하지 않는 것이 무엇보다 다행이었고 고마운 일이었다. 건자재가 떨어지면 작업을 중단하고 뛰어나가 비럭질하다시피 돈을 꾸어다 재료를 대기를 몇 차례나 거듭하는 사이에 어느덧 사면 벽이 세워지고 지붕이 씌워졌다. 채 보름도 걸리지 않았다. 외양이나 실질이야 아무렇든 자기가 원하고 당국에서 요구한 그 집이 드디어 완성된 것이다.

"서둘러서 집을 짓도록 명령한 당국에다 외려 감사해야 할 판이었어요. 우리는 한 달 남짓 *고대광실에라도 든 기분으로 둥둥 떠서 지냈습니다. 그 한 달 내내 마누라는 은경이 년을 끌어안고 쫄쫄 쥐어짜기만 했지요."

겨우 한숨 돌리려는 참인데 또 통지서가 왔다. 전매 입주자는 분양 전 토지 20평을 평당 8,000원 내지 1만 6,000원으로 계산하여 7월말까지 일시불로 납부하는 조건으로 불하받으라는 것이었다. 만일 기한 내 납부치 않으면 해약은 물론 법에 의해 6개월 이하의 징역이나 30만 원 이하의 벌금을 과하도록 하겠다는 단서가 붙어 있었다.

"이번 역시 보름 기한이었어요. 보름 되게 좋아합니다. 걸핏하면 보름 안으로 해내라는 거예요."

엎친 데 덮쳐 경기도에서는 토지 취득세 부과 통지서를 발부했다. 관할과 소속이 각기 다른 서울시와 경기도가 이렇게 쌍나발을 부는 바람에 주민들은 거의 초주검 꼴이 되었다. 광주 대단지 토지 불하가격시정 대책 위원회라는 유례없이 긴 이름의 임의 단체가 조직되었다. 대책 위원회는 곧 투쟁 위원회로 개칭되었다. 속에 식자깨나 든 것으로 알려져 그는 같은 배를 탄 전매 입주자들에 의해서 대책 위원과 투쟁 위원을 고루 역임하게 되었다.

"그게 만약 감투 축에 든다면, 나한테 정말 분에 넘치는 감투였어요."

겸손의 말이 아니었다. 그런 일을 감당할 만한 능력도 없을뿐더러 자기는 여전히 광주 단지 사람이 아니며 어디까지나 서울 사람이라는 생각 때문에 맡고 싶지도 않았고, 그래서 뻔질나게 열리는 회의에 한 번도 참석지 않았다. 해결의 실마리라곤 전혀 보이지 않는 가운데 팽팽한 긴장 속에서 7월 말 시한을 넘기고 8월 10일을 맞았다. 투쟁 위원회에서 최후 결단의 날로 정한 바로 그날이었다.

고대광실 매우 크고 좋은 집.

공기가 흉흉했다. 그 흉흉한 공기가 저기압을 불러왔음 직했다. 비가 내렸다. 이른 아침부터 거리에 전단이 살포되고 벽보가 나붙었다. 시간이 되면 가슴에 달기로 한 노란 리본이 나뉘어졌다. 그는 방안에서 꼼짝도 않으면서 밖에서 벌어지는 움직임에 잔뜩 신경을 곤두세우고 있었다. 꼭 무슨 일이 일어나고야 말 것을 예감케 하는 분위기였다. 그게 두려웠다. 무슨 일이 일어난다는 건 그에게 있어 일어나지 않느니만 같지 못했다. 비는 간헐적으로 내렸다. 11시가 지났다. 11시에 나와서 위원회 대표들과 면담하기로 약속한 사람이 나타나지 않자 사람들은 기다리는 일을 포기해 버렸다. 모두들 거리로 뛰쳐나오라고 외치는 소리가 골목을 누볐다. 맨주먹으로 있지 말고 무엇이든 되는대로 손에 잡으라고 그 소리는 덧붙이고 다녔다. 누군지 *빈지문이 떨어져 나가게 두들기는 사람이 있었다.

"권 선생! 권 선생! 집에 기슈?"

가슴이 덜컥 내려앉는 소리였다. 그는 마누라를 시켜 벌써 출근했다고 거짓말을 하게 했다. 누군지 모를 사내를 따돌리고 나서 그제야 생각해 보니 화요일이 아닌가. 일요일도 아닌데 여지껏 출근하지 않고 빈둥거린 그 이유는 또 뭔가. 별안간 그는 깜짝 놀랐다. 그것은 의타심이었다. 자기도 깊이 관련된 일에 정작 자기는 뛰어들 의사가 없으면서도 남들의 힘으로 그 일이 성취되는 순간이 오기를 기다리는 기회주의의 자세였다. 그것은 여지없는 하나의 자각이면서 동시에 부끄러움의 확인이었다. 그는 후다닥 일어나 밖으로 나갔다. 그는 길을 가득 메운 채 손에 몽둥이와 각종 연장 따위를 들고 출장소 쪽으로 구호를 외치며 달려가는 사람들을 보았다. 그들과 마주쳤을 때 그는 낯도둑처럼 얼른 샛길로 몸을 피했다. 부끄럽게 자신을 깨달은 뒤끝이니까 한 번쯤 발길이 그들 쪽으로 향할 법도 하건만 그의 눈은 완강하게 서울로 가는 버스만 찾고 있었다. 그러나 헛수고였다. 외부로 통하는 교통 수단은 이미 두절되어 있었다. 차를 찾는 잠깐 사이에도 전신이 비에 흠뻑 젖었다. 바람을 받으며 *엇비슥이 때리는 끈덕진 비로 거리에 나온 사람들은 저마다 후줄근히들 젖어 있었다. 그는 차 잡기를 포기하고 인적이 뜸한 골목만 골라 걷기 시작했다. 생전 처음 걷는 생소한 길을 서울로 통하는 길이거니 하면서 무작정 걷다가 자기와 비슷한 처지의 동무를 만나게 되었다. 몽둥이와 돌멩이를 든 군중을 피해서 요리조리 골목을 누비며 오는 택시였다. 그는 재빨리 골목길 한복판을 결사적으로 막아섰다. 요금은 얼마라도 좋았다. 택시 안엔 일행으로 보이는 신사분 셋이 선승해 있었다. 그들을 태운 택시가 어쩔 수 없이 통과하지 않으면 안 되는 광주 단지의 관문에 다다랐을 때 검문에 걸렸다. 원시 무기로 무장한 일단의 청년들이 살기등등해 가지고 무조건 차에서 내릴 것을 명령했다.

"아하, 투쟁 위원님이 타구 계셨군요. 단신으로 서울까지 쳐들어가서 투쟁하시긴 아무래도 무립니다. 어서 내리십쇼."

웬 청년이 다가오더니 허리를 굽실하고 빙싯빙싯 웃으며 친절히 말했다. 청년은 용케도 그를 알아보는 모양이나 이쪽에서는 상대방이 누군지 전혀 기억이 없었다. 잠시 그가 어물쩍거리자 곁에 있던 다른 청년이 잡담 제하고 몽둥이를 휘둘러 단박에 차창을 박살내 버렸다.

"개새끼들아, 늬들 목숨만 목숨이냐?"

"다른 사람들은 몇 끼씩 굶고 악을 쓰는 판인데 택시나 타고 앉았다니, 늘어진 개팔자로군."

"굶어도 같이 굶고 먹어도 같이 먹어! 죽어도 같이 죽고 살아도 같이 살잔 말야!"

각목이나 자전거 체인 따위를 코앞에 들이대면서 청년들이 가뜩이나 쉰 목청을 한껏 드높이고 있었다. 물론 그러기 전에 차에 탔던 승객들은 차

빈지문 한 짝씩 끼웠다 떼었다 하게 만든 문. 비바람을 막기 위하여 덧댄다.
엇비슥이 서로 한쪽으로 조금 기울어 있게.

창이 부서져 나가는 순간 밖으로 뛰어나와 이미 절반쯤은 죽어 있었다.

"권 선생님, 저쪽으로 가실까요."

처음 알은체하던 예의 그 청년이 그에게 귀엣말을 했다. 그가 가장 두렵게 느끼는 건 몽둥이가 아니었다. 친절이었다. 청년은 웃음으로 그를 묶어 도로변 잡초 더미까지 손쉽게 연행해 갔다. 그러고는 거기에서 일장의 설교를 늘어놓기 시작했다. "물론 잘 아시겠지만……" 이라고 말끝마다 전제하면서 청년은 주로, 지금 이 시간에도 먹고 마시고 춤추며 침대에서 뒹굴고 있을 서울의 *유한계급과 대단지 안의 처참한 생활상을 침이 마르도록 대비시킴으로써 아직도 잠자고 있는 그의 사회적 지각을 새나라의 어린이처럼 벌떡 일어나게 하려는 수작인 줄은 짐작이 되는데 한마디도 귀에 들어오지 않았다. 대체 사람이 얼마나 잔인하면 이런 판국에서도 저토록 친절할 수 있을까만을 그는 생각하고 있었다. 자신의 설교가 웬만큼 먹혀들었다고 판단했던지 청년은 그를 이끌고 가파른 산등성이를 질러 단지 중심부로 들어갔다.

"바루 저기 저 부근이었어요."

그는 우리 방 들창 쪽을 손으로 가리켰다. 그러나 유감스럽게도 안방 아랫목에 앉아서는 그가 가리키는 저기가 어디쯤인지 가늠키 어려웠다. 우리 내외의 얼굴이 실감한 사람답잖게 맨송맨송한 걸 알아차린 그는 갑자기 벌떡 일어서는가 싶더니 어느새 마루로 뛰어나가고 있었다. 덩달아 내가 뛰어나간 것은 순전히 그를 붙잡기 위해서였다. 언제 들어왔는지 마루 끝 현관 부근에 권 씨의 일가족이 *오보록이 몰려 차례로 뛰어나오는 우리를 빤히 올려다보고 있었다. 아비를 보자마자 새끼들 입에서 대번에 울음이 터져 나왔다. 잔뜩 부른 배를 금방이라도 마루에 내려놓을 듯한 자세를 취한 채 권 씨 부인은 홍당무가 된 자기 남편을 그저 멀뚱히 쳐다볼 따름이었다.

"울 것 없다. 느이 애비 아직 안 죽었다."

가장으로서의 체통 같은 걸 다분히 의식하는 목소리로 그가 낮게 말했다. 그는 내친걸음에 아들딸들 울음의 틈서리를 뚫고 마당에까지 진출했다. 말은 똑바로 하면서도 걸음은 비틀거리는 것이 아마 평행을 잃지 않으려는 그의 의지가 혀 아래까지는 미치지 못하는 모양이었다.

"저기 저쯤이었지요."

방 안에서보다 훨씬 자신이 붙은 소리로 그가 재차 설명했다. 언덕 아래 한참 거리에 달팍 쏟아부은 듯한 불빛의 무리가 그의 가리키는 손끝에서 놀고 있었다. 어른들끼리 시방 서로 싸우느라고 그러는 것이 아닌 줄을 벌써 알아차렸을 텐데도 아이들은 봇물 터지듯 나오는 울음을 조금도 누그러뜨리려 하지 않았다.

"저것 좀 보라고 청년이 갑자기 소리칩디다. 그렇잖아도 난 이미 보고 있었는데요. 빗속에서 사람들이 경찰하고 한창 대결하는 중이었죠. 최루탄에 투석으로 맞서고 있었어요. 청년은 그것이 마치 자기 조홧속으로 그려진 그림이나 되는 것같이 기고만장입디다만, 솔직히 얘기해서 난 비에 젖은 사람들이 똑같이 비에 젖은 사람들을 상대로 싸우는 그 장면에 그렇게 감동하지 않았어요. 그것보다는 다른 걱정이 앞섰으니까요. 이 친구가 여기까지 끌고 와서 끝내 날 어쩔 작정인가 하고 말입니다. 그런데 잠시 지켜보고 있는 사이에 장면이 휘까닥 바뀌어 버립디다. 삼륜차 한 대가 어쩌다 길을 잘못 들어 가지고는 그만 소용돌이 속에 파묻힌 거예요. 데몰 피해서 빠져나갈 방도를 찾느라고 요리조리 함부로 대가리를 디밀다가 그만 뒤집혀서 벌렁 나자빠져 버렸어요. 누렇게 익은 참외가 와그르르 쏟아지더니 길바닥으로 구릅디다. 경찰을 상대하던 군중이 돌멩이질을 딱 멈추더니 참외 쪽으로 벌떼처럼 달라붙습디다. 한 차분이나 되는 참외가 눈 깜짝할 새 동이 나 버

유한계급 생산 활동에 종사하지 아니하면서 소유한 재산으로 소비만 하는 계층.
오보록이 자그마한 것들이 한데 많이 모여 다보록하게.

립디다. 진흙탕에 떨어진 것까지 주워서는 어적어적 깨물어 먹는 거예요. 먹는 그 자체는 결코 아름다운 장면이 못 되었어요. 다만 그런 속에서도 그걸 다투어 주워 먹도록 밑에서 떠받치는 그 무엇이 그저 무시무시하게 절실할 뿐이었죠. 이건 정말 나체화구나 하는 느낌이 처음으로 가슴에 팍 부딪쳐 옵디다. 나체를 확인한 이상 그 사람들하곤 종류가 다르다고 주장해 나온 근거가 별안간 흐려지는 기분이 듭디다. 내가 맑은 정신으로 나를 의식할 수 있었던 것은 거기까지가 전부였습니다."

그가 더 이상 이야기를 계속할 눈치가 아니었으므로 나는 비로소 그에게 말을 걸 기회를 얻었다.

"그 뒤 권 선생이 어떻게 되셨는지 물어봐도 괜찮겠습니까?"

"벌써 물어 놓고는 뭘 양해를 구하십니까. 사흘 후에 형사가 출판사로 찾아와서 수갑을 채우더군요. 경찰에서 증거로 제시하는 사진들을 보고 놀랐습니다. 사진 속에서 난 버스 꼭대기에도 올라가 있고 석유 깡통을 들고 있고 각목을 휘둘러대고 있기도 했습니다. 어느 것이나 내 얼굴이 분명하긴 한데 나로서는 전혀 기억에 없는 일들이었으니까요."

이제 그 이야기에 관해서는 들을 만큼 다 들은 셈이었다. 느닷없이 소주병을 꿰차고 들어와서 여태껏 잠자코 입을 봉하고 있던 그 이야기를 새삼스럽게 길게 늘어놓은 이유도 능히 짐작할 수 있었다. 하지만 내겐 아직도 궁금한 구석이 공연한 부담감과 함께 남아 있었다. *차제에 그걸 풀 수만 있다면 피차를 위해서 오히려 잘된 일일 것이었다.

"내가 이 순경을 만나는 줄 진작부터 알고 계셨습니까?"

권 씨가 소리 없이 웃었다.

"정확히 말해서 이 순경이 오 선생을 만나는 거겠죠. 어느 한 부분이 장해를 받으면 다른 한 부분이 비상하게 예민해지는 법입니다. 내 경우 그것은 제 육감입니다."

"설마 이 순경한테 고자질했다고 생각하진 않으시겠죠? 이 순경은 그걸 협조라는 말로 표현했습니다만…….."

그는 또 소리 없이 웃었다.

"방금 얘기했잖습니까, 경우에 따라서 사람은 자기가 전혀 원치 않던 일을 자기도 모르는 사이에 할 수도 있다고 말입니다. 오 선생도 아마 거기서 예외는 아닐 겁니다. 지금까진 하지 않았지만 앞으로도 협조하지 않는다고 장담하실 필요는 없습니다."

그날 밤 잠자리에 들면서 아내가 내 귀에 속삭였다.

"권 씨 그 사람 꼴로 볼 게 아니네요. 어리숙한 줄 알았더니 여간내기 아녜요."

"앉으라면 앉고 서라면 서고, 당신 꼼짝없이 당하더구만."

"아이 분해라!"

불을 끈 다음에 아내가 다시 소곤거려 왔다.

"당신도 보셨죠? *오늘사 말고 영기 엄마 배가 유난히 더 불러 보였어요. 혹시 쌍둥이나 아닌가 싶어서 남의 일 같잖아요. 여덟 달밖에 안 된 배가 그렇게 만삭이니 원……."

"당신더러 대신 낳으라고 떠맡기진 않을 거야. 걱정 마."

나는 그날 밤 디킨스와 램의 궁둥이를 번갈아 걷어차는 꿈을 꾸었다. 내가 권 씨의 궁둥이를 걷어차고 권 씨가 내 궁둥이를 걷어차는 꿈을 꾸었다.

아내가 권 씨네에 대해서 갑자기 관심을 보이기 시작했다. 좀 더 정확히 얘기해서 권 씨 부인의 그 금방 쏟아질 것만 같은 아랫배에 관한 관심이었다. 말투로 볼 때 남자들이 집을 비우는 낮 동안이면 더러 접촉도 가지는 모양이었다. 예정일도 모르더라면서 아내는 낄낄낄 웃었다. 임산부가 자기

차제 때마침 주어진 기회. **오늘사 말고** 하필 오늘(전라도 사투리).

분만 예정일도 몰라서야 말이 되느냐고 핀잔했더니, 까짓것 알아도 그만 몰라도 그만, 어차피 때가 되면 배 아프며 낳기는 마찬가지라면서 태평으로 있더라는 것이었다.

권 씨는 여전히 일자리를 구하지 못한 채였다. 일정한 직장이 없으면서도 아침만 되면 출근 복장을 차리고 뻔질나게 밖으로 나가곤 했다. 몸에 붙인 기술도, 그렇다고 타고난 뚝심도 없으면서 계속해서 공사판 같은 데나가 막일을 하는 눈치였다. "동주운아, 노올자아!" 하고 둘이 합창하듯이 길게 외치면서 일단 안방까지 들어오는 데 성공한 권 씨의 아이들은 끼니때가 되어도 막무가내로 버티면서 문간방으로 돌아가지 않는 적이 자주 있게 되었다. 문간방의 사정이 심상치 않다는 징조였다. 그렇다고 권 씨나 권 씨 부인이 우리에게 터놓고 도움을 청한 적은 한 번도 없었다. 다만 우리로 하여금 그런 꼴을 목격하고도 도울 마음을 먹지 않으면 도무지 인간이 아니게 끔 상황을 최악의 선까지 잠자코 몰고 갈 뿐이었다. 애당초 이 순경이 기대했던 그대로 산타클로스 비슷한 꼴이 되어 쌀이나 연탄 따위를 슬그머니 문간방 부엌에다 넣어 주고 온 날 저녁이면 아내는 분하고 억울해서 밥도 제대로 못 먹었다. 임부나 철부지 애들을 생각한다면 그까짓 알량한 선심쯤 아무렇지도 않다는 주장이었다. 하지만 제게 딸린 처자식조차 변변히 건사 못하는 한 얼간이 사내한테까지 자기 선심의 일부나마 미칠 일을 생각하면 괘씸해서 잠이 안 올 지경이라고 생병을 앓았다. 권 씨가 여간내기 아니라고 속삭이던 게 엊그제인 걸 벌써 잊고 아내는 셋방 잘못 내줬다고 두고두고 자탄하는 것이었다.

남편이 여전히 벌이가 시원찮은 상태에서 권 씨 부인은 어언 해산의 날을 맞게 되었다. 진통이 시작된 지 꽤 오래되는 모양이었다. 아내의 귀띔으로는 점심 무렵이 지나서부터 그런다고 했다. 학교에서 돌아와 저녁을 먹다가 나는 문간방에서 울리는 괴상한 소리를 들었다. 처음에는 되게 몸살을 하듯이 끙끙 앓는 소리로 시작되었다. 그러다가 느닷없이 몸의 어딘가에 깊숙이 칼이라도 받는 양 한차례 처절하게 부르짖고는 이내 도로 잠잠해지곤 하면서 이러기를 몇 번이고 되풀이하는 것이었다. 나로서는 그것이 방을 세내 준 이후로 처음 듣는 권 씨 부인의 목소리였다.

"당신이 한번 권 씰 설득해 보세요. 제가 서너 번 얘길 했는데두 무슨 남자가 실실 웃기만 하면서 그저 염려 없다구만 그러네요."

병원 얘기였다.

"권 씨가 거절하는 게 아니고 돈이 거절하는 거겠지."

아내는 진즉부터 해산 준비가 전혀 되어 있지 않음을 더러는 흉보고 또 더러는 우려해 왔었다.

"남산만이나 한 배를 갖구서 요즘 세상에 그래 앨 집에서, 그것도 산모 혼자 힘으로 낳겠다니, 아무래두 꼭 무슨 일이 터질 것만 같애요. 달이 다 차도록 기저귓감 하나 장만 않는 여편네나 *조산원 하나 부를 돈도 마련이 없는 사내나 어쩜 그리 짝짜꿍인지!"

서둘러 식사를 끝내고 나서 나는 권 씨를 마당으로 불러냈다. 듣던 대로 권 씨는 대뜸 아무 염려 말라면서 실실 웃었다. 마치 곤경에 빠진 나를 극진히 위로해 주는 투였다.

"둘째 때도 마누라 혼자서 거뜬히 해치웠거든요."

"우리가 염려하는 건 권 선생네가 아니라 바로 우리를 위해서요. 물론 그럴 리야 없겠지만 만에 하나라도 일이 잘못될 경우 난 권 선생을 원망하겠소."

작자가 정도 이상으로 느물거린다 싶어 나는 엔간히 모진 소리를 남기고는 방으로 들어와 버렸다. 정히나 어려우면 분만비를 빌려줄 수도 있음

조산원 조산사. 해산을 돕거나 임산부와 신생아를 돌보는 일을 하는 사람.

을 넌지시 비쳤는데도 작자가 끝내 거절한 것은, 까짓것 변두리 병원에서 얼마 들지도 않을 비용을 빌려 쓴 다음 나중에 갚는 그 알량한 수고를 겁낸 나머지 두 목숨을 건 모험 쪽을 택한 계산속일 거라고 나는 단정해 버렸다.

그러나 한결같은 상태로 자정을 넘기고 나더니 사정이 달라졌다. *경산(經産) 치고 진통이 너무 길고 악착스러운 데 겁이 났던지 권 씨는 통금이 해제되기도 전에 부인을 업고 비탈길을 내려가느라고 한바탕 북새를 떨었다. 북이 북채 위에 업힌 모양으로 권 씨 내외가 우리 집 문간방을 빠져나가는 걸 보는 것만으로도 한 근심 더는 기분이었다. 미역 근이나 사 놓고 기다리다가 소식이 오면 병원에 가 보라고 아내에게 이르고는 출근했다.

오후 수업이 시작된 바로 뒤에 뜻밖에도 권 씨가 나를 찾아왔다. 때마침 나는 수업이 없어 교무실에서 잡담이나 하고 있는 중이어서 수위로부터 연락을 받자 곧장 학교 정문으로 나갈 수가 있었다.

"바쁘실 텐데 이거 죄송합니다."

권 씨는 애써 웃는 낯이었고 왠지 사람이 전에 없이 퍽 수줍어 보였다. 나는 그 수줍음이 세 번째 아이의 아버지가 된 데서 오는 것일 거라고 좋은 쪽으로만 해석함으로써 연락을 받는 그 순간에 느낀 불길한 예감을 떨쳐 버리려 했다.

"잘됐습니까?"

"뒤늦게나마 오 선생 말씀대로 했기 망정이지 끝까지 집에서 버텼다간 큰일 날 뻔했습니다. 녀석인지 년인진 모르지만 못난 애비 혼 좀 나라고 여엉 애를 멕이는군요."

권 씨는 수줍게 웃으며 길바닥 위에다 발부리로 뜻 모를 글씬지 그림인지를 자꾸만 그렸다. 먼지가 풀풀 이는 언덕길을 터벌터벌 올라왔을 터인데도 그의 구두는 놀랄 만큼 반짝거렸다. 나를 기다리는 동안 틀림없이 바짓가랑이 뒤쪽에다 양쪽 발을 번갈아 가며 문지르고 있었을 것이었다.

"십만 원 가까이 빌릴 수 없을까요!"

밑도 끝도 없이 그는 이제까지의 수줍음이 싹 가시고 대신 도발적인 감정 같은 걸로 그득 채워진 얼굴을 들어 내 면전에 대고 부르짖었다. 담배 한 대만 꾸자는 식으로 십만 원 소리가 허망히도 나왔다. 내가 잠시 어리둥절해 있는 사이에 그는 매우 사나운 기세로 말을 보태는 것이었다.

"수술을 해야 된답니다. 엑스레이도 찍어 봤는데 아무 이상이 없답니다. 모든 게 정상이래요. 모체 골반두 넉넉허구요. 조기 *파수도 아니구 *전치태반도 아니구요. 쌍둥이는 더더욱 아니구요. 이렇게 정상적인데도 이십사 시간이 넘두룩 배가 위에 달라붙는 경우는 태아가 돌다가 탯줄을 목에 감았을 때뿐이랍니다. 제기랄, 탯줄을 목에 감았다는군요. 빨리 손을 쓰지 않으면 산모나 태아나 모두 위험하대요."

어색하게 들린 것은 그가 '제기랄'이라고 씹어뱉은 그 대목뿐이었다. 평상시의 권 씨답지 않은 그 말만 빼고는 그럴 수 없이 진지한 이야기였다. 아니다. 그가 처음으로 점잖지 못한 그 말을 사용했기 때문에 내 귀엔 더욱 더 진지하게 들렸을지도 모른다. 나는 한동안 망설이지 않을 수 없었다. 그의 진지함 앞에서 '아아, 그거 참 안됐군요.'라든가 '그래서 어떡하죠.' 하는 상투적인 말로 섣불리 이쪽의 감정을 전달하기엔 사실 말이지 '십만 원 가까이'는 내게 너무나 큰 부담이었다. 집을 살 때 학교에다 진 빚을 아직 절반도 못 가린 처지였다. 정상 분만비 일, 이만 원 정도라면 또 모르지만 단순히 권 씨를 도울 작정으로 나로서는 거금에 해당하는 십만 원 가까이를 또 빚진다는 건 무리도 이만저만이 아니었다. 그뿐만 아니라 집안에서 경제권을

경산 아기를 낳은 경험이 있음.
파수 분만 때에 양수가 터져 나오는 일. 또는 그 양수.
전치태반 태반이 정상 위치보다 아래쪽에 자리 잡아 자궁안 구멍을 막은 상태. 수정란이 비정상적으로 자궁 아래쪽에 착상하기 때문에 일어나며, 임신 말기에 무통성 출혈을 일으킨다.

장악하고 있는 아내의 양해도 없이 멋대로 그런 큰일을 저질러도 괜찮을 만큼 나는 자유롭지도 못했다.

"빌려만 주신다면 무슨 짓을, 정말 무슨 짓을 해서라도 반드시 갚겠습니다."

반드시 갚는 조건임을 강조하면서 그는 마치 성경책 위에다 오른손을 얹고 말하듯이 엄숙한 표정을 했다. 하마터면 나는 잊을 뻔했다. 그가 적시에 일깨워 주었기 망정이지 안 그랬더라면 빌려주는 어려움에만 골똘한 나머지 빌려줬다 나중에 돌려받는 어려움이 더 클 거라는 사실은 생각도 못할 뻔했다. 그렇다. 끼니조차 감당 못 하는 주제에 막벌이 아니면 어쩌다 간간이 얻어걸리는 출판사 싸구려 번역 일 가지고 어느 해에 빚을 갚을 것인가. 책임이 따르는 동정은 피하는 게 상책이었다. 그리고 기왕 피할 바엔 저쪽에서 감히 두말을 못 하도록 야멸차게 굴 필요가 있었다.

"병원 이름이 뭐죠?"

"원 산부인괍니다."

"지금 내 형편에 현금은 어렵군요. 원장한테 바로 전화 걸어서 내가 보증을 서마고 약속할 테니까 권 선생도 다시 한번 매달려 보세요. 의사도 사람인데 설마 사람을 생으로 죽게야 하겠습니까. 달리 변통할 구멍이 없으시다면 그렇게 해 보세요."

내 대답이 지나치게 더디 나올 때 이미 눈치를 챈 모양이었다. 도전적이던 기색이 슬그머니 죽으면서 그의 착하디착한 눈에 다시 수줍음이 돌아왔다. 그는 고개를 좌우로 흔들어 보였다.

"원장이 어리석은 사람이길 바라고 거기다 희망을 걸기엔 너무 늦었습니다. 그 사람은 나한테서 수술 비용을 받아 내기가 수월치 않다는 걸 입원시키는 그 순간에 벌써 알아차렸어요."

얼굴에 흐르는 진땀을 훔치는 대신 그는 오른발을 들어 왼쪽 바짓가랑이 뒤에다 두어 번 문질렀다. 발을 바꾸어 같은 동작을 반복했다.
"바쁘실 텐데 실례 많았습니다."

'썰면'처럼 두툼한 입술이 선잠에서 깬 어린애같이 움씰거리더니 겨우 인사말이 나왔다. 무슨 말이 더 있을 듯싶었는데 그는 이내 돌아서서 휘적휘적 걷기 시작했다. 나는 내심 그의 입에서 끈끈한 가래가 묻은 소리가, 이를테면, 오 선생 너무하다든가 잘 먹고 잘 살라든가 하는 말이 날아와 내 이마에 탁 눌어붙는 순간에 대비하고 있었는지도 모른다. 그래서 그가 갑자기 돌아서면서 나를 똑바로 올려다봤을 때 그처럼 흠칫 놀랐을 것이다.

"오 선생, 이래 봬도 나 대학 나온 사람이오."

그것뿐이었다. 내 호주머니에 촌지를 밀어 넣던 어느 학부형같이 그는 수줍게 그 말만 건네고는 언덕을 내려갔다. 별로 휘청거릴 것도 없는 작달막한 체구를 연방 휘청거리면서 내딛는 한 걸음 한 걸음마다 땅을 저주하고 하늘을 저주하는 동작으로 내 눈에 그는 비쳤다. 산 *고팽이를 돌아 그의 모습이 벌거벗은 황토의 언덕 저쪽으로 사라지는 찰나, 나는 뛰어가서 그를 부르고 싶은 충동을 느꼈다. 돌팔매질을 하다 말고 뒤집혀진 삼륜차로 달려들어 아귀아귀 참외를 깨물어 먹는 군중을 목격했을 당시의 권 씨처럼, 이건 완전히 나체구나 하는 느낌이 팍 들었다. 그리고 내가 그에게 암만의 빚을 지고 있음을 퍼뜩 깨달았다. 전셋돈도 일종의 빚이라면 빚이었다. 왜 더 좀 일찍이 그 생각을 못 했는지 모른다.

원 산부인과에서는 만단의 수술 준비를 갖추고 보증금이 도착되기만을 기다리고 있었다. 학교에서 우격다짐으로 후려낸 가불에다 가까운 동료들 주머니를 닥치는 대로 떨어 간신히 마련한 일금 십만 원을 건네자 금테의 마비츠 안경을 쓴 원장이 바로 마취사를 부르도록 간호원에게 지시했다.

고팽이 굽은 길의 모퉁이.

원장은 내가 권 씨하고 아무 척분도 없으며 다만 그의 셋방 주인일 따름인 걸 알고는 혀를 찼다.

"아버지가 되는 방법도 정말 여러 질이군요. 보증금을 마련해 오랬더니 오전 중에 나가서는 여태껏 얼굴 한 번 안 비치지 뭡니까?"

"맞습니다. 의사가 애를 꺼내는 방법도 여러 질이듯이 아버지 노릇 하는 것도 아마 여러 질일 겁니다."

나는 내 말이 제발 의사의 귀에 농담으로 들리지 않기를 바랐으나 유감스럽게도 금테 안경의 상대방은 한 차례의 너털웃음으로 그걸 간단히 *눙쳐 버렸다. 나는 이미 죽은 게 아닌가 싶게 사색이 완연한 권 씨 부인이 들것에 실려 수술실로 들어가는 걸 거들었다.

생명을 꺼내고 그 생명을 수용했던 다른 생명까지 암냥해서 건지는 요란한 수술치곤 너무도 쉽게 끝났다. 보호자 대기석에 앉아서 우리 집 동준이 놈을 얻을 때처럼 줄담배질로 네 댄가 다섯 대째 붙이고 나니까 울음소리가 들렸다.

"고추예요, 고추!"

수술을 돕던 원장 부인이 나오면서 처음 울음을 듣는 순간에 내가 점쳤던 결과를 큰 소리로 확인해 주었다. 진짜 보호자를 상대하듯이 원장 부인이 내게 축하를 보내왔으므로 나 역시 진짜 보호자 입장에서 수고를 치하하지 않을 수 없었다. 잠시 후에 나는 강보에 싸여 밖으로 나오는 권기용 씨의 차남을 대면할 수 있었다. 제 어미 배를 가르고 나온 놈답지 않게 얼굴이 두툼한 것이 속없이 잘도 생겼다. 제왕 절개라는 말이 풍기는 선입감에 딱 어울리게시리 목청이 크고 우렁찼다. 병원 건물을 온통 들었다 놓는 억세디억센 놈의 울음소리를 듣는 동안 나는 동준이 놈을 낳던 날의 감격 속으로 고스란히 빠져들어 갔다.

우리 집에 강도가 든 것은 공교롭게도 그날 밤이었다. 난생처음 당해 보는 강도였다. 자꾸만 누군가 내 어깨를 흔들어 대고 있었다. 귀찮다고 뿌리쳐도 잠자코 계속 흔들었다. 나를 깨우려는 손의 감촉이 내 식구의 그것이 아님을 퍼뜩 깨닫고 눈을 떴을 때 나는 빨간 꼬마전구 불빛 속에서 복면의 사내를 보았다. 그리고 똑바로 내 멱을 겨누고 있는 식칼의 서슬도 보았다. 술 냄새가 확 풍겼다. 조명 빛깔을 감안해서 붉은빛을 띤 검정 계통의 보자기일 복면 위로 드러난 코의 일부와 눈자위가 *나우 취해 있음을 나는 재빨리 간파했다.

"일어나, 얼른 일어나라니까."

나 외엔 더 깨우고 싶지 않은지 강도의 목소리는 무척 낮고 조심스러웠다.

나는 일어나고 싶었지만 도무지 일어날 수가 없었다. 멱을 겨눈 식칼이 덜덜덜 위아래로 춤을 추었다. 만약 강도가 내 목통이라도 찌르게 된다면 그것은 고의에서가 아니라 지나친 떨림으로 인한 우발적인 상해일 것이었다. 무척 모자라는 강도였다. 나는 복면 위의 눈을 보는 순간에 상대가 그 방면의 전문가가 못 됨을 금방 알아차렸던 것이다. 딴에 진탕 마신 술로 한껏 용기를 돋웠을 텐데도 보기 좋을 만큼 큰 눈이 착하게만 타고난 제 천성을 어쩌지 못한 채 나를 퍽 두려워하고 있었다. 술로 간을 키우지 않고는 남의 집 담을 못 넘을 정도라면 강력 범행을 도모하는 사람으로서는 처음부터 미역국이었다.

"일어날 테니까 칼을 약간만 뒤로 물려 주시오."

강도는 내가 시키는 대로 했다.

"내놔, 얼른 내놓으라니까."

내가 다 일어나 앉기를 기다려 강도가 속삭였다.

눙치다 어떤 행동이나 말 따위를 문제 삼지 않고 넘기다.
나우 조금 많이.

"하라는 대로 하죠. 허지만 당신도 내가 하라는 대로 해야만 일이 수월할 거요."

잔뜩 의심을 품고 쏘아보는 강도를 향해 나는 덧붙여 말했다.

"집 안에 현금은 변변찮소. 화장대 위에 돼지 저금통하고 장롱 서랍 속에 아마 마누라가 쓰다 남은 돈이 약간 있을 거요. 그 밖에 돈이 될 만한 건 당신이 알아서 챙겨 가시오."

강도가 더욱 의심을 두고 경거히 움직이려 하지 않았으므로 나는 시험 삼아 조금 신경질을 부려 보았다.

"마누라가 깨서 한바탕 소동을 벌여야만 시원하겠소? 난처해지기 전에 나를 믿고 일러 주는 대로 하는 게 당신한테 이로울 거요."

한 차례 길게 심호흡을 뽑은 다음 강도는 마침내 결심을 했다는 듯이 이부자리를 돌아 화장대 쪽으로 향했다. 얌전히 구두까지 벗고 양말 바람으로 들어온 강도의 발을 나는 그때 비로소 볼 수 있었다. 내가 그렇게 염려를 했는데도 강도는 와들와들 떨리는 다리를 옮기다가 그만 부주의하게 동준이의 발을 밟은 모양이었다. 동준이가 갑자기 칭얼거리자 그는 질겁을 하고 엎드리더니 녀석의 어깨를 토닥거리는 것이었다. 녀석이 도로 잠들기를 기다려 그는 복면 위로 칙칙하게 땀이 밴 얼굴을 들고 일어나서 내 위치를 흘끔 확인한 다음 본격적인 작업에 들어갔다. 터지려는 웃음을 꾹 참은 채 강도의 애교스러운 행각을 시종 주목하고 있던 나는 살그머니 상체를 움직여 동준이를 잠재울 때 이부자리 위에 떨어뜨린 식칼을 집어 들었다.

"연장을 이렇게 함부로 굴리는 걸 보니 당신 경력이 얼마나 되는지 알 만합니다."

내가 내미는 칼을 보고 그는 기절할 만큼 놀랐다. 나는 사람 좋게 웃어 보이면서 칼을 받아 가라는 눈짓을 보냈다. 그는 겁에 질려 잠시 망설이다가 내 재촉을 받고 후닥닥 달려들어 칼자루를 낚아채 가지고는 다시 내 멱을 겨누었다. 그가 고의로 사람을 찌를 만한 위인이 못 되는 줄 일찍이 간파했기 때문에 나는 칼을 되돌려준 걸 조금도 후회하지 않았다. 아니나 다를까, 그는 식칼을 옆구리 쪽 허리띠에 차더니만 몹시 자존심이 상한 표정이 되었다.

"도둑맞을 물건 하나 제대로 없는 주제에 이죽거리긴!"

"그래서 경험 많은 친구들은 우리 집을 거들떠도 안 보고 그냥 지나치죠."

"누군 뭐 들어오고 싶어서 들어왔나? 피치 못할 사정 땜에 어쩔 수 없이……."

나는 강도를 안심시켜 편안한 맘으로 돌아가게 만들 절호의 기회라고 판단했다.

"그 피치 못할 사정이란 게 대개 그렇습디다. 가령 식구 중에 누군가가 몹시 아프다든가 빚에 몰려서……."

그 순간 강도의 눈이 의심의 빛으로 가득 찼다. 분개한 나머지 이가 딱딱 마주칠 정도로 떨면서 그는 대청마루를 향해 나갔다. 내 옆을 지나쳐 갈 때 그의 몸에서는 역겨울 만큼 술 냄새가 확 풍겼다. 그가 허둥지둥 끌어안고 나가는 건 틀림없이 갈기갈기 찢어진 한 줌의 자존심일 것이었다. 애당초 의도했던 바와는 달리 내 방법이 결국 그를 편안케 하긴커녕 외려 더욱 더 낭패케 만들었음을 깨닫고 나는 그의 등을 향해 말했다.

"어렵다고 꼭 외로우란 법은 없어요. 혹 누가 압니까, 당신도 모르는 사이에 당신을 아끼는 어떤 이웃이 당신의 어려움을 덜어 주었을지?"

"개수작 마! 그따위 이웃은 없다는 걸 난 똑똑히 봤어! 난 이제 아무도 안 믿어!"

그는 현관에 벗어 놓은 구두를 신고 있었다. 그 구두를 보기 위해 전등을 켜고 싶은 충동이 불현듯 일었으나 나는 꾹 눌러 참았다. 현관문을 열고

마당으로 내려선 다음 부주의하게도 그는 식칼을 들고 왔던 자기 본분을 망각하고 엉겁결에 문간방으로 들어가려 했다. 그의 실수를 지적하는 일은 훗날을 위해 나로서는 부득이한 조처였다.

"대문은 저쪽입니다."

문간방 부엌 앞에서 한동안 망연해 있다가 이윽고 그는 대문 쪽을 향해 느릿느릿 걷기 시작했다. 비틀비틀 걷기 시작했다. 대문에 다다르자 그는 상체를 뒤틀어 이쪽을 보았다.

"이래 봬도 나 대학까지 나온 사람이오."

누가 뭐라고 그랬나. 느닷없이 그는 자기 학력을 밝히더니만 대문을 열고는 보안등 하나 없는 칠흑의 어둠 저편으로 자진해서 삼켜져 버렸다.

나는 대문을 잠그지 않았다. 그냥 지쳐 놓기만 하고 들어오면서 문간방에 들러 권 씨가 아직도 귀가하지 않았음과 깜깜한 방 안에 어미 아비 없이 오뉘만이 새우잠을 자고 있음을 아울러 확인하고 나왔다. 아내는 잠옷 바람으로 팔짱을 끼고 현관 앞에 서 있었다.

"무슨 일이라도 있었나요?"

"아무것도 아냐."

잃은 물건이 하나도 없다. 돼지 저금통도 화장대 위에 그대로 있다. 아무것도 아닐 수밖에. 다시 잠이 들기 전에 나는 아내에게 수술 보증금을 대납해 준 사실을 비로소 이야기했다. 한참 말이 없다가 아내는 벽 쪽으로 슬그머니 돌아누웠다.

"뗄 염려는 없어, 전셋돈이 있으니까."

"무슨 일이 있었군요?"

아내가 다시 이쪽으로 돌아누웠다. 우리 집에 들어왔던 한 어리숙한 강도에 관해서 나는 끝내 한마디도 내비치지 않았다.

이튿날 아침까지 권 씨는 귀가해 있지 않았다. 출근하는 길에 병원에 들러 보았다. 수술 보증금을 구하러 병원 문밖을 나선 이후로 권 씨가 거기에 재차 발걸음한 흔적은 어디에서도 찾아볼 수 없었다.

그다음 날, 그 다음다음 날도 권 씨는 귀가하지 않았다. 그가 행방불명이 된 것이 이제 분명해졌다. 그리고 본의는 그게 아니었다 해도 결과적으로 내 방법이 매우 졸렬했음도 이제 확연히 밝혀진 셈이었다. 복면 위로 드러난 두 눈을 보고 나는 그가 다름 아닌 권 씨임을 대뜸 알아차릴 수 있었다. 밝은 아침에 술이 깬 권 씨가 전처럼 나를 떳떳이 대할 수 있게 하자면 복면의 사내를 끝까지 강도로 대우하는 그 길뿐이라고 판단했었다. 그래서 아무 일도 없었던 듯이 병원에 찾아가서 죽지 않은 아내와 새로 얻은 세 번째 아이를 만날 수 있게 되기를 기대했던 것이다. 현관에서 그의 구두를 확인해 보지 않은 것이 뒤늦게 후회되었다. 문간방으로 들어가려는 그를 차갑게 일깨워 준 것이 영 마음에 걸렸다. 어떤 근거인지는 몰라도 구두의 손질의 정도에 따라 그의 운명을 예측할 수도 있지 않았을까 하는 생각이 드는 것이었다. 구두코가 유리알처럼 반짝반짝 닦여져 있는 한 자존심은 그 이상으로 광발이 올려져 있었을 것이며, 그러면 나는 안심해도 좋았던 것이다. 그때 그가 만약 마지막이란 걸 염두에 두고 있었다면 새끼들이 자는 방으로 들어가려는 길을 가로막는 그것이 그에게는 대체 무엇으로 느껴졌을 것인가.

아내가 병원을 다니러 가는 편에 아이들을 죄다 딸려 보낸 다음 나는 문간방을 샅샅이 뒤졌다. 방을 내준 후로 밝은 낮에 내부를 둘러보긴 처음인 셈이었다. 이사 올 때 본 그대로 세간이라곤 깔고 덮는 데 쓰이는 것과 쌀을 익혀서 담는 몇 점 도구들이 전부였다. 별다른 이상은 눈에 띄지 않았다. 구태여 꼭 단서가 될 만한 흔적을 찾자면 그것은 구두일 것이었다. 가장 값나가는 세간의 자격으로 장롱 따위가 자리 잡고 있을 꼭 그런 자리에 아홉 켤레나 되는 구두들이 사열 받는 병정들 모양으로 가지런히 놓여 있었다. 정갈하게 닦인 것이 여섯 켤레, 그리고 먼지를 덮어 쓴 게 세 켤레였다. 모두

해서 열 켤레 가운데 마음에 드는 일곱 켤레를 골라 한꺼번에 손질을 해서 매일매일 갈아 신을 한 주일의 소용에 당해 온 모양이었다. 잘 닦인 일곱 중에서 비어 있는 하나를 생각하던 중 나는 한 켤레의 그 구두가 그렇게 쉽사리는 돌아오지 않으리란 걸 알딸딸하게 깨달았다.

 권 씨의 행방불명을 알리지 않으면 안 될 때였다. 내 쪽에서 먼저 전화를 걸기는 그것이 처음이자 마지막이었다. 나는 되도록 침착해지려 노력하면서 내게, 이웃을 사랑하게 될 거라고 누차 장담한 바 있는 이 순경을 전화로 불렀다.

내용 한눈에 보기

'나'(오 선생)
- 학교 교사로, 작품의 서술자.
- 단대리에서 셋방살이를 하다 아들의 무례한 행동을 보고 시청 뒷산 은행 주택을 마련함.
- 권 씨를 경계하다 사정을 듣고 연민의 마음을 가짐. 권 씨의 아내 출산 수술비를 마련해 줌.
- 평범한 소시민을 대표함.

→ 연민과 애정

권 씨
- '나'의 집에 가족과 셋방살이함.
- 구두를 소중히 하며 깨끗하게 닦는 일에 집착함.
- 선량한 시민이었으나 광주 대단지 시위 사건의 주동자로 몰려 전과자가 되고 경찰의 감시 대상이 됨.
- 주변부로 밀려나 빈민이 되는 소시민을 대표함.

구두의 의미
- 안동 권씨에 대학을 나왔다는 권 씨의 자존심을 상징함. 열 켤레의 구두를 깨끗하게 광을 내며 관리하여 자신의 자존심을 지키려 함.
- 권 씨가 행방불명되고 남은 아홉 켤레의 구두는 자존심을 지키지 못하고 도둑질까지 한 권 씨의 모습을 나타냄.

작품 해설

〈아홉 켤레의 구두로 남은 사내〉는 1977년 《창작과비평》 여름 호에 발표된 중편 소설이다. 이 작품은 1970년대 산업화와 도시화의 흐름에서 소외된 사람들의 삶과 당대 현실의 부조리를 보여 준다.

급격한 사회 변화로 수많은 문제가 생겨났던 당시, 권 씨는 정부의 불합리한 정책에 반발하는 시위에 의도치 않게 휘말려 전과자가 된다. 그는 불안정한 생계를 이어 가다 아내의 수술비가 없어 강도짓까지 저지르게 된다. 작가는 권 씨의 좌절을 형상화함으로써 현실의 부조리함을 드러낸다. 권 씨가 매일 같이 닦던 구두는 그의 마지막 자존심으로, 작가는 구두를 상징적·암시적으로 표현하며 당대 사회를 매우 현실적으로 묘사하고 있다.

이 소설의 화자인 '오 선생'은 소외된 하층민의 삶을 외면하지 못하면서도 자신의 안락한 삶을 포기하지 못하는 의식의 분열을 보인다. 이를 통해 산업화와 도시화의 그늘에서 소외된 계층의 삶과 소외된 하층민의 삶을 외면할 수는 없지만, 자기 삶을 희생하고 싶지 않은 소시민의 모습을 날카롭게 포착한 작품으로 평가받는다.

질문으로 시작하는
소설 감상

왜 권 씨는 대학과 구두에 집착할까?

　느닷없이 강도의 모습으로 '나'의 앞에 나타난 권 씨의 모습은 허술하고 어색해 보입니다. 칼을 쥔 손이 벌벌 떨리기도 하고, 문간방을 넘어 자연스레 자신의 방으로 향하기도 하죠. '나'는 그런 '강도'에게 친절히 나가는 방향을 일러 줍니다. 그다음 날부터 권 씨는 행방불명됩니다. 이는 아마도 '나'의 행동이 그의 자존심을 상하게 했기 때문으로 보입니다.
　권 씨는 어느 날 술에 취해 자신이 안동 권씨임을 강조하기도 하고, '나'에게 돈을 빌리러 왔을 때는 바짓가랑이에 양쪽 구두를 문지르고 '이래 봬도 나 대학 나온 사람'이라고 말하기도 합니다. 무엇보다 자신이 가진 여러 켤레의 구두를 닦으며 웃음을 짓던 그의 모습에서 우리는 그가 가난한 형편에도 계속해서 자존심을 지키려고 했음을 느끼게 됩니다.
　결국 권 씨에게 '대학'과 '구두'는 지식인으로서의 자존심을 의미한다고 볼 수 있습니다. 당시 소수의 능력 있는 사람만이 대학을 다닐 수 있었음을 고려하면 권 씨는 지식인에 속하는 사람이었을 것입니다. 구두 역시 깔끔한 정장과 서류 가방을 든 모습을 연상케 한다는 점에서 마찬가지로 지식인으로서의 권 씨의 모습을 상상하게 합니다. 그러나 권 씨의 삶은 정반대로 흘러갑니다. 뜻하지 않게 전과자 신세를 지내며 아내의 수술비마저 제때 구하지 못하는 가장이 되어버린 것이죠. 그런 그를 지탱해 주는 것은 자신이 '대학'을 나왔다는 자부심과 '구두'를 신고 일할 지식인이었다는 자부심이지 않았을까요? 유리알처럼 반짝반짝하게 구두를 닦던 그는, 더욱 절망스런 상황이 펼쳐질수록 더욱 열심히 자신의 자존심을 지키려 노력한 것입니다.

질문으로 시작하는 **소설 감상**

'나'가 찰스 램과 찰스 디킨스를 계속 생각하는 이유는 무엇일까?

　단대리에서 자신의 아들 동준이 자기 또래의 친구들을 매우 비인격적으로 대우하는 모습을 목격한 '나'는 충격을 받고 아들의 따귀를 마구 갈깁니다. 그날 밤 '나'는 문학 작품을 통해 빈민가 사람들에 대한 동정과 연민을 쏟은 찰스 램과 찰스 디킨스를 떠올립니다. 램은 글과 일치된 삶을 산 반면에, 디킨스는 문학으로 유명해지자 자신에게 구걸하러 온 빈민가의 어린이들을 쫓아내는 사람이 되죠. '나'는 이들을 떠올리며 자신이 램처럼 살고 싶지만 사실 디킨스처럼 모순적인 행동을 하고 있지는 않은지 생각합니다. 현금을 좇고 타인의 출세나 치부를 부러워하는 모습, 속물적인 생각을 하던 그의 모습은 디킨스에 가까웠기 때문입니다.

　'나'는 계속해서 램과 디킨스의 궁둥이 중 누구의 궁둥이를 걷어찰지 갈등하는 모습을 보입니다. 그러나 '나'는 깊은 성찰과 고민 끝에 램처럼 되고자 하는 바람을 실천하기로 결심합니다. 권 씨가 아내의 수술비를 마련하고자 '나'를 찾아왔을 때, 그는 돌려받기가 더 어려울 수 있겠다는 생각에 처음에는 권 씨의 부탁을 거절합니다. 하지만 전세 보증금을 비롯해 학교와 동료 교사에 직접 빚을 내어 권 씨 아내의 수술비를 마련하죠. 따라서 '나'는 처음에는 디킨스와 같은 모습을 지니다가 점점 램과 같은 모습으로 변화를 보이는 인물이라고 볼 수 있습니다.

　우리는 많은 선택과 행동의 순간에서 내가 여태껏 추구한 가치를 택할 것인지, 혹은 어쩔 수 없는 현실을 택할 것인지 고민하곤 합니다. 이 작품은 '산업화 과정에서 소외된 사람의 삶'을 다루고 있지만, 소설을 읽는 우리들이 삶에서 무엇을 고민하고 선택하며 살아가야 하는지 '나'를 통해 끊임없이 고민하게끔 합니다.

권 씨와 '나'는 힘든 현실에서도 왜 이웃을 도왔을까?

　이 작품은 광주 대단지 사건을 배경으로 다루고 있습니다. 광주 대단지 사건은 1971년 경기도 광주 대단지 주민들이 정부의 무계획적인 도시 정책과 도시화에 반발하여 일으킨 대규모 투쟁을 말합니다. 작품에서 이 사건의 참상이 드러나는 장면은 아마도 '참외가 와그르르' 쏟아지는 때일 것입니다. 권 씨는 시위 현장에서 빠져나가려 서울에 가는 택시를 타지만, 시위에 참여하던 청년들을 마주치며 의도치 않게 그들에 휩쓸리게 됩니다. 그러다 격렬하게 경찰을 상대하던 시위 군중들이 나자빠진 삼륜차 한 대에서 쏟아진 참외들을 보고 시위를 멈추며 곧장 '참외 쪽으로 벌떼처럼' 달려드는 모습을 목격하죠. 권 씨는 그 장면을 '나체화'라고 묘사하였고, 이후 이성을 잃고 제일 선봉에서 투쟁에 참여하다가 전과자가 됩니다.

　권 씨가 참외를 먹으러 달려드는 군중의 모습을 목격한 일과 '나'가 돈을 빌려달라는 권 씨의 부탁을 받은 일은 완전히 달라 보이지만, 두 인물에게 비슷한 변화를 불러일으킵니다. 권 씨는 처음의 소극적인 행동과 달리 '나체화' 같은 상황을 맞닥뜨리고 격정적으로 투쟁에 참여합니다. '나' 역시 권 씨와 거리감을 느끼며 살다가 권 씨의 사정을 외면하지 못한 채 권 씨 아내의 수술비를 마련해 줍니다. 만약 자신의 이익만을 추구하는 계산적이고 속물적인 사람이었다면, 참혹한 현실과 이웃의 고통 따위 무시하면 그만이었을 것입니다. 그러나 두 사람은 각각 주어진 상황에서 결코 이를 회피하지 않고 적극적으로 동참하며 돕는 길을 선택합니다.

　권 씨가 어울리지 않게 도둑이 되어 돌아온 모습을 본 '나'는 어쩌면 이웃을 사랑하는 마음을 갖게 된 것 같습니다. 비록 처절한 현실이 눈앞에 있더라도 애정 어린 관심과 연민은 서로를 연결하는 계기가 되었습니다. 지금의 우리는 주변의 소외된 인물과 어떻게 사는지 돌아보게 만들면서 말이죠.

수록 작품 출처

봄·봄 (김유정) _《한국문학전집 14 - 동백꽃》, 문학과지성사, 2005.
돌다리 (이태준) _《이태준 전집 2 - 돌다리 외》, 소명출판, 2015.
미스터 방 (채만식) _《한국문학전집 04 - 레디메이드 인생》, 문학과지성사, 2004.
카메라와 워커 (박완서) _《기나긴 하루》, 문학동네, 2005.
겨울 나들이 (박완서) _《박완서 단편소설 전집 2 - 배반의 여름》, 문학동네, 2013.
배반의 여름 (박완서) _《박완서 단편소설 전집 2 - 배반의 여름》, 문학동네, 2013.
아홉 켤레의 구두로 남은 사내 (윤흥길) _《20세기 한국소설 28 - 조세희·윤흥길》, 창비, 2005.